徳間文庫

スクエア

横浜みなとみらい署暴対係

今野　敏

徳間書店

登場人物

諸橋夏男　神奈川県警みなとみらい署刑事組対課暴力犯対策係係長。階級は警部。暴力団からは「ハマの用心棒」と呼ばれ恐れられている。
城島勇一　暴力犯対策係係長補佐。階級は警部補。諸橋の相棒。陽気でラテン系。
浜崎吾郎　暴力犯対策係部長刑事。
倉持　忠　暴力犯対策係部長刑事。
八雲立夫　暴力犯対策係係員。
日下部　亮　暴力犯対策係係員。
笹本康平　神奈川県警察本部警務部監察官。諸橋の捜査方針を認めず目の敵にしている。
山里浩太郎　県警本部捜査一課強行犯捜査管理官。
小出英一　県警本部捜査一課殺人犯捜査第三係係長。
板橋　武　県警本部捜査一課課長。
永田優子　県警本部捜査二課課長。
佐藤　実　県警本部長。階級は警視監。
神野義治　常盤町にある暴力団「神風会」組長。昔気質のやくざ。

岩倉真吾　神風会代貸。ただ一人の組員。

劉将儀　中華街で一財産を築いた華僑。三年前から消息を絶っており、山手町の廃屋から死体で発見された。

陳文栄　劉を知る中華街の高級料理店フロアマネージャー。

馬健吉　四年前、劉の店を買い取った華人。

井原淳次　不動産詐欺をしていた男。

昭島憲介　井原の不動産売買に関わった弁護士。

市木邦治　関内駅前に事務所を構える司法書士。太田の不動産取引に関与。

泉田誠一　関西系三次団体「羽田野組」組長。

黒滝亮次　組のフロント企業「ハタノ・エージェンシー」社長代行。

田子勇治　羽田野組の上部団体「茨谷組」組員。大阪から横浜へやって来た。

太田俊一　茨谷組若頭。黒滝を羽田野組へ送り込む。

羽田野繁　ハタノ・エージェンシーの雑用係。

羽田野組前組長。横浜で殺害された。

1

「朝っぱらから、あまりお目にかかりたくないやつが現れたな」

係長補佐の城島《じょうじま》勇一《ゆういち》が言った。

諸橋《もろはし》夏男《なつお》もそれに気づいていた。たしかに城島が言うとおりだ。その顔を見るだけで、一日の気分が台無しになりそうだ。

監察官の笹本《ささもと》康平《こうへい》だ。

まだ三十代のくせに偉そうな顔をしている。まあ、警視なんだから、偉そうなのは仕方がないか……。諸橋はそう思う。

彼はキャリアだ。だから、三十代の若さで、階級が諸橋よりも上なのだ。

出世を望めば、他にも仕事がありそうなものを、好き好んで監察官になったという変わり種だ。なんでも、警察の綱紀粛正《こうきしゅくせい》を強く思ってのことだという。

なんと物好きな、と諸橋は思う。

彼は諸橋の机の左側に立った。右側には来客用のソファがあり、城島が座っている。そこは城島のお気に入りの席だった。

「諸橋係長」

笹本監察官は言った。「県警本部に来てもらう」

諸橋はうんざりとした気分になって言った。

「これから仕事が始まるってときに、いったい何だ」

監察官が本部に来いというのだから、また何か違法捜査だのやり過ぎだのといった文句をつけられるのだろう。

「本部長が会いたいと言っている」

諸橋はさすがに驚いてしまった。警察本部長は県警のトップだ。諸橋のような下っ端《したっぱ》にとって、普段は意識すらしないほどの雲の上の存在だ。

それが会いたいと言っている。偉い人が会いたいと言うときはたいてい、いいことではない。

「俺は何か処分されるのかな？」

諸橋が尋ねると、笹本は無表情に言った。

「行けばわかる」

「わかった」

そう言うしかない。諸橋は机の上を片づけ、立ち上がった。

脇《わき》のソファで城島が言った。

「何だか知らんが、とにかく無事に帰ってこいよ」

すると、笹本が城島に言った。

「あなたも来るんだ」

城島がきょとんとした顔になる。

「俺も……？」

「何度も言わせないでくれ」

何だか今日の笹本は機嫌が悪そうだ。

諸橋と城島は顔を見合わせていた。

署の外に黒塗りの公用車が待っていた。いくらキャリアだからといって、監察官が普段から公用車を使っているとは思えない。

本部長に言われた用事だからだろう。笹本は助手席に座り、諸橋と城島は後部座席に座った。

二人とも口を開かなかった。普段饒舌《じょうぜつ》な城島も無言だ。話しかけてもおそらく笹本は、何もこたえてはくれないだろう。

そんな雰囲気だ。

県警本部が近づいてくると、城島がぽつりと言った。

「護送される囚人みたいな気分だな」

諸橋は何も言わなかった。

警察官といえども、県警本部にはあまり足を踏み入れることはない。諸橋は勝手がよくわからないので、ただ笹本についていくしかない。

エレベーターが九階で止まる。警察本部長室がある階だ。笹本は、総務課の前を通り過ぎ、秘書官に来意を告げる。

すぐに本部長室に通された。

諸橋はここに来るのは初めてだった。広々としている。壁には歴代の本部長の名前が並んでいる。

正面には大きな窓があり、ベイエリアが一望できる。

笹本が気をつけをして言った。

「みなとみらい署刑事組対《そたい》課暴力犯対策係の諸橋係長と、城島係長補佐が参りました」

机の向こうにいた本部長が立ち上がった。

諸橋は初めて会う。本部長はこの十月に代わったばかりだ。名前は佐藤実《さとうみのる》。年齢はたしか五十一歳。階級は警視監だ。

佐藤本部長が、挨拶《あいさつ》もなしに言った。

「マル暴のベテランだと聞いた」

それが質問かどうかわからなかったので、諸橋は黙っていた。

本部長の言葉が続く。

「私は県内の治安に強い関心を持っている。最近横浜市内では、ドヤ街と呼ばれていた地域の整備も進んだ。治安のいっそうの向上につとめたいが、それには反社会的勢力の取締が不可欠だと思っている」

偉い人の口上は黙って聞くものだ。諸橋は気をつけをしたまま、ただ話を聞いていた。

「ぶっちゃけ言うとさ」

本部長の口調が突然変わって、諸橋は、「え」と思った。

「マルBを何とかしたいわけだ。そこで、ベテランのあんたの意見を聞きたいと思ってね」

マルBというのは暴力団のことだ。

「意見と言われましても……」

諸橋は戸惑いながら言った。「自分はただ、職務を全《まっと》うしようとしているだけで……」

「俺はさ、笹本監察官に尋ねたんだよ。そうしたらあんたの名前が出たってわけだ。監察官が頼りになるってんだから、たいしたもんなんだろう」

諸橋は笹本の顔を見た。笹本は正面を見つめている。

諸橋は佐藤本部長に言った。

「笹本監察官からは、いつも注意を受けております」

「知ってる。真面目《まじめ》な性格らしいからね、笹本は……。俺はね、現場では必ずしもきれい事ばかりが通用するわけじゃないと思ってるんだ。そうだろう?」

これは誘導尋問かもしれない。諸橋はそう思いながらこたえた。

「そういう場合もあります。相手は海千山千の悪党どもですから……」

「口で言ってわかるような相手じゃない。そういうことだな?」

「はい」

「いいよ。やってくれ」

「は……？」

「俺は、あんたのやり方を支持するって言ってるんだ。いいかい。本部長なんて長くて二年の任期だ。その間に俺は結果を出したいのさ。そのためには、思い切った手段も必要だ」

この言葉を額面通り受け取るべきだろうか。諸橋はそう思い、佐藤本部長の顔を見返した。

役人の顔ではない。警察官の顔をしている。

諸橋はそう思った。

つまり、信用できるということだ。佐藤本部長は、マルBに対して容赦《ようしゃ》なく対処していいと言っているのだ。

諸橋は言った。

「そのお言葉は、ありがたく思います」

「やるからには、徹底してやってくれ」

「わかりました」

「聞くところによると、常盤町《ときわちょう》に親しいヤクザがいるそうじゃないか」

諸橋は、はっとした。

「はい。神風会《しんぷうかい》という組で、組長の名は神野《じんの》といいます」

「他の暴力団を厳しく取り締まり、そのヤクザとは親しくするというのは、世間は納得しないんじゃないのか」

「けじめはつけているつもりです」

「そう。けじめは大切だ」

「よろしいでしょうか」

隣で城島が言った。佐藤本部長が言った。

「いいともさ。好きにしゃべってくれ」

「神風会の神野は、他の暴力団とは違います」

「どう違うんだ?」

「他人に迷惑をかけることもなく、近隣の人たちからは慕われています。こういうのを暴力団といっしょくたにするわけにはいかないと思っています。かつて、神野のような存在が、地域の治安維持に一役買っていたのは事実です」

佐藤本部長は言った。

「けど、俺たちゃ、暴対法や排除条例に従わなきゃならない。それが警察官の務めだ」

「悪いことをするやつはどんどん取り締まるべきです。しかし、そうじゃない人たちを無闇に取り締まるのは、どうかと思います」

「俺もさ、ヤクザのことはそれなりに知っている。もともと博徒《ばくと》系と神農《しんのう》系がいた。そして、戦後は愚連隊《ぐれんたい》系がのしてくる。ヤクザってのは、だいたいこの三系統だ。神風会ってのはどの系統だい？」

　城島がこたえる。

「博徒系です」

「博打《ばくち》は御法度《ごはっと》だ。法律違反なんだよ。そういう連中は取り締まらなきゃならないんじゃないのかい」

「今時、賭場《とば》を開くわけじゃないんで……」

「じゃあ、神野のシノギは何なんだい？」

「面倒臭い話をまとめる。それがシノギになるんです」

「それはフィクサーということだね？」

「そうとも言います」

「犯罪に関与しているかもしれない」

「そういう証拠をつかんだことはありません」

佐藤本部長は、突然黙り込んだ。何かを熟慮している様子だ。諸橋は落ち着かない気持ちで次の言葉を待っていた。

やがて、本部長が言った。

「俺を納得させるこたえがほしい。今じゃなくていいよ。神野は他の暴力団とどう違うのか。それをちゃんと理解させてくれ」

「はい」

諸橋はそうこたえるしかなかった。

「そこでだ」

佐藤本部長は身を乗り出した。「中国出身の男が殺された件を知ってるかね?」

突然話が変わり、諸橋はまた面食らった。

「無線が流れたのは知ってますが、詳しいことは……」

「その件を手伝ってほしい」

諸橋は眉《まゆ》をひそめた。

「うちの管轄《かんかつ》ではありませんが……」

「あんたら二人は、この件に関しては俺の特命だ。署の管轄は気にしなくていい」

本部長に特命と言われれば、何も言い返せない。

本部長の言葉がさらに続いた。

「殺されたのは、中華街で一財産築いた人物でね。中国出身と言ったが、本国での暮らしよりも横浜での生活のほうがずっと長かったということだ」

それがどうして俺や城島と関係があるのだ。

諸橋はそう思ったが、本部長相手にそんな質問はできない。黙って話を聞くしかない。

「殺人なので当然、所轄《しょかつ》の強行犯係と、県警本部の捜査一課が捜査しているが、聞き込みでどうやら被害者が、マルBと関わっていたということがわかった」

諸橋は言った。

「質問してよろしいですか？」

「だから、好きにしゃべってくれと言ってるだろう」

「マルBと関わっていたということですが、どういう関わりなのでしょう？」

「それはまだわからない。だからさ、あんたらの手が借りたいんだよ。横浜市内の……、いや神奈川県内のマルBについては、あんたらより詳しい者はいないと聞いている」

「そんなことはないと思いますが……」

「謙遜《けんそん》はいいよ。それでさ、さっそく捜査本部に顔を出してほしいんだが、どうだい」

どうだいと言われても、どうせ断れないのだ。

「了解しました」

諸橋はこたえた。「すみやかに対処します」

「堅いねえ」

「は……?」

「警察官だからって、カチカチになることあないと、俺は思うよ。臨機応変、柔軟な対応。これからはそういうのが、大切なんじゃないか」

「はあ……」

「話は以上だ」

三人は上体を十五度に傾ける正式の敬礼をして、本部長室を退出した。

総務課を通り過ぎて、廊下に出ると、城島が言った。

「さすがに肝《きも》が冷えたな。でも、処分とかの話じゃなくてよかったよ」

諸橋は言った。

「どうかな。特命ってのは曲者《くせもの》だ」

「曲者って、どういうことだ?」

諸橋は笹本に言った。

「本部長に俺たちの名前を伝えたのはなぜだ?」

「本部長が言ったとおりだ」

「頼りになるマル暴は誰かと尋ねられたんだな?」

「そうだ」

「それで俺たちの名前を出した、と……」

「そうだ」

「何か魂胆があるんじゃないのか?」

笹本は渋い表情で言った。

「魂胆なんてない。マル暴の刑事と聞いて、真っ先に顔が浮かぶのはあんただ。それは間違いない」

「ふん、光栄なことだな」

「ただ、やり過ぎて問題になることもあるし、正式な手続きを無視する傾向もあると、申し添えるのを忘れなかったよ」

「先生に言いつける小学生のようだな」

笹本は諸橋の皮肉を無視して言った。

「そのとき、本部長は、あんたに言ったのと同じことを言った」

「同じこと……?」

「いいよ。やってくれ、と」

「なるほど、それであんたは機嫌が悪いんだな」

「正規の手続きは重要だ。警察官は、警察法や職務執行法に則《のっと》って任務を遂行《すいこう》しなければならない。もし、警察官が好き勝手をやりはじめたら、それは権力の暴走につながる。きわめて危険な状態になるんだよ」

「言いたいことはわかるけどね」

城島が言った。「本部長も言ってたけど、きれい事だけじゃ済まないのが現場なんだよ」

それに対して笹本が言う。

「誰かが手綱《たづな》を引かなきゃならないんだ」

この場でこの議論は不毛だ。諸橋はそう思い、言った。

「俺たちは、殺人の捜査本部に向かう」

すると、笹本が言った。

「私も行く。本部長からそう言われている」

「俺たちを監視するためか?」

「援助しろと言われた」

「たてまえだろう」

笹本はこたえなかった。

三人は、県警本部をあとにした。

2

「公用車はもう使えないの？」

城島が尋ねると、笹本は無言でかぶりを振った。まだ機嫌が悪いようだ。

諸橋は言った。

「捜査本部があるのは、たしか山手《やまて》署だったな？」

笹本がまた、無言でうなずく。

「山手署は、えらく交通の不便な場所にある。鉄道の駅からずいぶんと遠い」

笹本が言った。

「タクシーで行こう」

「そいつは助かるな」

城島が言う。「一介の刑事はいつも電車で移動で、タクシーなんかなかなか使えないからね」

タクシーを拾い、笹本が助手席に乗った。キャリアだが、先輩に対する心遣いはあるようだ。

山手署の講堂に行くと、すでに捜査本部の体裁は整っていた。長机が並んでおり、それと向かい合うように幹部席が作られている。

幹部席の脇にはスチールデスクの島がある。そこは管理官席だ。係長らもその席に座る。

捜査員のほとんどが出かけており、講堂内はがらんとしていた。幹部席にも誰もいない。

捜査本部長は刑事部長だろう。山手署の署長や捜査一課長も臨席していたはずだが、彼らは捜査本部にずっと張り付いているわけではない。

警察幹部はおそろしく多忙なのだ。実質的に捜査本部を切り盛りするのは管理官だ。

笹本は、まっすぐに管理官席に向かった。諸橋と城島はそれについていった。

本部捜査一課の管理官らしい人物が笹本にうなずきかけた。顔見知りらしい。

笹本が言う。

「本部長特命の二人を連れて来ました」

笹本が諸橋と城島を紹介すると、相手は言った。

「捜査一課強行犯捜査の山里浩太郎《やまざとこうたろう》管理官だ」

山里管理官は諸橋と城島を交互に見て言った。

「やあ、頼りにしてるぞ」

県警本部の人間に、こんな言い方をされたのは初めてだった。普段付き合いがあるのは、組織犯罪対策本部の連中だが、たいていは「所轄はおとなしくしていろ」というようなことを言われる。

その次に関わりがあるのは、笹本で、いつも文句を言われている。

だから、こうした応対をされると、どうしていいかわからなくなる。逆境には強いが、順境だと戸惑ってしまうのだ。

いつも身構えているからかもしれないと、諸橋は思った。

城島が言った。

「やあ、本部長特命ともなると、扱いが違うな」

山里管理官が城島に言う。

「別に特命だからというわけじゃない。あんたらの噂《うわさ》は聞いている。だから、頼りにしていると言ってるんだ」

諸橋が言った。

「自分らは何をすればいいんです?」

「被害者が関わっていたマルBについて調べてもらいたい」

「詳しく聞かせてもらえますか?」

「もちろんだ。まずは座ってくれ」

山里管理官は、諸橋たち三人に管理官席の机を割り振った。諸橋は山里管理官の向かい側、城島は諸橋の隣だった。

笹本は山里管理官の隣の席で、城島の向かいになる。

全員が席に着くと、山里管理官は説明を始めた。

「遺体が発見されたのは、昨日、つまり十一月十一日月曜日のことだ。現場は、中区《なかく》山手町……」

城島がメモを取りはじめる。諸橋は、じっと話を聞いていた。記憶力には自信がある。記録も大切だが記憶はさらに大切だと、諸橋は思っている。メモは城島に任せておけばいい。

「午後四時過ぎに通報があった。通報者は近所の住人だ。小学生の子供が廃屋となっている現場で遊んでいて、遺体を発見し、知らせを受けて警察に通報したということだ」

諸橋は尋ねた。

「被害者は、中国生まれだということですね」

「そう。調べの結果、身元が判明した。劉将儀《りゅうしょうぎ》、年齢は不詳《ふしょう》だが、最終的な記録では、八十七歳ということになっている」

「最終的な記録……?」

「戦争で記録が散逸《さんいつ》していた。それ以降、外国人登録もされていなかった。平成二十五年の法改正で、マイナンバーを取得し、その際に公的な記録が残ったというわけだ」

「なるほどね……」

城島は言った。「戦後のどさくさじゃあ、いろいろあったからなあ。そういう外国人はけっこういたんじゃないのかね」

諸橋が城島に言う。

「だが、外国人が公共サービスを受けようと思ったら、どうしたって登録が必要だったろう」

その質問にこたえたのは、山里管理官だった。

「年金とか健康保険をあてにしなければ普通に生きていける。引っ越しをするときには問題になるだろうが、劉将儀のように、一ヵ所に居を構えた資産家には、ほとんど影響はなかっただろう」

「資産家だったんですね」

諸橋の質問に、山里管理官はうなずいた。

「中華街で一財産を築いたんだそうだ。それで、山手に土地を取得して屋敷を建てた。遺体発見現場となったのは、その土地だ」

「廃屋と言いませんでしたか？」

「劉将儀は三年ほど前から消息を絶っていたんだ」

「消息を絶っていた……。中華街の店は？」

「消息を絶つ前の年に……。つまり、四年前にそっくり人手に渡っている」

「何か曰《いわ》くがありそうですね」

「もちろん鑑取《かんど》りを進めている。聞くところによると、マルＢだけじゃなくて、中華街にも顔が利くというじゃないか」

「俺じゃなくて、この城島がね……」

「いやあ……」

城島が言った。「中華街で働いている人を何人か知っているというだけのことですよ」

「華僑《かきょう》は結束が固くて、警察でもなかなか手を出せない。何か伝手《つて》があれば、いろいろと聞き出してほしい」

城島があっさりとこたえる。

「やってみますよ」

山里管理官が笹本に言った。

「やっぱり、この二人は頼りになりそうじゃないか」

笹本は何も言わない。

俺たちに対して肯定的な意見には賛成を表明したくないのだろう。諸橋はそう思った。

「遺体発見の現場を見せてもらっていいですね？」

諸橋が言うと、山里管理官が怪訝《けげん》そうな顔をした。

「もちろんかまわないが、その必要があるのかね？」

「現場は見ておきたいんです。刑事の習性ですね」

「わかった。規制線は張ってあるが、すでに鑑識作業も終わっているはずだから……」

そのとき、固定電話が鳴り、若い係員が受話器を取った。

彼が即座に言った。

「管理官。現場で、白骨死体が見つかったということですが……」

山里管理官が、眉《まゆ》をひそめて聞き返す。

「現場でって、何のことだ……」

諸橋も、咄嗟《とっさ》にその係員が何を言っているのかわからなかった。

「遺体発見現場を検証していたら、別の白骨死体が出てきたということです」

諸橋は山里管理官に言った。

「現場に行ってみます。いいですね？」

「ああ。行ってくれ」

諸橋が立ち上がると、ほぼ同時に城島が腰を上げる。笹本も立ち上がったので、諸橋は思わず彼の顔を見ていた。

笹本が言った。

「私も同行する」

諸橋は言った。

「お目付役だからな」

「援助するためだと言っただろう」

山手は横浜では一等地だが、実際に訪れてみると坂が多くて閉口する。坂が多くて道が狭い。捜査車両や鑑識車両が停める場所に苦労している様子が見て取れた。

問題の廃屋は、木造の洋館だった。ホラー映画にもってこいだと、諸橋は思った。

「広い敷地だな……」

城島が言った。「庭というより林じゃないか」

彼の言うとおりだった。門から洋館まではかなりの距離があり、その両側には木立が並んでいる。

さらに城島が言う。

「こんな家が廃屋だって……。たいした資産価値だぞ」

笹本が言う。

「一等地では土地が常に不足していて、資産価値が落ちない……。そういうのは、もう過去の神話だ」

城島がそれにこたえる。

「そう言えば、東京でも空き家が増えていると聞いたことがあるな」

「空き家も増えているし、持ち主不明の土地も増えているらしい」

「信じられない世の中だな……」

二人が話している内容について、諸橋はまったく興味がなかった。

黄色いテープの規制線の前に制服を着た警察官が立っていた。山手署の地域係員だろう。

諸橋たちが近づいて行くと、誰何《すいか》することもなく敬礼をした。顔見知りではないが、彼には諸橋たちが警察官であることがわかるようだ。

規制線をくぐり、現場に向かう。城島が周囲を見回して言う。

「いったい、何坪あるんだろうな……」

その疑問には誰もこたえない。諸橋には見当がつかないのでこたえようがないのだ。

刑事たちが、家の外で立ち話をしている。鑑識の作業が終わるのを待っているのだろう。よく、テレビドラマや映画で、鑑識が作業をしている最中に刑事が検分を始めるが、実際にはあり得ない。

通常なら初動捜査は、所轄の刑事だけだが、今回はすでに捜査本部ができているので、捜査一課の刑事もいるようだ。

部外者と見なされて、邪魔者扱いされるのではないかと、諸橋は思った。

またしても、身構えたのだ。

すると、一番前にいた刑事が言った。

「お、『ハマの用心棒』じゃないか」

普段はそう呼ばれるのが嫌でたいていは、はっきりとそれを相手に言うのだが、この場ではなぜかまんざらでもない気がした。自分を知ってくれている者がいるとわかってほっとしたのかもしれない。

諸橋は尋ねた。

「そちらは？」

本人ではなく、笹本がこたえた。

「捜査一課殺人犯捜査第三係の小出英一《こいでえいいち》係長だ」

本部の係長ということは、諸橋と同じく警部だろう。

諸橋は小出係長に尋ねた。

「白骨死体って、どういうことだ?」

「わからない。これからそれを調べるのさ」

「一体だけなのか?」

「白骨死体はね。昨日、別の死体が見つかったので調べに来たばかりだ」

それを聞いていた城島が言った。

「けど、その死体がなかったら、白骨死体も見つからなかったわけだよね」

小出係長は城島を見て言った。

「ええと……、おたくは?」

諸橋が紹介した。

「うちの係長補佐だ」

「ああ、ジョウさんと呼ばれているのは、あんたか」

「そう。よろしくね」

「あんたが言うとおり、遺体発見で、検分をしなければ白骨死体には気づかなかっただろうね」

「死後どれくらい経《た》ってるんだろうね？」

「それも、これから調べるんだよ」

鑑識の作業が終了したという知らせがあり、刑事たちがぞろぞろと移動した。

諸橋たち三人もそれについていった。

外観は立派だったが、内部は荒れていた。ずいぶんと長いこと人の手が入っていないことがわかった。

リビングルームと思《おぼ》しき広いスペースにチョークで人型が描かれている。これが、昨日発見された遺体の跡だろう。

さらにその奥に、別の部屋があった。流し台があるので、台所だったのだろう。

その床板がはがされており、さらに、土が掘られている。その穴の中に人骨があるようだ。

中年の鑑識係員が小出係長に話しているのが聞こえてきた。

「地中で完全に白骨化しているからね。最低でも埋められてから三年は経っているな」

三年……。

その言葉が妙にひっかかると、諸橋は感じた。なぜだかわからなかったが、こういう感覚は大切にしなければならないことを、経験上知っていた。

「それにしても……」

城島が言った。「よく見つけたね。誰が見つけたの?」

その質問にこたえたのも、同じ鑑識係員だった。

「山手署のベテラン捜査員だよ。現場の検分をしていて、ここの床板が不自然なのに気づいてはがしてみた。すると、土から白骨化した手が飛び出していたというんだ。埋めたやつはよほど慌《あわ》てていたんだな」

城島は肩をすくめた。

「床板を張るんで、適当でいいと思ったんじゃないの」

表のほうから、誰かの大声が聞こえた。

「課長臨場です」

捜査員たちはその場で気をつけをした。

小出係長が小声で諸橋たちに言った。

「本部捜査一課の板橋《いたばし》課長だ」

捜査一課長の名前くらいは知っている。同じ神奈川県警の警察官なのだ。だが、面識はなかった。

板橋武《たけし》捜査一課長は、小出係長に尋ねた。

「どんな様子だ？」

「調べはこれからです」

板橋課長が穴の中を覗《のぞ》き込んで尋ねる。

「遺体はここか？」

「はい」

諸橋は、その様子を眺めながら、みなとみらい署に残っている部下たちに、一度連絡をしなければならないと思っていた。

3

板橋課長が死体を検分している間に、諸橋はその場を離れ、部下の浜崎吾郎《はまざきごろう》に電話をした。

浜崎は、四十歳の巡査部長で、暴対係の中で一番頼りになる。見た目は、伝統的なマル暴刑事だ。つまり、暴力団員と見分けがつかないということだ。

「はい、浜崎」

「しばらく戻れないかもしれない。留守の間、おまえに任せる」

「本部で何かあったんですか？」

「本部長から特命を受けた」

「特命……」

「俺にも事情がよくわからないんだが、中華街で一財産を成した人物が殺害されたらしい。その件を調べていたら、現場から別な白骨死体が出た」

「なんとまあ……」

「俺と城島は、山手署の捜査本部に詰める。だから、そっちにはしばらく顔を出せないかもしれないってわけだ」

「了解しました。こっちは何とかします」

浜崎に任せておけばだいじょうぶだ、と諸橋は思った。

つまり、自分や城島は必要ないということになるのだが、それはなるべく考えないことにしていた。

電話を切って白骨死体の穴の脇に戻ると、板橋課長が言った。

「見ない顔だな。所轄か？」

「みなとみらい署暴対係の諸橋と言います」

「みなとみらい署の暴対？　それがなんでここにいるんだ？」

その質問には、笹本がこたえた。

「本部長の特命です」

「あんた、監察官だな？」

「そうです」

「監察官とよその所轄のマル暴が、何の特命だ」

板橋課長はおそらくノンキャリアだ。いわゆる地方だ。「ちほう」ではなく「じかた」と読む。現地採用の地方公務員だ。

本部の課長だから階級は警視だろう。笹本も警視だから、はるかに年上の板橋は強気に出ているのだ。

「被害者は、マルBと関わっていたという情報があります。死因に関係しているかもしれません。それを調べろという特命です」

「被害者って、どっちの?」

「先に遺体が発見されたほうです」

「関わっていたマルBってのは、何者だ?」

諸橋はこたえた。

「調べはこれからです」

板橋は笹本に言った。

「マル暴の件はわかったが、監察官のあんたがここにいるのはどういうわけだ?」

「本部長から、この二人を援助するように言われました」

「援助だって?　監察官が?」

諸橋は思わず笑みを洩《も》らしそうになったが我慢した。

「監察官室は、不正を取り締まるだけじゃありません」

「ほう。俺たちのあら探しばかりしているものと思っていたがな……。とにかく、邪魔だう。

けはしないでくれ」

板橋課長はそう言うと、その場から去って行った。山手署の捜査本部に向かったのだろ
小出係長が苦笑を浮かべて言った。

「課長は、キャリアにはいつもああですよ」

笹本は何も言わない。

代わりに城島が言った。

「気持ちはわかるが、得にはならないなあ……。警察って上に行けば行くほど、キャリアだらけになるからね」

小出係長が言う。

「課長以上に出世するつもりはないらしいです」

「そうはいかないだろう」

板橋課長のことなど、どうでもいい。諸橋は言った。

「被害者のことを知っていそうな人に話を聞いて来よう」

城島がうなずいた。

「そうだね。昼飯がまだだったな」

諸橋と城島が、屋敷から出ようとすると、笹本が追ってきて尋ねた。

「どこに行くんだ？」

城島がこたえる。

「中華街で昼飯だよ。絶品のフカヒレ入りあんかけチャーハンがあるんだ」

「私も行こう」

「タクシー代を出してくれるとありがたいな」

笹本は顔をしかめて言った。

「あとで本部に寄って、捜査車両を一台都合してもらおう」


何度か来たことがある中華街の高級店だ。昼時は混んでいるが、午後一時を過ぎていたので、すぐに席に案内された。

城島お勧めのフカヒレ入りあんかけチャーハンを三つ注文する。

「おや、城島さんじゃないですか」

そう言って席に近づいて来たのは、この店のフロアマネージャーだ。

名前は陳文栄《ちんぶんえい》。年齢は五十代の前半だ。なんでも、祖父の代に福建省《ふっけん》から渡ってきたのだという。

日本で育ったので、日本語のほうが得意だと言うが、中国語も話す。

「ご無沙汰《ぶさた》ですね」

城島がそれにこたえた。

「こんな高い店、なかなか来られるもんじゃないよ。ランチに来るのが精一杯だ」

「大げさですよ。他の店と値段はそんなに違いません」

「俺は、あんかけチャーハンが食べられれば満足なんだ」

「他にもおいしいものがたくさんありますよ」

「うちの諸橋係長は知っているよね」

「もちろんです」

陳文栄は諸橋に礼をした。

「こちらは、本部の笹本……」

陳文栄はにこやかに言った。

「城島さんにはお世話になっております。よろしくお願いします」

「飯の後に、ちょっと話が聞きたいんだけど……」

城島に言われて、陳文栄は笑顔のままこたえた。

「わかりました。内密のお話ですか?」

「教えてほしいことがあるんだ。内密というほどじゃないけど、人には聞かれたくないな」

「わかりました。個室を用意しましょう。食事もそちらに運ばせます」

諸橋たち三人は席を移動するため、陳文栄についていった。


案内されたのは、店の奥にある個室だ。中央に円形の回転テーブルがある。

城島が言う。

「こういう回転するテーブルがあるのは日本だけなんだってね」

笹本が言った。

「本場の中国にはないのか」

「ないらしいよ」

「この店の経営は中国人なんじゃないのか?」

「そうだよ」

「それなのに、日本式のテーブルを使うのか?」

「客の大半は日本人だからね」

二人の会話は面白くないが、フカヒレ入りあんかけチャーハンは、城島が言うとおり絶品だ。

食べ終わると、ジャスミン茶のポットを交換しデザートの杏仁豆腐《あんにんどうふ》が運ばれてきた。

それからほどなく、陳文栄が再び姿を見せた。

「お食事はいかがでした」

城島がこたえる。

「相変わらずうまかった。まあ、座ってよ」

「いえ、お客様と同席するわけにはまいりません」

「話を聞かせてもらうんだ。立たせておくわけにはいかない。さあ、座って」

「そうですか。それでは、失礼して……」

陳文栄が椅子に腰を下ろすと、城島が質問を始めた。

「劉将儀という人、知ってる?」

「ええ、もちろん存じております。劉さんが、どうかされましたか?」

「遺体で発見された」

陳文栄は、一瞬言葉を失った様子で、城島を見つめた。

それから、救いを求めるような眼差《まなざ》しを諸橋と笹本に向けた。おそらく「冗談だ」と言ってほしかったのだろう。

城島に眼《め》を戻すと、陳文栄は言った。

「いったいどういうことです？」

「どうやら殺人のようだ。劉将儀について、知っていることを話してほしい」

「同業者ですよ。もっとも私は雇われ店員で、むこうは店のオーナーでしたけどね」

「四年ほど前に、店を手放したそうだね」

「ええ。後継ぎもいらっしゃらなかったようですから……。店の権利をそっくりお売りになって、悠々自適の生活をされているものと思っていました」

「山手に屋敷を持っていた」

「ええ、それも存じております。拝見したことはありませんが、豪邸だという噂は聞いておりました」

「行ってみたら、なんだか荒れ果てていたな。長いこと、人が住んでいなかったような様子だった」

陳文栄は怪訝そうな顔をした。

「店を引き払い、山手に引っ越して、何事もなく暮らしておられると思っていたのですが……」

「会ったことはあるんだね？」

「ええ。それほど親しかったわけではありませんが……」

「何かトラブルを抱えていたような様子は？」

「さあ……。そういう話は聞いていませんね」

「俺に隠し事をすることはないんだよ」

陳文栄は苦笑した。

「別に、隠し事なんかしていませんよ。トラブルがあれば、噂になります。そんな噂は聞いたことがありません」

「暴力団と関わっていたという話を聞いたんだけど……」

陳文栄はきっぱりとかぶりを振った。

「劉さんに限って、そういうことはありませんね。店を売るときだって、すんなりと話が決まったようです。暴力団と関わりがあれば、そうはいかないでしょう」

「あたらしい経営者が、そっち関係とか……」

「そんなやつを中華街に入れたりしませんよ。諸橋さんと城島さんは、そちらの方面の専門家でいらっしゃる。お調べになれば、すぐにわかるはずです」

「そうだね。まあ、洗ってみるよ」

陳文栄が嘘《うそ》をついたり隠し事をしているような様子はなかった。

中華街に、日本の暴力団を関わらせることは決してないという強固な誇りを感じた。

陳文栄が言うとおり、諸橋たちが洗えばすぐにわかることだ。彼が嘘を言うとは思えない。だとしたら、殺害された劉将儀が暴力団と関わっていたという話はどこから出たのだろう。

諸橋は、そんなことを考えていた。

「劉さんから店を買った人って、どんな人？」

「広東省《カントン》から日本にやってきたときに世話になった人がいたそうです。その人も華僑なんですが、そのお孫さんに当たる人だそうです」

「やっぱり中国系ということ？」

「いやあ、お孫さんは日本生まれの日本育ちですから、中国語を話すこともできませんね。ですが、血筋で言えば中国系ですかね。お母さんは日本人だったと思いますが……」

「お名前は？」

「馬健吉《まけんきち》さんです」

「……で、その店の場所は？」

「二筋向こうです。大きな店だからすぐにわかります」

城島がその店の名前と詳しい場所を聞いてメモをした。彼は諸橋を見て言った。

「何か訊きたいこと、ある？」

諸橋は陳文栄に尋ねた。

「殺害される前、被害者は暴力団と何か関わりがあったという話があったんです。だから、我々が呼ばれました。本当に、何か心当たりはありませんか？」

「いえ。そういう話はまったく聞いたことがありません。何かの間違いではないかと思います。劉さんは、暴力団が大嫌いでしたから」

城島が言った。

「へえ、そりゃうちの係長と話が合いそうだ」

諸橋は陳文栄に尋ねた。

「それには何か理由があるんじゃないですか？」

陳文栄はかすかに笑みを浮かべて言った。

「戦後のごたごたの時期には、我々華僑と愚連隊はいろいろありましたからね。その後も私らは、体を張って中華街を守ったという自負がありますから……」

穏やかな表情の奥に、したたかな顔が一瞬のぞいた。諸橋はそう感じた。

そのとき、笹本が言った。

「劉将儀さんの顔を確認していただけませんか？」

諸橋は言った。

「そんな必要があるのか？　もう身元はわかっているんだろう？」

「確認は、二重三重に取ったほうがいい」

城島が言う。

「俺たち、顔写真なんて持ってないよ」

笹本はスマートフォンを掲《かか》げて言った。

「捜査本部から送ってもらった」

それから陳文栄に向かって言った。「顔を確認してもらえますか？」

陳文栄はこたえた。

「死体の写真は見たくありませんね」

「お願いします」

陳文栄はしぶしぶスマートフォンを受け取った。画面を見つめる。そのうちに、ふと怪訝そうな表情になった。

それに気づいて、諸橋は尋ねた。

「どうかしましたか……？」

陳文栄は一度顔を上げて諸橋を見て、またスマートフォンの画面を見つめた。

そして言った。

「殺されたのは、この人なんですね？」

笹本がこたえる。

「そうです。遺体の顔写真です」

「これ、劉将儀さんじゃないですよ」

「え……」

諸橋は思わず声を上げた。城島と顔を見合わせてから尋ねた。

「劉将儀さんじゃない？　確かですか？」

笹本が言う。

「遺体は人相が変わって見えますからね。よく見てください」

陳文栄は、スマートフォンを笹本に差し出してから言った。

「劉さんの顔はよく知っています。これは、劉将儀さんじゃありません。間違いないですよ」

諸橋はもう一度城島と顔を見合わせた。

4

礼を言って店を出ると、城島が言った。

「死体が劉将儀じゃないって、どういうことだ?」

「さあな……」

笹本が言った。

「陳さんの勘違いということもある。他の人にも確認を取ってみる必要があるだろう」

諸橋は言った。

「そんなことはわかっている。劉将儀の店に行ってみよう」

城島が言った。

「今は、馬健吉の店だけどね」

陳文栄が言ったとおり、店はすぐにわかった。立派な門構えで、陳文栄が働いている店よりも中国趣味が強かった。

扉の両側に太い柱があり、竜の彫刻が施《ほどこ》されている。それが、赤や緑、そして黄色の原色で着色されていた。

ランチも一段落しており、客の数はそれほど多くはない。来意を告げると、すぐにオーナーの馬健吉が現れた。

年齢は五十代半ばで、恰幅《かっぷく》がいい。店構えと同様に、彼も陳文栄などより中国人のように見える。中華街で店を経営するための自己演出なのだろうと、諸橋は思った。

「神奈川県警……？」

馬健吉は、戸惑ったような表情だ。「うちの店が何か問題ですか？」

「いや、そうじゃないんです」

城島が言う。「ちょっとうかがいたいことがありまして」

「はあ……。どんなことでしょう？」

「このお店は、もともと劉将儀さんのものだったんですね？」

「ええ。私が買い取ったんです」

「四年前のことですね？」

「ええ、そうですが……」

馬健吉は、左右に視線を走らせてから言った。「ここでは、ナンですので、奥へどうぞ」

案内されたのは、小さな事務所だった。スチール製の机が一つだけあり、あとはロッカーが並んでいるだけの部屋だ。

馬健吉は、机の向こう側に回り込んだが椅子には腰かけなかった。来客用の椅子がないので、気を使って立っていることにしたのだろう。

城島が言った。

「お店をお買いになった経緯をお話しいただけますか？」

「もともと、劉さんとわが家は昔からお付き合いがありまして……。劉さんが広東省から日本に来られたときに、祖父が世話をしたのがそもそもの縁だったということです。広東省を出るときに祖父の知り合いがいて、紹介状を書いて劉さんに持たせたのだそうです」

「土地や建物を含めた店の権利ですから、安くはなかったでしょう」

「もちろんです。たいへんな買い物でしたよ。祖父の代から飲食店を始め、父の代にチェーン展開をしました。その会社をいったん始末し、それで作った金をこの店にすべて注ぎ込みました」

「それは思い切ったことを……」

「私も若くはありません。本来やるべきことを選択しようと思いまして」

「やるべきこと……」

「祖父も父も、中華街に店を構えることを望んでおりましたので……」

「店の売り買いは、直接劉さんとされたのですか？」

「間に不動産屋だの弁護士だのが入りましたが、基本的には直接のやり取りと言っていいでしょうね」

「ご本人にお会いになったのですね」

「もちろんです」

「それまでにも面識がおありになったのですか？」

「はい。祖父や父と親交がありましたので、父が生きている頃にはたまに家に遊びにいらしてました。こちらから遊びに行ったこともあります」

「お店の売り買いがあった後、劉さんにお会いになったことはありますか？」

「いいえ。こちらも何かと忙しいし、劉さんは山手のお屋敷に籠《こ》もったきり、あまり出歩かないと聞いておりましたから……」

「そうですか」

「あの……」

馬健吉は、不安げな表情になって尋ねた。「劉さんが、どうかされたんですか？」

話の流れから不穏なものを感じたのだろう。

城島が事務的にこたえた。

「劉将儀さんのご遺体が発見されました」

「ご遺体……」

茫然《ぼうぜん》とした顔になる。

「殺害されたようです。それで、ご本人かどうか、確認をしていただきたいのですが……」

「劉さんを確認するということですか？」

「はい。ご遺体の写真です」

城島の言葉を合図に、笹本がスマートフォンを取り出した。それを馬健吉に差し出す。

彼は、眉をひそめた。遺体の写真を見ることに抵抗があるのだろう。それでも、彼はしっかりと画面を見てくれた。

表情が、恐れから戸惑いに変わる。

城島が尋ねる。

「どうです？　これ、劉将儀さんですか？」

馬健吉は、怪訝そうな表情のままこたえた。

「劉さんではないと思います」

「間違いないですか？」

「こういう写真ですので、いつもの顔とは違いますが、少なくとも私が知っている劉さんとは違います」

「別人だということですね？」

「ええ。別人だと思います」

馬健吉はスマートフォンを差し出し、それを笹本が受け取った。

諸橋は言った。

「四年前に、店の売買で会ったのは、この人物ではないということですね？」

「ええ。その時会ったのは、昔から知っていた劉将儀さんです」

「その劉さんの写真をお持ちですか？」

「家族と撮った写真があると思います」

「それを拝借できますか？」

「古いケータイに入っているんじゃないかと思いますが……」

「探していただきたいのですが……」

馬健吉は、一瞬抗議の姿勢を見せた。ランチの時間はまだ終わっていない。多忙だからと断りたいのが本音だろう。

だが、警察官はそれを許さない。捜査のためなら相手の都合などおかまいなしだ。

「ケータイは自宅にありますが……」

諸橋はさらに言う。

「自宅にうかがいましょう」

馬健吉は抵抗を諦《あきら》めたようだ。小さく溜《た》め息《いき》をついて言った。

「わかりました」


馬健吉の自宅は、中華街から徒歩で十分ほどの高級マンションだった。部屋には誰もいなかった。家族は皆出かけているようだ。

リビングルームで待っていると、馬健吉は、折りたたみ式の携帯電話、いわゆるガラケーを持って戻って来た。

携帯電話の電源を入れ、写真を探している。しばらくして、彼は言った。

「あ、これです」

携帯電話を受け取り、諸橋は画面を覗き込んだ。馬健吉の家族らしい人々とともにほほえんでいる老人が写っている。

たしかに遺体とは別人だ。

諸橋は携帯電話を城島に手渡した。写真を確認すると、城島が笹本に手渡す。

笹本が馬健吉に言った。

「この写真を、私のスマホに送ってもらえますか？」

「ええ、メールアドレスを教えていただければ……」

二人がその操作をしている間、諸橋は小声で城島に言った。

「これはいったい、どういうことなんだろうな」

「まあ、これで白骨死体の正体に見当がついたということだな」

諸橋はその言葉にうなずいた。


馬健吉の自宅を出ると、諸橋は城島に言った。

「捜査本部に戻ろう。山里管理官に報告したほうがいい」

それを聞いた笹本が言った。

「驚いたな。ずいぶんまともなことを言う。独断専行がモットーだと思っていた」

中華街の中を歩きながら議論などしたくない。だが、言うべきことは言っておかなければならないと、諸橋は思った。

「俺は自分の責任で行動している。責任が取れないことで無理はしない」

笹本は何も言わなかった。

山手署に戻る前に、県警本部に寄った。笹本が車を何とかしてくると言った。諸橋と城島は一階で待つことにした。

一階には、広報室や公文書閲覧室がある。色調は渋く、ホテルのロビーのようだと、諸橋は思った。

しばらくして笹本が戻ってきた。車のキーを見せて言った。

「誰が運転する?」

城島が言った。

「本当に車が手配できたんだな。俺たち一介の捜査員には無理な芸当だ」

「本部長の特命だと言ったらなんとかなった」

「一番若いやつが運転するもんだが、あんた、運転は得意なのか?」

「普通だね」

諸橋は言った。

「じゃあ、俺が運転することにしよう」

車のキーを受け取り、駐車場へ向かう。指定された車両を見た。メタリックグレーの日産のセダンだ。どこの警察署にもある覆面車《ふくめんしゃ》だ。

助手席に城島が座る。笹本は後部座席だ。一番若いくせに後部座席というのは生意気だが、キャリアだから仕方がない。

それに、隣にいられるよりもいい。

山手署の捜査本部に戻り、諸橋たち三人は管理官席に行った。報告は階級が一番上の笹本に任せようと思ったが、彼は何も言おうとしない。諸橋が報告するしかなかった。

「中華街で聞き込みをしたんですが、発見された遺体は、劉将儀ではないかもしれません」

山里管理官が眉をひそめた。

「いったい、何を言ってるんだ……」

「生前の劉将儀を知っている人物二人に話を聞きました。遺体の顔写真を見てもらいましたが、二人ともそれは劉将儀ではないと証言したのです」

「何かの間違いじゃないのか?」

「どうやら、そうではないようです」

「詳しく聞かせてくれ」

諸橋は、陳文栄や馬健吉から聞いた話を伝えた。

山里管理官は困惑の表情だ。

「しかし、遺体の身元は確認済みなんだ」

「どうやって確認したんです?」

「運転免許証を所持していたんだ。それで確認した」

「そいつは妙ですね」

城島が言うと、山里管理官が聞き返した。

「何が妙なんだ?」

「劉将儀は、外国人登録をしていなかった。住民票がないはずなんです。それなのに、運転免許証を持っていたなんて」

山里管理官が城島の顔をしげしげと見つめて言った。

「たしかに、そのとおりだな……。じゃあ、どういうことだろうな……」

「運転免許証は偽造なんじゃないですか?」

「いや、ちゃんと登録されていた。その記録を確認したんだ」

「じゃあ、何者かが劉将儀になりすますために、正式に免許を取得したのかもしれません。免許証があれば、身分証としても使用できますからね」

「なりすました……」

山里管理官がさらに表情を曇らせる。「本物の劉将儀はどうなったんだ?」

「自宅跡で白骨死体が出たでしょう。うかつなことは言えませんが、それが劉将儀である可能性は高いんじゃないですかね」

山里管理官が立ち上がり、三人に言った。

「来てくれ、課長に報告する」

管理官は幹部席に向かった。板橋捜査一課長は、目の前にやってきた四人を睨《にら》むように見て言った。

「何だ？」

山里管理官が言う。

「発見された遺体ですが、劉将儀ではない可能性が出て来ました」

「何だと……」

板橋課長の眼がさらに鋭くなる。「どういうことだ」

「詳しくは、みなとみらい署の諸橋暴対係長からご報告いたします」

板橋課長は諸橋を見た。

諸橋は、中華街で聞いてきた話を伝えた。話を聞き終えると、板橋課長が言った。

「二人が、遺体は劉将儀とは別人だと証言したわけだな？」

「はい。特に馬健吉は、昔から劉を知っていたようですから、間違えるとは思えません」

板橋課長はしばらく諸橋を見つめてから言った。

「『ハマの用心棒』と呼ばれているらしいな」

「そう呼ばれるのは好きではないのですが……」

「暴走することがあるそうだな。それで監察官が張り付いているのか？」

笹本が言った。

「私は別に監視しているわけではありません」

「ふん、まあいい。あの遺体が劉将儀じゃないとしたら、どういうことになるんだ？」

諸橋はこたえた。

「運転免許証を所持していたということですから、誰かが彼になりすましていたということだと思います」

「なりすまし……？　じゃあ、あの家から出て来た白骨死体が劉将儀なのだろうか……」

「まだ断定はできませんが、その線は濃いと思います」

板橋課長が山里管理官を見て言った。

「至急、確認を取れ。最初に発見された遺体はどこにある？」

「署の霊安室です」

「司法解剖《かいぼう》ができないかどうか、手配してみてくれ」

司法解剖に回される死体の数は決して多くはない。神奈川県では、実質たった一人の医師が解剖を手がけていることが明るみに出て問題になったことがある。

山里管理官がうなずいた。

「わかりました」

「あらためて身元を洗わなければならない。本来は山手署か捜査一課がそういう情報を仕入れてくるべきだ。捜査員に発破をかけろ」

「は……」

どこの捜査員でもかまわないだろう、と諸橋は思った。だが、どうやら板橋課長は、そういうことにこだわる人物のようだった。

5

管理官席に戻り、諸橋は城島に言った。

「陳文栄や馬健吉が知っている劉将儀は、品行方正な人物のようだな」

隣の席の城島はうなずいた。

「働き者だったんだね。苦労して店を大きくして、家を買った。おそらく、働くことしか頭になかったんだろう。そして、孤独に死んでいった……」

城島は常に陽気だが、感傷的な一面もある。みんなにラテン系だと言われる所以《ゆえん》だ。

「劉将儀は、暴力団とは関わりがなかったと、陳文栄が言っていた。その言葉には信憑《しんぴょう》性《せい》があるように思える」

「馬さんが、店を買うときも、何の問題もなかったようだからね。暴力団と関係していたなら、店の売り買いに首を突っこんでくるだろうしね」

笹本が言った。

「だが、劉将儀が暴力団と関わりがあったという話は間違いなくあった」

諸橋は言った。

「だから、それは殺された偽者《にせもの》の劉将儀のことだろう。暴力団と関わったりしたら、ろくな死に方をしない」

諸橋の向かいの席の山里管理官が言った。

「じゃあ、殺害したのは暴力団員ということになるのか？」

諸橋はこたえた。

「断定はできません。しかし、私はそう考える立場にあります」

「マル暴だからな」

「そして、そのために本部長に呼ばれたのだと思っています」

城島が言う。

「劉将儀が馬さんに店を売ったのが四年前。そして、三年前から消息を絶っていた……。埋められた死体が白骨化するのに三年くらいかかるということだから、その時期に殺害されて、何者かが入れ替わっていたんだろうね」

山里管理官が言った。

「三年前の劉将儀の身辺を洗ってみよう」

諸橋は言った。

「劉将儀を殺害して、彼になりすました……。その目的は何だろうな」

城島がこたえる。

「まあ、普通に考えれば何かの詐欺《さぎ》だろうな」

「土地家屋の売買とか……」

「劉将儀が住んでいたのは、山手の一等地だ。それを売り飛ばせばけっこうな額になるだろう」

「劉将儀になりすまして、土地家屋を売ろうとしたと……」

二人のやり取りを聞いて山里管理官が言う。

「不動産売買のために、持ち主を殺害したというのか……。そいつはあんまりだな」

城島がこたえる。

「まあ、詐欺としては外道《げどう》ですね」

「外道……？」

「一流の詐欺師ってのは、人を殺《あや》めたり、傷つけたりはしないもんです。物理的な意味でね」

「物理的な意味で……？」

「そう。被害者は、心理的にはずいぶん傷つけられますからね」

「詐欺師ではなく、素人《しろうと》が詐欺の計画を立てたということかな……」

「暴力団が絡《から》んでいるのでしたら、誰か絵を描いたやつがいて、詐欺師は利用されただけなのかもしれません」

「じゃあ、どうして殺害されたんだ？」

「さあ、そいつはわかりませんね」

笹本が言った。

「詐欺師なら、二課に資料があるかもしれない」

それを聞いて、山里管理官がうなずいた。

「神奈川県警だけでなく、全国の知能犯担当に問い合わせる必要がある。運転免許証の顔写真で手配しよう」

城島が諸橋に言った。

「その結果をぼんやり待っているのも芸がないね」

諸橋はうなずいた。

「ちょっと出かけてくるか」

笹本が尋ねた。

「どこに行くつもりだ？」

諸橋はこたえた。

「役目を果たすんだよ」

「役目……?」

「マルBのことを調べるのが、俺たちの仕事だ」

車に乗り込み、神奈川県警本部を出ると、諸橋は常盤町にやってきた。そして、コインパーキングに車を駐めた。

笹本が言った。

「こんなところに、何の用だ?」

城島がこたえた。

「情報収集だよ」

常盤町は細長い街だ。関内《かんない》駅のすぐそばということもあり、ビルが建ち並んでいる。そのビルとビルの谷間に、時代から取り残されたような日本家屋が建っている。神風会の神野義治《よしじ》の自宅兼事務所だ。「神野」という表札の脇に、ひかえめながら「神風会」の看板がかかっている。

暴対法や排除条例の施行以来、どんなにひかえめであっても、組の看板を掲《かか》げる事務所は極端に減った。

神野がいまだに看板を出しているのは、自分はヤクザだが暴力団ではないという主張なのだろうと、諸橋は思っていた。

家の前までやってくると、笹本が言った。

「癒着《ゆちゃく》はいけないと、本部長に釘《くぎ》を刺されたばかりじゃないか」

城島が言う。

「へえ、そんなこと言われたっけ」

「私はそう解釈した」

「神野が他の暴力団とどう違うか、納得のいく説明をしろと言われたんだ」

「同じことだろう」

「いや、まったく違うね」

諸橋は門の前に立った。引き戸の脇にあるインターホンを押す。

「はい、何でしょう」

代貸《だいがし》の岩倉真吾《いわくらしんご》の声だ。

「諸橋だ。組長に訊きたいことがある」

「お待ちください」

しばらくして、門の引き戸が開いた。髪を短く刈った岩倉真吾の姿があった。

彼は代貸であると同時に、いまや神風会のただ一人の組員でもある。

「どうぞ」

玄関に案内される。戸を開けると神野がいた。

「お上がりください」

「玄関でいい」

「いえ、そうはまいりません」

「ここでいいんだ」

「せっかくおいでいただいたのに、茶の一杯も出さないとあっては、恥をかくことになります」

これはいつもの問答だ。上がるか、玄関での立ち話かは、だいたい半々の割合だろう。

「あんたの恥なんて知ったこっちゃないんだ。訊きたいことがある」

神野は諸橋一行を奥に案内することを諦めた様子だ。

「何でしょう？」

「劉将儀という人物を知っているか？」

「リュウショウギ……。はて……」

諸橋が、中華街の店の名前を言うと、神野はぽんと膝《ひざ》を叩《たた》いた。

「ああ、あの劉さんですか。ええ、存じております。今は隠居なさっているはずですね」

「四年前に店を売った」

「もう、四年になりますか……」

「劉将儀と見られる遺体が見つかったんだが……」

「劉さんが……」

神野は目を丸くした。心底驚いた様子だが、どうせ演技だと諸橋は思った。

遺体が見つかったくらいで驚くタマではない。

「だが、それはどうやら偽者だ。劉さんになりすましていたやつが、殺されたらしい」

「なりすましたやつ……？　じゃあ、本物の劉さんはどうされているんです？」

「三年前から消息を絶っている。山手の劉将儀の自宅の床下から、白骨死体が見つかった」

「じゃあ、劉さんは三年前に……？」

「今、捜査中だ」

「おい……」

笹本が苛立《いらだ》たしげに諸橋に声をかけた。しゃべり過ぎだと言いたいのだろう。

この程度なら問題ないと諸橋は判断している。どうせ、今日の夕刊か明日の朝刊には記事が出る。

諸橋は笹本を無視して、神野に言った。

「マルB絡《がら》みの詐欺の計画があり、それがトラブったんじゃないかと、俺は読んでいる」

「まあ、その線はあり得るでしょうね」

「何か知らないか？」

神野は首を捻《ひね》った。

「さあて……。何せ、遺体のことも白骨死体のことも初耳でしてね……」

「噂を聞いたことは？」

「劉さんについてですか？　いいえ、特に……」

「あんたなら、何かわかるんじゃないかと思ったんだが……」

神野がちらりと笹本を見た。二人は面識がない。それで神野は警戒しているというわけだ。

諸橋は言った。

「笹本監察官だ。若いが警視だぞ。キャリアだからな」

「どうも、神野と申します。お見知りおきを……」

笹本は無言で会釈《えしゃく》をした。暴力団員とは会話をしたくない、という態度に見えた。あるいは、びびっているのかもしれない。

諸橋は言った。

「本来は、俺たちの監視役だが、今回はいっしょに捜査することになった。だから、信用していい」

神野がこたえた。

「諸橋さんがそうおっしゃるのなら」

信用していい、と言われてこのこたえだ。つまり、笹本のことを胡散臭《うさんくさ》く思っていたということになる。それを隠そうともしなかった。

神野は続けて言った。

「土地の売買をシノギにする連中は、最近増えているようですね」

「横浜では、誰がやっている？」

「いや、こいつはあくまで一般論でして……」

「シラを切るんじゃない」

「確かなことはわからねえんで……。ただ、そういう噂を聞きます。この国では今、妙なことが起きつつあるんですよ」

「妙なこと……？」

「そうです。景気がよくなってきて、土地の値段が上がる傾向にあるんですが、一方で持ち主がわからない土地が増えてきているんです」

　城島と笹本がそのことについて話をしていたのを思い出した。

「価値のある土地がほったらかしにされているわけじゃないだろう。値上がりしているのは都市部の土地で、持ち主がわからないのは、地方の山野《さんや》なんじゃないのか」

「かつてはそうでした。でもね、最近は都会の土地がほったらかしにされたりするんですよ。それに暴力団が眼を付けないはずはないんです。勝手に登記簿をでっち上げて売り買いする輩《やから》が出てくる……」

「今回も、そういうケースだということか？」

　神野はかぶりを振った。

「そいつはわかりません。あくまで一般論だと申し上げたでしょう」

　諸橋は城島を見た。

　こういう話は城島のほうが詳しい。

　城島が言った。

「不動産をシノギにしている組を調べるのは簡単だ。問題はそいつらが殺しまでやるかどうかという話だ」

　神野は肩をすくめた。

「最近の極道は、金のためなら何でもやりますよ」

城島が追及する。

「そういうことをやりそうなやつを知っているような口ぶりだね」

「とんでもない。私は何も知りませんよ。だから、劉さんのことは初耳だと申しているでしょう」

諸橋は言った。

「調べてくれるな」

「はあ……?」

「俺たちには手が届かないことでも、あんたなら調べることができる」

「それは買いかぶりですよ。警察にわからないことが、私らにわかるはずがありません」

「もちろん、警察の捜査能力には自信を持っている。調べればたいていのことはわかる。だが、蛇《じゃ》の道は蛇《へび》ということもある」

神野は曖昧《あいまい》に首を振った。

「まあ、お約束はできかねますが……」

「そうだろうな。また来る」

諸橋は玄関を出た。

岩倉が門の出入り口までついてきて、深々と礼をした。

諸橋は無言でコインパーキングに戻った。自動精算機で料金を払い運転席に座ると、助手席の城島が言った。

「とっつぁん、何か知ってると思うか？」

「さあな……。ただ、興味を持った様子だったな」

「興味を持った？」

後部座席の笹本が言った。「とてもそうは見えなかったがな……」

城島がこたえる。

「付き合いが長いとわかるんだよ」

「マルBと付き合いが長いというのは、あまり感心できないな」

諸橋は言った。

「あんたが感心しようがしまいが、俺は気にしない」

「私は監察官だ。私が感心しないというのは、つまり神奈川県警本部が感心しないということだ」

諸橋は何もこたえずにエンジンをかけて車を出した。

「機嫌が悪いように見えるな」

城島が言う。諸橋はこたえた。

「考え事をしていただけだ」

「何を考えていたんだ?」

「バブルは遠い昔の話になりつつある。それでも土地神話に群がるやつらがいるんだな……」

「不動産の資産価値は大きいからな」

「それがほったらかしってのは、どういうことだ」

「少子高齢化だ。例えば、だ。土地を持っているが孤独な老人がいるとする。その人物が、相続の手配をせずに死亡するわけだ。すると、その土地は持ち主が不在のまま放置されるんだ。住んでいた家は空き家になる。それが長年経つと、今度は持ち主が不明の土地になってしまうこともある」

「なんだか、淋《さび》しい話だな」

「淋しいだけじゃ済まない。その土地が不正に売買されることもある。外国人の間で売り買いされることにもなりかねない。そうなりゃ、国家の危機だぞ」

気が滅入ってきた。

そう思いながら諸橋は、山手署に向かっていた。

6

捜査本部に戻ると、幹部席で板橋課長と山里管理官が何やら難しい顔で話をしている。

彼らのすぐそばに一人の女性が立っていた。面識はないが見覚えはある。県警本部捜査第二課の課長だ。名前は、永田優子《ながたゆうこ》。

二課は知能犯が担当だ。詐欺や贈収賄《ぞうしゅうわい》などの経済犯だけでなく、選挙違反も取り締まるので、全国の多くの警察本部でその課長をキャリアが務める。

神奈川県警でも例外ではなく、永田優子もキャリアだ。女性の年齢を取り沙汰《ざた》したくはないが、彼女は三十代半ばで警視だ。

板橋課長が、諸橋らに気づいて言った。

「ちょっと、こっちへ来てくれ」

諸橋ら三人は課長がいる幹部席に近づいた。

板橋課長が続けて言う。

「永田二課長は知っているな？」

諸橋はこたえた。

「はい」

笹本が彼女にうなずきかけた。永田課長は、親しげにうなずき返す。キャリア同士の挨拶だ。

それから板橋課長は、永田課長に諸橋と城島を紹介した。

ここに二課長がいる理由は、だいたい想像がつく。やはり、殺人に詐欺事件が絡んでいるのだろう。

板橋課長が言った。

「当初、劉将儀だと思われていた被害者の顔写真を各方面に手配した。すると、二課の資料にヒットした」

永田課長が続いて説明をした。

「彼は過去に、いくつかの詐欺事件に関与したとして、我々がマークしていました」

諸橋は尋ねた。

「マークしていた？　検挙したことはないのですか？」

永田課長がこたえる。

「これまでは、いずれの事案でも直接の関与ではないので、なかなか検挙に至りませんでした」

「どんな事案だったのですか？」

「土地の売買に関する詐欺です」

「具体的には……？」

「関係者になりすまして土地を売るという詐欺です。持ち主が不明な土地、あるいは長期間放置されている土地の登記簿などを偽造して売るわけです」

城島が尋ねた。

「今回、その男は劉将儀になりすましていたわけだけど、過去の事案と同じ手口だったということ？」

「過去の事案では、持ち主ではなく、仲介業者として関与していました」

「なるほど……。だから、検挙されなかったわけだね……」

「そういうことです」

諸橋は言った。

「今回は持ち主として直接関与した……」

「ええ」

「何か理由があるんでしょうかね？」

「理由……？」

「過去の事案では、仲介業者になりすましていた。でも今回は持ち主になりすました……。それはなぜか、ということです」

板橋課長が言った。

「理由があるかどうかはわからない。たまたまということもある」

諸橋は言った。

「たまたまとは思えないですね。殺害されたのですから……」

「その理由の一つに、暴力団の関与があるのではないかと、私は考えています」

永田課長の言葉に、諸橋はこたえた。

「今回の事件にマルBが絡んでいるという情報の出所は、二課だったんですね」

永田課長はうなずいた。

「内偵の過程で、そういう情報を得ました」

「内偵を進めるに当たり、邪魔だから俺たちに引っ込んでいろ、ということじゃないでしょうね」

永田課長は、きょとんとした顔になって言った。

「私は、協力を申し出ているだけですけど……」

キャリアの言うことを、即座に真に受けるわけにはいかない。だが、この場は永田課長を信じていいような気がした。

板橋課長が言う。

「諸橋係長が用心深くなるのももっともだ。二課は特に秘密主義だからな」

すると永田課長が言った。

「縦割りの弊害《へいがい》を、佐藤本部長は認めません」

なるほど、と諸橋は思った。あの本部長は本当に、県警内のいろいろな不具合を正そうとしているのかもしれない。

いずれ神野のことは、きっちりと説明しなければならないだろう。

板橋課長が言う。

「つまり、二課も捜査本部に参加してくれるということか?」

「刑事部長からそういう指示を受けています」

つまりは、佐藤本部長が刑事部長にそう指示したということだろう。

板橋課長が苦い顔をした。

「俺は何も聞いていないがな……」

刑事部長はもちろんキャリアだ。つまり、キャリアからキャリアへの指示ということだ。

板橋課長は、それを不愉快に思っているに違いないと、諸橋は思った。

地方《じかた》には地方の役割があり矜持《きょうじ》がある。諸橋はそう思っているが、課長ともなると、地方とキャリアの差がことさらに気になるのかもしれない。

あるいは、板橋課長はもともとそういうコンプレックスを強く持つ男なのかもしれない。

そのとき、連絡係が板橋課長に告げた。

「参事官からお電話が入っております」

参事官は部長の補佐役だ。

板橋課長は緊張した面持《おもも》ちで電話に出た。そして、受話器を置くと言った。

「今、二課が捜査本部に加わると、正式にお達しがあった」

キャリアの永田課長には、刑事部長から直接指示があったが、地方の板橋課長には参事官からの指示だった。

それも気になるところだろうが、板橋課長はそれについては何も言わないし、態度にも出さない。

さすがに課長だけあって、それなりの分別はあるようだ。

板橋課長が言った。

「……となれば、席を用意しなけりゃな……。とりあえず、俺の隣にいてください」

「わかりました」

永田課長はテーブルの向こう側に回り込み、板橋課長の隣に腰を下ろした。

「それで……」

諸橋は尋ねた。「殺害された人物の名前は？」

その質問にこたえたのは、永田課長ではなく、山里管理官だった。

「いくつか名前を使っている。井原《いはら》淳次《じゅんじ》、小池《こいけ》学《まなぶ》、小原《おはら》滋《しげる》……」

「どれが本名なんです？」

「まだ確認が取れていないが、おそらく井原淳次というのが本名ではないかと思われている」

「井原淳次が関わっていたマルBは何者です？」

その質問には、永田課長がこたえた。

「泉田《いずみだ》誠一《せいいち》といいます。ご存じですか？」

「もちろんです」

諸橋はこたえた。「羽田野《はたの》組の組長ですね。羽田野組は関西系の三次団体です」

「泉田誠一は、精力的に資金源を増やそうとしているようです」

城島が言った。

「あそこのフロント企業は何でも屋みたいなもんだから、不動産売買も手がけているかもしれない」

　永田課長がうなずいた。

「ハタノ・エージェンシーですね。宅建の資格を持つ社員がいて、不動産業もやっているようです」

　山里管理官が諸橋に尋ねた。

「羽田野組の組長が泉田？　たいていは、組長の苗字を組の名前として名乗るんじゃないのか？」

「羽田野組の組長は殺害されたんです。それで、若頭だった泉田が組を引き継ぎました」

　山里管理官は、左の掌《てのひら》を右拳《こぶし》で叩いた。

「そうか。思い出した。横浜市内でそんな事件があったな……」

　城島が追加で説明する。

「昔は、そういうとき、組の名前を変えたもんですけど、今じゃフロント企業が株式会社になったりしてますんで、面倒臭いんでしょう。それに泉田ってやつは、義理堅くて先代の名前を残したいって言ったようです」

　諸橋は訂正した。

「義理堅いわけじゃない。そういうポーズを取っているだけだ」

城島が肩をすくめた。

「まあ、そうかもしれない」

諸橋は永田課長に尋ねた。

「泉田と、殺害された井原がつるんでいたというのは間違いないですか?」

「そういう情報を得ていますが、確かなことはまだわかっていません。ですから……」

「我々マル暴が呼ばれた、と……」

「そういうことです」

諸橋は言った。

「俺たちのやるべきことが、はっきりしました。泉田を洗えばいいんですね」

板橋課長が厳しい眼を向けてきた。

「洗うのはいいが、殺人の捜査を台無しにするようなことがないようにしてくれ」

こういう言い方をされると反発したくなる。おとなしく「はい」と言っておけばいいと思いながらも、諸橋は言った。

「なるべく気をつけますよ」

板橋課長が何か言おうとしたが、永田課長に遮《さえぎ》られた。

「あら、私たちも詐欺事件を捜査しなければなりません。全容を解明して、関係者を一網《いちもう》打尽《だじん》にしたいと思っていますので……」

それに対して板橋課長が言った。

「殺人の捜査が最優先です」

「殺人だけが犯罪じゃないんですよ」

この課長、物腰は柔らかいのだが、言うべきことははっきり言うタイプらしい。

なかなか骨がありそうだ。もしかしたら、板橋と衝突するかもしれない。諸橋はそんなことを考えていた。

板橋課長は、永田課長に反論はせず、山里管理官に言った。

「以上だ。捜査を続けてくれ」

「はい」

山里管理官は一礼して席に戻った。諸橋たち三人も彼に従い、管理官席に向かった。

諸橋は幹部席の二人の課長の様子を見ていた。永田課長が席を立つところだった。

どうやら捜査本部に常駐するつもりはない様子だ。多忙なのだろう。

捜査一課長も忙しいはずだが、幹部席から動こうとしない。責任感の表れだろうか。諸橋はまだ、板橋課長をどう評価していいか決めかねていた。

笹本が諸橋に言った。

「捜査対象の暴力団員が判明したということだな」

諸橋は笹本に眼を向けてこたえた。

「羽田野組の泉田だ」

「神野のところへ行ったのは無駄足だったということだな。もう、彼から情報をもらう必要はない」

「そうじゃない。神野に会ったのは、言わば布石だ。後々の局面で必ず必要になってくる」

「本部長は納得していない」

「だからそうじゃないと城島も言っているだろう。本部長は納得したいと思っているんだ」

「それは勝手な解釈だな」

「そっちこそ本部長の意向を自分の都合でねじ曲げているんじゃないのか」

「待て……」

山里管理官が言った。「何の話だ?」

笹本が山里管理官に言う。

「情報提供を求めて、この二人は暴力団員に会いに行ったんです」

それを聞いて城島が言った。

「俺たち二人だけじゃない。あんたもいっしょだったんだ」

山里管理官が渋い表情になる。

「そういうことは、事前に言ってくれ」

諸橋はこたえた。

「マル暴刑事が、情報をもらいにマルＢに会いに行くのは、当たり前のことですよ」

「それでも事前に知らせてくれ。何かあったときに対処できない」

管理官にそう釘を刺されたら、はいと言うしかない。

「わかりました。気をつけます」

「それで、どこのマルＢに会ったんだ」

「常盤町の神野というヤクザです」

山里管理官はその名前を知らない様子だった。

「それで、何かわかったのか？」

「最近、不動産売買をシノギにするマルＢが増えていると言っていました。何でも、持ち主不明だったり、長期間ほったらかしの土地が増えていることが影響しているようです」

「今回の事件もどうやらそうらしいな」

「神野は具体的なことは言いませんでしたが、不動産詐欺をやっているような連中のことを知っているはずです」

「じゃあ、泉田のことも……」

諸橋はうなずいた。

「おそらくは……」

「さらに追及して詳しいことを聞き出せないのか？」

「いずれそうします。今は、時間を与えてやろうと思います」

「時間を与える？」

「神野が何かを調べるための時間です」

「暴力団員が警察のために何かを調べると言うのか」

「そういうこともあります」

笹本が苦々しげに言った。

「そういう、持ちつ持たれつの関係が危険だと言っているんだ。警察と暴力団が癒着しているなんて、世間にどう言い訳するんだ」

諸橋は笹本を見て言った。

「別に言い訳なんてしない。事実をありのままに言うだけだ」

「事実って、何だ？」

「必要なら誰にでも尋ねる。マルBにしかわからないことは、マルBに訊く。それだけのことだ」

笹本は鼻白《はなじろ》んだ顔になった。

諸橋と笹本の言い合いになどまったく関心はないとばかりに、明後日《あさって》の方向を向いていた城島が言った。

「羽田野組が不動産か……。えらいきな臭《くさ》いな……」

それを聞いた山里管理官が聞き返す。

「きな臭い？　何がどうきな臭いんだ？」

たしかに、城島が言うとおりだと、諸橋は思った。

城島が説明を始めた。

7

「羽田野組ってのは、関西が神奈川に進出するための橋頭堡《きょうとうほ》的な役割の組だ」

諸橋、笹本、そして山里管理官が、城島の言葉に耳を傾けている。

「関西本家の思惑もあって、羽田野組は勢力拡大を最大の使命としている」

諸橋はうなずいて言った。

「もともと羽田野はばりばりの武闘派で、その手下も荒っぽいのがそろっている。だが、その割には活動は地味だった」

「まあ、暴対法や排除条例があるからね。パクられたら元も子もないと考えていた、ということもあるんだろうけど……」

「武闘派が腕っぷしで伸《の》していた時代は、とうの昔に過ぎ去った」

「そう。おそらく羽田野組を継いだ泉田もそう考えているんだと思う。今や主流は経済ヤクザだからね。泉田もその時流に乗ろうと考えたんだろう」

「ハタノ・エージェンシーには宅建の資格を持った社員もいるということだから、以前から不動産を扱ってはいたんだろうな」

山里管理官が城島に尋ねた。

「きな臭いというのは、どうしてだね？」

「勢力を広めるためには、土地を手に入れることはきわめて有効でしょう。よその縄張りだとしても、土地の所有者なら堂々と入居することができる」

山里管理官が眉をひそめる。

「そんなことをしたら、抗争になるんじゃないのか？」

「今時、縄張り争いで抗争をするほどの度胸のあるやつらはいませんよ。マルBが揉《も》め事を起こしたら、警察はすぐにしょっ引きますからね」

「だからといって、弁護士を立てて抗議するわけにもいかないだろう。マルBの縄張りに法的な根拠などないだろうからな」

「そこが泉田の狙《ねら》いでしょう。もともとよそ者ですから、無茶は承知で縄張りを広げようとするんじゃないでしょうかね」

「つまり、縄張りを広げる手段の一つが不動産売買だ、と……」

「……でしょうね」

笹本が思案顔で言う。

「だが、不動産を入手するのには金がかかる」

城島がこたえた。

「元手がなくても、手はいくらでもある。土地の買い手がつかない間、管理者とかの名目で居座っていればいいんだ」

諸橋は補足した。

「居住者の権利は法律で守られている。特別な契約がない場合、居住している者の権利が優先される。地主は勝手に居住者を追い出せないので、それを利用する。占有屋の手口と同じだ」

「なるほど……」

山里管理官が言った。「マルBがそれをやるとしたら、たしかにきな臭いな」

笹本が、思案顔のまま言う。

「武闘派を返上して、地道に不動産で勢力拡大を図っているというわけか」

城島がそれにこたえる。

「土地を手に入れると強いからな。売り買いを繰り返して資金を作り、必要な土地を手に入れているんだろうな」

山里管理官が首をひねる。

「しかし、暴対法や排除条例があるから、銀行から金を借りるわけにはいかないだろう。

商売としてはきついんじゃないのか」

城島が言う。

「そのためのフロント企業ですよ。まあ、やつらもあの手この手を考えますからね。抜け道はあります」

「それに……」

諸橋は言った。「武闘派を返上したわけじゃないだろう。だから、人が二人も死んでいるんだ」

城島が言った。

「まだ泉田がやったと決まったわけじゃない」

「そうだ」

笹本が言う。「勝手に決めつけて、勝手に突っ走る。そういうことはやめてほしい」

諸橋はうんざりした気分で言った。

「俺は別に、好き勝手やってるわけじゃない」

城島が助け船を出してくれた。

「そうだよ。だからちゃんと実績を上げているんだ」

今度は笹本が渋い顔になって言った。

「その実績さえなければ、とっくに首になっている」

「県警本部長は、俺のやり方を認めてくれているようだ」

「本部長の任期は長くて二年だ。別な本部長が来れば、方針も変わる」

こいつはそれを望んでいるのだろうか。いずれにしろ、笹本の真意はいまだにわからない。

山里管理官が言った。

「二課でも、泉田と井原が共謀《きょうぼう》しているという確証をつかんでいるわけではないと言っていた。泉田を引っぱって、話を聞いてみるか?」

諸橋はかぶりを振った。

「今引っぱっても、シラを切られて終わりでしょう。何か突くネタを握らないと……」

「捜査員たちは目撃情報を当たっている。周辺に防犯カメラがないか調べているし、付近を通過した車両からドライブレコーダーの映像等の提供を求めている」

最近は、確証を入手する方法が変わってきた。町中に映像情報があふれているので、それを入手するのだ。

昔は聞き込みという伝聞情報をもとに、本人から自白を引き出すのが正攻法だった。それが自白至上主義だと批判されることになった。

どんな手を使ってでも自白を取ろうとする刑事が少なくなかった。それが冤罪《えんざい》を生むことにもなった。

それで客観的な情報を求める声が高まった。街に防犯カメラが増えたのにはそういう理由もあるのだ。

また、事故の際にどちらの運転手が悪いか言い争いになることもあるが、ドライブレコーダーの映像があれば一発で解決だ。

ビデオカメラや記録の技術が格段に向上したのも防犯カメラやドライブレコーダーが普及した理由の一つだろう。

カメラと記録メディアが小型化し、さらに価格が低下したことで一気に広まったのだ。

その膨大《ぼうだい》な映像情報は、たいていは上書きされて消えていくのだが、インターネット経由でどこかに蓄積されたり、予期せぬ場面で利用されたりする恐れがあると指摘する者もいる。

今やインターネットの世界は何でもありだ。だから、その指摘もあながち否定はできないだろう。

だが、諸橋はそれについてはあまり考えないことにしている。

常に誰かに監視されていると考えるのは嫌なものだ。そして、民主主義という観点からも問題だろう。

しかし、メリットが大きいことも確かだ。少なくとも人々は拷問《ごうもん》まがいの自白の強要から解放されるかもしれない。

捜査する側にとっては動かぬ証拠が手に入りやすいという利点がある。

危惧《きぐ》するのはけっこうだが、おそらく実際に個人が防犯カメラの映像等で迷惑を被《こうむ》るのは、ごく稀《まれ》なことに違いない。

つまり、デメリットよりもメリットのほうがずっと大きいのだ。

そういう場合、メリットを受け容《い》れるべきだと、諸橋は考えている。

山里管理官の言葉が続いた。

「殺人事件についての捜査はこっちに任せてくれ。そちらは、羽田野組の泉田のほうを頼む」

諸橋はこたえた。

「了解しました」

城島が尋ねる。

「どうする？　泉田に会って話を聞いてみるか？」

「しょっ引くのと同じことだ。どうせシラを切るだけだ」

「じゃあ、まず内偵だね」

「泉田の周辺を洗って、何か突っ込めることがあればすぐに話を聞きに行く」

「まずは、ハタノ・エージェンシーの不動産取引の実態を調べてみよう」

山里管理官が言った。

「うちの捜査員を使ってくれ。そのための捜査本部だ」

諸橋は言った。

「いえ、蛇の道は蛇でして……。うちの係員にやらせます」

諸橋は携帯電話を取り出し、浜崎にかけた。

「はい、浜崎」

「ハタノ・エージェンシーの不動産取引について洗ってほしい」

「ハタノ・エージェンシー？　羽田野組のフロント企業ですね」

「そうだ。殺人事件の背後に、新組長の泉田がいるかもしれない」

「了解しました。倉持《くらもち》と八雲《やくも》にやらせます」

浜崎にくどくどした説明は必要ない。横浜市内のマルB事情を知り尽くしている。

「頼んだ」

諸橋は電話を切った。

「さて……」

笹本が言った。「これからどうするんだ?」

「もうじき終業時刻の十七時十五分になる。帰ってもいいかな……」

山里管理官が苦笑混じりに言う。

「捜査本部は、不眠不休なのに……」

城島が言う。

「冗談ですよ。うちの係長は、二十四時間、三百六十五日戦ってますからね」

笹本が言う。

「嘘を言うな。それが本当なら、厚労省に報告しなけりゃならない」

「言葉のアヤだよ。それくらいに気合いが入ってるってことだ」

諸橋は言った。

「今日はここにいてもできることはないので、取りあえず、みなとみらい署に引きあげようと思います」

山里管理官がうなずいた。

「わかった。明日また来てくれ」

諸橋は立ち上がり、捜査本部をあとにした。城島と笹本がついてきた。

みなとみらい署の駐車場に車を駐め、刑事組対課の暴対係に戻ると、浜崎だけがいた。

「お帰りなさい」

浜崎はそう言ってから、笹本の姿を見て、不愉快そうな顔をした。

笹本はそれに気づいたようだが、平気な顔をしている。ちょっとやそっとではへこまないタイプなのだ。

「他のみんなはどうした？」

席に着くと、諸橋は尋ねた。脇のソファに城島が腰を下ろす。

浜崎がこたえた。

「倉持と八雲は、ハタノ・エージェンシーの件で出かけています。日下部《くさかべ》は、俺といっしょに追っている事案を調べています」

「ハタノ・エージェンシーは、永楽町《えいらくちょう》一丁目だったな？」

「そうです」

諸橋は、城島に言った。

「今夜は伊勢佐木町《いせざきちょう》あたりで、夕食を食おうか」

「いいね」

まだ立ったままの笹本が言った。

「こんなときに、夕食の相談か？」

「こんなとき……？」

諸橋は尋ねた。「どんなときだと思っているんだ？」

「殺人の捜査の最中だろう。しかも、二件の殺人だ」

城島が言う。

「まあ、空いている席に座ってよ」

「今あんたが座っているのが、来客用の椅子なんじゃないのか？」

「いや、俺の席だ」

「本来のあんたの席はどこだ？」

浜崎の向かい側の席だ。城島が指差すと、笹本はそこに座った。

城島が言う。

「殺人は世間では大事《おおごと》だろうけど、俺たち刑事にとっては日常だ。だから、別に夕飯の話をしても不謹慎だとは思わないな」

諸橋は笹本に言った。

「終業時間はとっくに過ぎている。あんたは帰宅したらどうだ？　働き方改革とやらで、

「あんたらを援助しろと言われているんだ。あんたらが帰らない限り、私も帰らない」

残業すると厚労省がうるさいんだろう？」

城島が笑みを浮かべる。

「じゃあ、夕食に付き合うかい？」

「そういうことになるな」

「俺たちの夕食は、けっこうホットだよ」

「別に私は猫舌じゃない」

「いいね。その調子だよ」

諸橋は、溜まっている書類仕事を片づけることにした。

係長でもけっこうな書類が溜まる。判を押して、早く上に回さないと叱《しか》られる。

午後七時を回った頃、ようやく片がついた。

「さて、それじゃ出かけようか」

諸橋が言うと、城島が腰を上げた。笹本もやや遅れて立ち上がった。

道の両側には飲食店などが並び、歩道の脇には街路樹が連なっている。

その街路樹に挟まれた道の中央は遊歩道になっていた。

城島が言った。

「さて、夕食は何にしようかね」

「あそこはどうだ？」

諸橋は角地にある焼肉店を指差した。

「いいね」

城島が言うと、笹本が顔をしかめる。

「昼は中華で夜は焼肉か……。もう若くないんだから、少しは食事に気をつけたらどうだ？」

城島がこたえる。

「食い物に気を使ってまで健康になりたいとは思わない。食いたいもの食って死んでいくのが一番だ」

三人は焼肉店に入り、腹ごしらえをすることにした。城島が注文を済ませる。食べ物のことは、彼に任せておけば間違いはないと、諸橋は思う。

「肉は一枚ずつ焼かなきゃだめだよ。焼肉もれっきとした料理だからね」

そう言いながら、城島は人数分の肉を焼く。決して他人には焼かせない。彼といれば絶妙な焼き加減の肉を味わうことができる。

「のんびり焼肉を食べるよりも、やることがあるんじゃないのか」

笹本が言うと、城島が肉の焼き加減を見つめながらこたえる。

「どうして伊勢佐木町を選んだのかわからないのかねえ……」

「え……？」

「ここは、羽田野組の事務所から一番近い繁華街なんだよ」

笹本は、城島と諸橋の顔を交互に見た。

8

「俺たちの奮闘努力の甲斐あって、横浜の治安はずいぶんとよくなった」

城島が言うと、笹本が反論した。

「それは、横浜市の努力の成果じゃないのか」

「市と手を携《たずさ》えて俺たちが努力したからだ」

「まあ、それは認めてもいいだろう。だから、何なんだ?」

「でも、治安のよさなんてのは、表面的なもので、反社会的勢力は決してなくならない。暴対法や排除条例で、面倒なやつらは地下に潜った」

「だから……?」

「モグラを穴から引きずり出すように、そういうやつらを引っ張り出さなきゃならない」

笹本が再び驚いたような顔で諸橋たち二人を見た。

諸橋はそれにかまわず、城島に言った。

「知っている顔はあるか?」

城島は店内を見回した。

「いや、いないね」

「じゃあ、飯を食い終わったら、その辺を流してみるか」

「そうだね。まあ、夜は長いからゆっくりと食事しよう。ハラミを追加していいか？」

「好きにしろ」

たっぷりと肉を味わい、午後九時半頃、焼肉屋をあとにした。払いはきっちりと割り勘にした。

笹本は若いがキャリアだ。奢《おご》ってやる必要はない。

まず遊歩道をぶらぶらと進み、時折脇の細い路地に入ってみる。そんなことを、三十分ほど続けていると、城島が言った。

「あそこの角にいた若いやつが、俺たちを見て、細い路地に入っていったように見えたけど……」

諸橋も気づいていた。

「行ってみよう」

角を曲がると鮨屋《すしや》があった。男は細い路地を足早に歩いて行く。

「ちょっと待ってよ、兄さん」

城島がそう言いながら駆《か》けて行った。諸橋と笹本もそのあとを追う。

城島が男に追いついて話を始めた。諸橋と笹本がそれに加わる。

「俺たちを見て逃げたでしょう」

城島が言った。相手は、三十歳くらいの男だ。服装は革のジャンパーにカーゴパンツ。短髪を明るい色に染めている。

暴走族やマルBという恰好《かっこう》ではない。どちらかというとB系とか呼ばれるヒップホップのダンサーのような見かけだ。

だが、最近は見かけでは判断できない。B系の恰好をしたギャングなどがマルBの準構成員になるケースも増えている。

もっとも、こうした恰好は極道の世界ではあまり好かれないので、ちゃんとゲソづけしたときに、改めることになる。

B系の男は左右の足に交互に体重を移動させながら言った。

「何すか。それ、言いがかりじゃないすか」

城島が笑みを浮かべながら言う。

「いや、間違いないね。俺たちを誰だか知っているわけ？」

相手はふんと鼻で笑ってから言った。

「初対面じゃないすか。あんたらが誰かなんて、知るわけないでしょう」

「正直に言ってもらわないと、ちょっと痛い目にあうかもよ」

「いや、ほんと、言いがかりじゃないすか。マジ勘弁してほしいんすけど……」

「俺は我慢強いけどね。こっちにいる人は気が短いんだ」

城島は諸橋を指差した。「今のうちに正直に言ったほうがいいよ」

B系の男が諸橋を見た。そしてすぐに眼をそらした。それを見て諸橋は確信した。

こいつは俺のことを知っている。

そのとき、諸橋の背後で声がした。

「どうしました?」

振り向くと、三人組がいた。真ん中にいるのは、どう見てもマルBだ。ピンストライプのスーツに丈の長いコート。ノーネクタイで、太い金のネックレス。短髪に口髭《くちひげ》、そして薄茶色のサングラスだ。

極道スタイルのせいで老《ふ》けて見えるが、せいぜい三十五歳くらいだ。

その両脇の二人はまったく貫禄がない。一人は黒いスポーツウェアを着ている。もう一人は黒いスーツ姿だが、ズボンの幅がやたらに広い。なんだか袴《はかま》をはいているみたいに見える。

おそらく二人とも二十代だ。その恰好を見て諸橋は思った。

だ。

ああ、関西系だな。関東のヤクザはもっといなせな雰囲気がある。

もっとも、いなせだろうが何だろうがマルBはマルBだ。反社会的勢力には違いないの
B系の男がこたえた。

「いや、なんか……。自分、言いがかりをつけられてるみたいなんですよね……」

「ほう……」

ピンストライプのスーツが言う。「そいつは、私の知り合いでしてね……。何か話があるのなら、私がうかがいますが……」

諸橋は言った。

「あんた、何者だ？」

「自分から名乗るのが筋でしょう」

城島が言った。

「見ない顔だな。もしかして、最近関西から来た？」

ピンストライプのスーツは城島を睨みつけた。

「だから、自分から名乗れって言ってるでしょう」

B系の男が言った。

「黒滝《くろたき》さん、そいつはちょっとヤバイですよ」

「何がヤバイんだ？」

「『ハマの用心棒』って呼ばれているんです」

「なんだ、それ……」

「警察官《ヒネ》ですよ」

黒滝と呼ばれた男は、それでもいっこうにひるまなかった。

「ヒネがナンボのもんじゃ。そんなもんにびびってるから、仕事がでけへんのや」

標準語をしゃべろうとしているが、時折関西弁が出る。やはり、城島が言ったとおり、関西から来たばかりなのかもしれない。

城島が黒滝に言った。

「ほう。久しぶりに威勢のいいのに出会ったな」

黒滝が言う。

「わしらがみんな暴対法だの排除条例だのにびびってると思ったら大間違いだ」

城島がさらに言う。

「あんた、ハタノ・エージェンシーの関係者？」

「だったらどうした？」

「つまり、羽田野組ってことだよね」

「だから、それがどうしたって言ってるんだ」

「じゃあ、遠慮なくしょっ引かせてもらうよ」

「何もしてへんのに、しょっ引けるわけないやろう」

「あんた、職質の邪魔をしたんだ。公務執行妨害だよ」

B系の男が言った。

「待ってくださいよ。手帳も出してないじゃないですか。それで職質すか」

諸橋は言った。

「俺のことを知っていた。手帳を出すこともないだろう」

黒滝が言った。

「しょっ引くってんなら、やってみな。簡単にはいかない」

抵抗の姿勢を見せた。脇の二人も臨戦態勢だ。

そのとき、笹本が言った。

「いったい、何なんだ、これは……」

城島が黒滝を見たまま言う。

「俺たちの夕食はホットだと言っただろう」

諸橋は言った。

「離れていたほうがいい。でないと、怪我をする」

「ばかなことはやめろ」

「もう遅い」

スポーツウェアの男が無造作に前に出て来た。眼が据《す》わっている。けっこうヤバイ。後先を考えないで突っ走るタイプで、暴走族で言えば特攻隊長だ。

こういうのを勢いづかせると面倒だ。

だが、城島もそれをよく心得ている。相手が手を出すよりも早く、パンチを繰り出していた。

それが見事に相手の顔面を捉《とら》える。まさか、警察官が先に手を出すとは思っていなかったのだろう。

先制パンチで動きを止めておいて、顎先《あごさき》にフックを見舞う。それで、スポーツウェアの若者は地面に崩れ落ちた。

脳をちょっと揺らしてやるだけで、膝《ひざ》が崩れるのだ。

次にだぼだぼのズボンの黒スーツの男が前に出てくる。こういう服装のやつの戦い方は想像がつく。

案の定、相手は城島目がけてローキックを見舞ってきた。城島は慌《あわ》てず、相撲《すもう》の四股《しこ》のような立ち方になる。

曲げた膝が相手の脛《すね》に当たる形になった。それだけで相手はひるんだ。脛を鍛《きた》えていても、突き出た膝などに当たるとひどい痛みを感じるのだ。

城島にはその一瞬で充分だった。充分に腰を入れたパンチを顔面に叩《たた》き込む。キックを出してくるやつは、たいてい顔面ががら空きだ。鼻がぐしゃりとつぶれるのがはっきりと見えた。

さらにアッパーで決める。その相手も地面にひっくり返った。

残るはB系と黒滝だ。黒滝はコートを着たまま棒立ちだった。戦意が失せたのかと思った。だが、そうではない。眼が危険な光り方をしている。

喧嘩《けんか》の最中にこうした自然体でいるやつが一番危ない。諸橋は警戒した。手を抜くわけにはいかない。最初から全力でかからなければならないと思った。

黒滝は無造作に近づいてきた。何か話しかけてくるような感じだ。

次の瞬間。長いコートから彼の足が一閃《いっせん》した。諸橋の膝を狙っていた。

固い革靴のつま先で膝を蹴《け》られたらひとたまりもない。体勢を崩したところにパンチが飛んでくるはずだ。顔面をしたたか殴られるのだ。

だが、諸橋はぎりぎりで蹴りをかわしていた。

リラックスした姿勢にだまされていたら、今頃地面に這《は》いつくばっていたはずだ。

すかさず裏拳が飛んで来た。これも予想していなければ、よけられなかっただろう。

相手の攻撃を封じるには、こちらも攻撃をするしかない。中途半端な攻撃はかえって命取りになる。

諸橋は、次の黒滝の攻撃と相討ちになるのを覚悟で、右の渾身《こんしん》のパンチを繰り出した。

顔面を狙う。

黒滝の左のフックが諸橋の右をかすめる。同時に右の拳にしたたかな手ごたえがあった。

黒滝の顔面を捉えたのだ。それでも、やつはさらに左のパンチを出してきた。パンチというより空手の突きだ。最短距離で飛んでくる。

諸橋は、また相討ち覚悟でパンチを出す。もう一度右だ。

それが顎にヒットする。黒滝の動きが一瞬止まる。諸橋は、相手のボディーに左、右の連打を打ち込んだ。

ボディーといっても腹ではない。胸だ。両側のあばらに相手の呼吸を止めるポイントがある。一発で相手を仕留めたかったら、あばらを狙えと、昔喧嘩の達人に教わったことがある。

その教えのとおりだった。黒滝は地面に崩れ落ちた。

城島がB系に言った。

「残ったのはあんただけだよ。やるかい？」

B系はぶるぶるとかぶりを振った。

「俺、最初から喧嘩する気なんてないっすよ。俺が黒滝さんを止めたの見てたでしょ？」

城島は、地面でうずくまっているスポーツウェアの若者に手錠をかけた。

諸橋は黒滝に手錠をかけ、笹本に言った。

「あんたも手錠持ってるだろう？　その黒スーツのやつにかけてくれ」

笹本が言った。

「検挙するのか？」

「街中で喧嘩したやつは検挙するだろう？」

「どう見ても、あんたたちが喧嘩を売ったようだったがな」

「いいから、早く手錠をかけてくれ」

その間、城島がみなとみらい署に連絡をして応援を呼んだ。

諸橋がB系に言った。

「あんたも来てもらうぞ」

　彼はうんざりした顔になった。

「俺、何にもしてないじゃないですか」

「俺たちを見て逃げた。その理由を知りたい」

「別に理由なんてないっすよ。警察はおっかないから、見かけたらなるべく離れるようにしてるだけで……」

「名前は？」

「なんで名前訊くんすか」

「職質の続きだよ。名前は？」

「太田《おおた》っす」

「下の名前は？」

「俊一《しゅんいち》」

　そのとき、サイレンが聞こえてきた。応援のパトカーが近づいてきた。

　黒滝たち四人の身柄をみなとみらい署に運ぶと、笹本がまた諸橋に嚙《か》みついてきた。

「訴えられたら面倒なことになるぞ」

「警察官を訴えるマルBはいない」

「そんなことはわからない。今日のことはどう見ても、あんたたちが悪い」

「冗談じゃない。つとめを果たして悪者扱いじゃ合わないな」

「つとめを果たしているだって？　楽しんでいるだけじゃないのか？」

すると、城島が言った。

「楽しんでいるわけじゃないよ。こっちだって命懸《いのちが》けなんだから」

「先に手を出したのは、城島さんだった」

「喧嘩はね、先手必勝なんだよ。ああいうときは、余裕をカマしてなんかいられないんだ」

笹本は溜め息をついた。

「私もいっしょにいたのに、何ということだ」

「そういうこと」

城島が言う。「何かあったら、あんたも同罪だからね」

笹本が諸橋に言った。

「あんなことをする必要があったのか？」

「羽田野組から話を聞きたいが、正面から行ってもシカトされるだけだ。あの手この手でいかないとな」

「まるで、計算ずくでやったような言い方じゃないか」

諸橋は言った。

「そのとおり。ちゃんと結果を考えてのことだ」

9

城島が尋ねた。

「すぐに取り調べをやるかい？」

諸橋は時計を見た。すでに、午後十一時になろうとしている。

「今日は働き過ぎだ。帰宅しよう。やつらには泊まってもらう」

「そうだね。働き過ぎると、厚労省がうるさいんだろう？」

笹本が言う。

「理由もなく長時間拘束《こうそく》するのは違法だ」

城島が顔をしかめる。

「また、そういうことを言う。酔っ払いだって一晩泊めるだろう」

諸橋は言った。

「夜間の取り調べは望ましくないというお達しがあったぞ。だから、明日の朝まで待とうというんだ。文句はないだろう」

笹本は苦い表情で言った。

「こういうことを続けていると、いつか痛い目にあう」

諸橋はこたえた。

「俺は刑事になってからずっとこうだが、いまだにクビになっていない」

「そう」

城島が言う。「俺と係長のやり方は昔から変わっていない」

「すべての約束事には意味がある。正しい手続きを踏むことは重要なんだ。でないと、せっかく捕まえてもちゃんと裁くことができなくなる」

「俺たちマル暴は、裁判以前の問題をたくさん抱えている」

諸橋は言った。「俺たちが手を緩《ゆる》めると、それだけマルBのために泣かされる一般人が増えるんだ」

「警察はスーパーヒーローじゃない」

「一般人はそれを警察に求めているんだ」

「『ハマの用心棒』などと呼ばれて、いい気になっているんじゃないのか」

「俺は、そう呼ばれるのが嫌いだと言ってるだろう」

城島が言った。

「とにかく帰って休もう。明日もやることはたくさんあるんだ」

その言葉に従うことにした。

「じゃあ明日、ここで」

諸橋が言うと、笹本は無言でその場を離れて行った。


翌朝、みなとみらい署の暴対係にやってくると、すでに笹本が来ていた。部下たちも顔をそろえている。諸橋は浜崎に尋ねた。

「城島はまだか?」

「伊勢佐木署に寄ってくるって連絡が入ってます」

その言葉に、笹本が反応した。

「伊勢佐木署? 何のために……?」

諸橋はこたえた。

「昨夜四人を検挙したのは、伊勢佐木署管内だ。事後報告になったが、挨拶《あいさつ》を通しておかないとな」

言いながら、さすが城島だと思っていた。伊勢佐木署のマル暴がへそを曲げるのは避けなければならない。

浜崎が諸橋に言った。

「昨日検挙した四人って、羽田野組絡《がら》みですか？」

「そうだ。太田ってやつを知ってるか？」

「さあ……」

「ヒップホップのダンサーみたいな恰好をしているやつだ」

「どうせパシリでしょう」

「あとの三人は関西から来たばかりのようだった」

「出張組かもしれませんね」

笹本が聞き返した。

「出張組……？」

浜崎がそれにこたえた。

「羽田野組はもともと関西の組織です。こっちに進出してきたとき、組員らは引っ越しをしたわけですが、向こうに住みながら出張してくるやつもいるわけです」

「まるでビジネスマンだな」

「今時のマルBはそうですよ」

そこに城島がやってきた。諸橋は尋ねた。

「伊勢佐木署のほうはどうだった？」

「別に問題はないよ。一言断っておけば済むことだ」

「じゃあ、取り調べを始めるか。まずは、太田ってやつだ」

浜崎がすかさず、若い日下部に言った。

「太田を留置場から取調室に移せ」

「はい」

日下部がすぐに駆《か》けて行った。


取調室の中で、太田は神妙な顔をしていた。いきなり引っぱられて一晩泊められたのがけっこうこたえたようだ。

灰色のスチール製の机を挟んで、彼の正面に城島が座った。諸橋は、その左隣に腰を下ろした。

笹本がついてきて、記録席に座った。太田の供述を記録してくれるのだろうか。おそらくそんなつもりはないだろう。

彼は諸橋や城島が無茶をしないように見張っているつもりなのだ。それもあまり意味がないと、諸橋は思っていた。

笹本が何を言おうが、やるべきことはやる。

城島が太田に、氏名と年齢を尋ねる。彼は三十歳だということだった。

「職業は？」

「いちおう会社員っすけど……」

「どこの会社？」

「ハタノ・エージェンシー。ねえ、連絡させてくださいよ。無断欠勤はやばいんすよ」

「こっちから連絡しておくよ」

その城島の言葉を受けて、諸橋は浜崎に電話をかけた。

「はい、浜崎」

「ハタノ・エージェンシーに電話して、太田という社員がいるかどうか確認してくれ。本当に勤めていたら、今日は警察で用があるから欠勤になるかもしれないと伝えてくれ」

「了解しました」

諸橋が電話を切ると、太田は悲しげな顔で小さくかぶりを振った。

「今日は帰してもらえないということっすか？」

取り調べのとき、刑事は相手の問いにはこたえないことが多い。このときの諸橋と城島もそうだった。

城島は質問を続けた。

「昨夜、俺たちの姿を見て逃げたよね。それはなぜだ?」

「だから、逃げたなんてのは、そっちの思い込みっすよ。まあ、あんたらの姿が見えないところに移動しようとはしていたけどね……」

「そういうのを、逃げたと言うんだよ。理由を教えてくれ」

「理由なんてねえっすよ。警察が怖かったって言ったでしょう」

「あそこで何をしていたのか教えてくれないか」

「何をしてたかって……。別に何もしてねえっすよ。飯でも食おうかなって思ってただけっす」

「あの三人は、いっしょじゃなかったの?」

「あの三人って、黒滝さんたちのことすか?」

「そうだよ」

「別にいっしょじゃなかったすよ」

「おまえに声をかけたら、とたんにやつらが姿を見せた」

「いや、たまたまっすよ。事務所も近いし……」

「あいつら、最近関西から来たんだろう?」

「そうっすね」

「西のどこから来たんだ？　羽田野組の拠点はもう横浜に移っているはずだし、わざわざ西から来るってことは、今は亡き羽田野組長の親のところからか？」

「どうすかね。俺みたいな下っ端《したば》にはよくわからねえっす」

城島の読みは当たっているかもしれないと、諸橋は思った。

羽田野亡き後の代紋を泉田が受け継ごうとしても、そうすんなりはいかないだろう。上部団体が睨《にら》みをきかせるはずだ。そのために黒滝を送り込んで来たということだろう。

つまり、黒滝は泉田と対立する関係にある、ということだろうか。そのあたりは慎重に調べる必要がある。

城島の質問が続く。

「自分で下っ端って言ったよね。会社では何をやってるんだ？」

「見てのとおり、パシリみたいなもんですね」

「具体的には……？」

「バイク便みたいに荷物や書類を届けたり、お使いに行ったり……。まあ、雑用係っすよ」

「ハタノ・エージェンシーは景気がいいんだな？」

「え……？」

「雑用係の社員を雇うくらいに余裕があるということだ」

「これでもけっこう役に立つんすよ。いるといないとじゃ大違いでね」

城島は、諸橋の顔を見た。何か質問はあるか、という意味だ。

諸橋は尋ねた。

「黒滝たちといっしょじゃなかったというのは本当だな?」

太田がこたえる。

「本当っすよ。それがどうかしたんすか?」

「城島が言ったことだが、やつらが現れるタイミングがよ過ぎたという気がするんだがな」

「ホントに偶然っすよ」

諸橋は、太田をしばらく無言で見据えていた。彼は、ひどく居心地悪そうに身じろぎして、不安そうな表情を見せた。

一つ息をついてから、諸橋は立ち上がった。そのまま出入り口に向かう。

すぐ後ろに城島が続いた。二人を笹本が追ってきた。

廊下に出ると、城島が諸橋に言った。

「見たところ、ただの小者だよな」

「ああ。俺たちを見て姿をくらまそうとしたのも、本人が言っているように、ただびびったからなのかもしれない」

「太田に話を聞こうとしたら、黒滝たちが現れたことについてはどう思う?」

「それも、太田が言うとおりたまたまなのかもしれない。事務所の近くの繁華街、ということで伊勢佐木町を選んだんだからな。そういうことがあっても不思議はない」

二人のやり取りを黙って聞いていた笹本が発言した。

「太田はどうして、あんたらのことを知っていたんだ?」

城島がこたえた。

「そりゃあ、係長は横浜のマルBの間じゃ有名人だからね」

「あいつは、城島さんのことも知っているようだった」

「そりゃあ、係長といつもつるんでいるから……」

「太田は下っ端だと思うんだな?」

城島がうなずく。

「そうだろうと思うよ」

「あんたらの名前は、そんな下っ端にまで知れ渡っているということか?」

城島が肩をすくめる。

「知っていても、俺は驚かないな」

笹本は言った。

「そうかな……。黒滝たちがすぐに現れたことも含めて、私には何か違和感があるんだが……」

諸橋は言った。

「ご意見は承《うけたまわ》っておく。さて、じゃあ、黒滝から話を聞こうか」


太田を留置場に戻し、黒滝を取調室に呼んだ。

「何や、これぇ」

諸橋たちの顔を見たとたんに、黒滝は吼《ほ》えはじめた。

「何のつもりや。俺は被害者やないか。なんで、こんな扱いうけなあかんのや」

興奮しているせいだろう。関西弁が丸出しだ。

諸橋たちが座る位置はさきほどと全く同じだ。つまり、黒滝の正面に城島がいる。

城島が笑みを浮かべて尋ねる。

「名前を教えてよ」

「知るか」

「年齢は？」

無言でそっぽを向く。

「素人《しろうと》じゃないんだから、取り調べで突っ張ってもいいことないの、知っているだろう」

「俺は被害者や、言うとるやろ。先に手え出したんはそっちや」

「俺たちにとってそれはあんまり重要じゃないんだ。俺たちと一戦交えたという事実だけが重要なんだよ」

「ふざけんな。弁護士を呼べ。訴えるからな」

「そのためには、氏名、年齢、住所、職業を教えてもらわないと……」

「誰が言うかい」

「じゃあ、当分泊まっていってもらうことになるな」

「これが横浜のやり方か。汚いやないか」

「そうだよ。俺たちは網を張っていた。おまえはその網にまんまと引っかかったんだよ」

黒滝が不意におとなしくなった。怒りが鎮《しず》まったわけではないだろう。

ようやく事情を悟《さと》ったのだ。決して出会い頭《がしら》の出来事ではない。自分が諸橋たちの計画にはまったということに気づいたというわけだ。

城島が言った。

「黒滝ってんだろう？　何のために関西からやってきたんだ？」

黒滝は何もこたえようとしない。彼が口を閉ざしたのには理由があるはずだ。ただ腹を立てているからではない。

慎重になったのだ。そうならざるを得ない事情を抱えているということだ。

「おまえ、劉将儀という人、知ってる？」

黒滝は無言のままだ。

「井原淳次はどうだ？　小池学や、小原滋は？」

黒滝はそっぽを向いている。

「返事がないってことは、知っていると解釈させてもらっていいよね」

それでも黒滝は何も言わない。

「今言った四人は同一人物だ。劉将儀だと思われていた人物が遺体で発見された。それが実は井原淳次という男で、小池学や小原滋は彼の偽名だ」

話を聞いているうちに、黒滝が落ち着かない様子になってきた。城島の話がさらに続く。

「詳しい検視の結果をまだ聞いてないけどね。もしかしたら、あんたが関西からやってきた時期と一致するんじゃないかと、俺は考えているわけだ」

黒滝は沈黙を守ろうとしていたが、ついに耐えきれなくなったようだ。

「リュウだかなんだか知らないが、そんなやつは知らん」

「じゃあ、どうして関西からやってきたのか、説明してもらおうか」

「出向や」

「出向……？　どういうこと？」

「親会社から子会社への出向みたいなもんや」

「資本の関係じゃ、ハタノ・エージェンシーに親会社はないはずだよね」

「だから、表じゃないほうの親だよ」

やはりそうか。羽田野組の上部組織が送り込んで来たのだ。

「目的は？」

この問いに、また黒滝は口をつぐみ、考え込んだ。

10

さきほどのダンマリとは違う。

不意に沈黙した黒滝を見て、諸橋はそう思った。腹を立てたり、意地になったりして口を閉ざしたのではない。

まさか、困惑しているわけじゃないだろうな……。

城島が言った。

「どうした？　こっちに出向してきた用事を忘れたのか？」

黒滝は城島を見て言った。

「少なくとも、人を殺すためやない」

「どうかね……。あんたらとしては、井原淳次を消す必要があったんじゃないのか？」

「だから、そんなやつ知らん言うとるやろ」

「井原はね、詐欺師《さぎし》だったんだよ。専門は不動産だったらしい。そう聞いても、何も思い出さないか？」

城島は、ぎりぎりの線で黒滝に揺さぶりをかけている。これ以上しゃべると捜査情報の漏洩《ろうえい》でこちらがやばくなる。

そして、相手の反応を見ているのだ。こっちは何でも知っていると思わせることができれば御《おん》の字《じ》なのだが……。

黒滝の表情は変わらない。苦い汁をなめたような顔だ。

「知らんな」

「よほど留置場が気に入ったようだな。じゃあ、好きなだけ泊まっていってくれ」

「知らんいうのは本当のことや」

うめくような声になった。やりとりにうんざりしたのだろう。黒滝はさらに言う。

「なあ、俺らが何したっちゅうんや？　仲間が誰かに絡まれている様子やから、助けようとしただけやないか」

城島が笑みを浮かべる。

「そのへんの事情も、俺はあまり考慮しないことにしてるんだ。あくまでも、警察官相手に無茶をやったやつという認識だからね。そこんとこ、覚えておいてよね」

「どうすりゃええんや」

「訊かれたことに、ちゃんとこたえてよ」

黒滝はふてくされたようにそっぽを向いた。それから、ぼそぼそと言った。

「黒滝亮次《りょうじ》、三十五歳。住所は大阪府豊中市《とよなかし》……」

職業は団体職員だと言った。いろいろな言い方があるものだ。

「あらためて質問するよ。何のために関西からやってきたんだ?」

「それがやな……」

黒滝は顔をしかめた。「はっきりせえへんのや」

「はっきりしない? それ、どういうこと?」

「俺は、カシラに命じられたんや。それで、取るもんも取りあえず、飛んで来たわけや。舎弟分二人連れてな」

カシラというのは、若頭のことで、組のナンバーツーだ。関東で言う代貸に、ほぼ相当する。

「カシラには何と命じられたんだ?」

「とにかく泉田のところに行け、と……」

「それだけ?」

「それだけや」

城島は考え込んで、諸橋のほうを見た。

諸橋は尋ねた。

「カシラってのは、茨谷《いばらや》組の田子勇治《たごゆうじ》のことだな」

黒滝は、ちょっと驚いたような顔で諸橋を見た。

「へえ……。カシラのことまで知ってるんやね」

「見くびってもらっては困るな。羽田野が横浜に進出してきたときに、当然その系統のことは調べる」

「そうや。その田子のカシラに言われてやってきたんや」

「泉田を見張るように言われたんじゃないのか？」

「なんやそれ……」

黒滝は笑い飛ばそうとして、失敗した。表情がぎこちなかったのだ。

「いくら羽田野組内部のことだからといって、勝手に後継ぎを決めると何かと問題が起きる。だから、上部団体の茨谷組がおまえを送り込んで来た。そう考えると、すっきりするんだ」

「俺もそう思う」

「何だって？」

「だからやね、もしそうやとしたら、俺も納得するわけや。けどな、そうやない。俺は間違いなくカシラに、泉田のところに行け、そう言われただけなんや」

つまり彼は、横浜にやってきた理由について、自分でもはっきりわかっていない、ということになる。

そんなことがあり得るだろうか。マルBはほとんどが現実主義者だ。でないと生き残れない。だから、理由もわからずに出向するなどというのは、普通なら考えられないことだと、諸橋は思った。

これ以上、このことについて追及しても何もわからないだろう。質問の方向を変えてみることにした。

「横浜に出て来たのは、いつのことだ?」

「二週間ほど前や」

「正確には?」

「十月二十七日、日曜日」

「劉将儀という名前にも、井原淳次という名前にも、聞き覚えはないんだな?」

「殺しの容疑を着せられたらかなわんがな。ほんまに知らんて」

諸橋は城島を見た。彼は小さくかぶりを振った。訊きたいことはないらしい。

ふと思いついて、諸橋は首を巡らせ、記録席の笹本を見て言った。

「何か、質問は?」

笹本は即座に言った。

「さっき、この刑事を訴えると言ったが、本当にその気はあるのですか?」

黒滝は一瞬、ぽかんとした顔で笹本を見ていた。やがて彼は言った。

「訴える気ぃはないんで、早くここから出してほしい。そしてな……」

「そして?」

「いつか、リターンマッチや。今度は俺が勝つ」

諸橋は言った。

「望むところだ」

笹本はあきれた表情でかぶりを振っていた。

残る二人を取り調べたが、彼らは黒滝が言ったとおり舎弟分のようだった。突っ張ってはいるが、黒滝よりも事情を知らないことは明らかだった。

暴対係に戻ると、倉持忠《ただし》巡査部長が一人残っていた。

諸橋は声をかけた。

「おまえが留守番か?」

「はい……」

まるで叱《しか》られたようにおどおどしている。これはいつものことだ。これで、逮捕術の腕は署内で一番だというのだから人は見かけによらないものだ。

「ハタノ・エージェンシーの不動産部門については、おまえと八雲が洗っているんだったな」

「ええ……。あ、今は八雲と浜崎さんが調べています。交代で留守番をすることにしてまして……」

「それで、何かわかりそうか」

「令状がないと、細かい取引の内容まではなかなかわからないので、トラブルがなかったかを調べています。今のところ、トラブルの話は聞きません。不動産業もまっとうにやっているように見えます」

城島が言った。

「まっとうな不動産取引はやってるだろうね。後ろ暗いことは、その陰でわからないようにやっているわけだ」

諸橋は倉持に言った。

「引き続き頼む」

「はい」

城島がいつものとおり、来客用のソファに座る。笹本は立ったままだった。

諸橋は彼に言った。

「どこかに座ったらどうだ？」

「このままでいい」

放っておくことにした。

城島が諸橋に言った。

「黒滝はやっぱり、見た目よりも実年齢がずいぶんと若かったね」

「ああ。ワルにはありがちだな」

「そして、見た目ほどバカじゃなさそうだ」

「警察との駆け引きを心得ていたな。年の割には場数を踏んでいるんだろう」

「カシラの田子が理由も言わずに送り込んで来たって話、どう思う？」

「最初は、泉田を監視するために送り込まれたのかと思った。だが、そうじゃないと言う
……」

「本当だと思うか？」

「少なくとも、その点は嘘《うそ》をついてはいないと思った」

「井原淳次を知らないと言ったのも本当だと思う？」

「俺には本当に思えた。おまえはどうだ」

「俺もそうだったな」

「黒滝は、殺人事件とは無関係なんだろうか……」

「いかにも殺しを引き受けそうなタイプなんだけどな」

城島と諸橋が考え込むと、笹本が言った。

「四人をこれ以上拘束《こうそく》することはできないぞ」

諸橋は生返事を返す。

「わかっている」

「訴えられなかったのは運がよかったんだ。すぐに釈放の手続きを取るんだ」

諸橋はこたえた。

「警察官を訴えるマルBはいないと言っただろう」

「リターンマッチだって?」

笹本がまたあきれた顔になった。

「少しはわかってもらえたかな」

諸橋は言った。「俺たちは毎日、あんなやつらの相手をしなけりゃならないんだ」

「他にもやりようはあるはずだ」

「そうだな。無線か電話で呼び出されるのを、ぼんやりと待っていればいい。事件が起きたらそれに対処するんだ。だがな、事件が起きるってことは、被害者がいるってことなんだ」

「それは仕方のないことだ。警察官に犯罪をなくせと言っても無理な話なんだ」

「わかってるさ。だがな、暴力犯の事件は、一般の刑事事件とはちょっと違う。誰が事件を起こすか、だいたいわかっているということだ。そのために団体を指定して監視しているんだ。そして、そういう場合、ただの監視では済まない。実力で犯罪を阻止《そし》することも必要だ。そして、一般人はマル暴刑事にそれを望んでいるんだよ」

笹本が何か言い返そうとしたが、そのとき電話が鳴った。

倉持が出て、すぐに諸橋に告げた。

「すぐに山手署の捜査本部に来てほしいということですが……」

「すぐに行くと伝えろ」

城島が言った。

「いや、その前に昼飯だな」

彼が言うことは正しい。飯抜きで働く気にはなれない。

諸橋は訂正した。

「一時間後に行くと伝えろ」

倉持が心配そうな顔で聞き返す。

「いいんですか？」

「かまわない。本当に急ぎなら、ケイタイに電話してくるさ」

倉持が受話器の向こうの相手に諸橋が言ったことを告げる。そして、電話を切った。

「一時間後で問題なさそうですね」

城島が言う。

「急いでもいないのに、すぐにとか至急とか言うの、やめてほしいよね」

「警察官は言いがちだな」

諸橋は笹本に眼を移した。「四人の釈放手続きをしてくれ」

笹本が驚いた顔になって言った。

「監察官の俺に、その手続きをやらせようというのか」

「早く釈放したがっているのはあんただろう。それが終わったら昼飯を食いに行く」

笹本は、いまいましげに溜《た》め息《いき》をつくと、近くにあった電話の受話器に手を伸ばした。

山手署の捜査本部にやってきたのは、午後一時半過ぎのことだ。電話で伝えたとおり、ほぼ一時間後のことだ。

管理官席に向かおうとしたら、幹部席から呼び止められた。

「諸橋係長」

板橋課長だった。その表情からしていい話じゃないなと、諸橋は思った。

諸橋は板橋課長の前に立った。彼の隣には、二課長の永田優子がいる。今幹部席にいるのは、その二人だけだ。

城島が諸橋の隣にやってきた。さらに笹本もその脇に並んだ。それを見た板橋課長が言った。

「なんだ、おまえは。金魚の糞《ふん》か」

城島が平然とこたえる。

「はい。金魚の糞です」

さらに板橋課長は笹本に言った。

「あんたまで何だ」

「私はこの二人から眼を離すわけにはいきません」

板橋課長は不機嫌そうに舌打ちしてから言った。

「あんたには、別途話をしようと思っていたんだが、まあいいだろう」

ようやく諸橋に眼を戻すと、彼は言った。「伊勢佐木署から知らせがあった。昨夜、伊勢佐木署管内で大立ち回りがあったそうだな」

「その大立ち回りというのが、俺たちがやったことを指しているのなら、ずいぶんと大げさですね」

板橋課長の顔が赤く染まる。

「ふざけるな。大げさかどうかは問題じゃない。殺人の捜査の最中に、鑑《かん》が濃いハタノ・エージェンシーの関係者と殴《なぐ》り合いをするなんて、いったい何を考えているんだ」

諸橋はこたえた。

「揺さぶりをかける必要があると思いまして……」

「捜査員たちが、どんな思いで調べを進めていると思ってるんだ。積み木を一つ一つ積み上げるような作業だ。おまえは、それをぶち壊そうとしているんだ」

「強行犯担当とは別に、俺たちにはやるべきことがあります」

「殺人捜査が最優先だと言っただろう。捜査本部の指示に従え」

「どういう指示でしょう?」

「当分、管理官席でおとなしくしていろ」

県警本部の課長にそう言われたら、嫌とは言えない。ここで課長に真っ向から逆らうほど諸橋も青くはない。

「わかりました」と言おうとしたとき、永田二課長が言った。

「どうして揺さぶりをかける必要があると思ったのです？」

諸橋はこたえた。

「正面から何かを訊きに行っても、門前払いでしょう。あるいは慇懃《いんぎん》にシラを切られるだけです。不動産取引について調べても、今のところ穴は見つかっていない。ならば、揺さぶるしかないでしょう」

「ならば、やってみるのも手ですね」

諸橋はこの言葉に驚き、思わず永田課長の顔を見つめていた。

11

板橋課長が驚いた顔で、永田課長を見た。

「いったい、何を言ってるんです」

永田課長は平然と言った。

「事態が動かないのなら、動かすのも手だと言ってるんです」

板橋課長は、怒りで顔を赤くして言った。

「これは殺人の捜査なんです。二つの遺体が出ているんです。捜査員たちは、文字通り不眠不休で、現場から証拠をかき集め、目撃情報を当たり、鑑取りをやっている」

「それは、私たち二課も同じです。内偵を進め、証拠を集めています」

「ならば、こいつらがやっていることが、いかに無謀かよくわかるでしょう」

「地道な捜査はもちろん大切です。でも、時には思い切った手を打つことも必要でしょう。捜査一課が強行犯捜査のプロで、私たち二課が知能犯捜査のプロであるように、諸橋係長たちは暴力団についてのプロでしょう？　彼らだってやり方は心得ているはずです。そうですね」

永田課長にそう訊かれ、諸橋は一瞬言葉に詰まった。その代わりに、城島がこたえた。

「ええ、もちろんです。俺たちはやるべきことを心得ています」

永田課長は、さらに言った。

「おまけに今、笹本監察官が彼らと行動を共にしています。昨夜もいっしょだったのでしょう?」

彼女の問いに、笹本がこたえた。

「いっしょにいたことは間違いないのですが……」

何か言いたげだったが、けっきょくその先は言わなかった。

板橋課長が言った。

「監察官がついていてこのざまかと、俺は言いたかったんですよ」

永田課長が諸橋に言った。

「それで、何かわかったのですか?」

「四人のマルBを検挙しましたが、さきほど釈放しました。そのうち三人は、羽田野組の上部団体である茨谷組からやってきたと言っていましたが、横浜にやってきた目的はわかりませんでした」

板橋課長が鋭い視線を諸橋に向けた。

「目的がわからないだって？　検挙しておいて、何も聞き出せなかったということか」

「まあ、そういうことになりますね」

「ふざけるな。そんな言い分が通ると思ってるのか」

城島が言った。

「俺たちも不可解だと思っているんですよ。なにせ、大阪から来た本人が、何のために来たのかよくわかっていない様子だったんでね」

「ふん。取り調べ一つできないのか。夜の街で暴れるくらいしか能がないのなら、いっそマルBになっちまったらどうだ」

この課長は、こういう言い方しかできないのだろうか。そんな思いで、諸橋は板橋課長を眺めていた。

城島がこたえる。

「いやあ、暴対法や排除条例がきつくて、今時マルBはうまみがないですねえ」

永田課長が笑いをこらえている様子だった。板橋課長はすっかり腹を立てている。

永田課長が言った。

「やり方は任せます。ただし、やるからには結果を出してください」

板橋課長が大声を上げた。

「勝手に仕切るな。捜査一課の捜査本部だぞ」

「あら、失礼。でも、詐欺が絡んだ事件でもありますからね」

永田課長はそう言ってから諸橋を見た。「そして、暴力団絡みでもある」

諸橋はうなずいた。

「了解しました。結果を出します」

それでようやく板橋課長から解放されることになった。

管理官席にやってくると、山里管理官が諸橋に尋ねた。

「伊勢佐木町管内で、マルBと殴り合いをやったってのは、本当だったんだな……」

「ええ、まあ……」

「そのまま、みなとみらい署にしょっ引いたって？」

「はい」

「そいつらは、羽田野組の関係者なんだな？」

「一人は、羽田野組の下っ端。三人は関西の上部団体から出向してきた連中です」

「事件との関係は？」

「わかりません。ただ……」

「ただ、何だ？」

「このタイミングで出向してきたというのは、きっと何かあります」

「取り調べをしたんだろう？　何かしゃべったのか？」

「何のために呼ばれたのか、よくわかっていない様子でした」

山里管理官は怪訝《けげん》そうな顔をした。

「それは、どういうことだ？」

「茨谷組の若頭、田子に命じられて、手下二人を連れて飛んで来たと言っています」

「イバラヤ組？」

「羽田野組の上部団体で、関西系の二次団体です」

「理由も説明されないのに、飛んで来たというのか？」

「とにかく、羽田野組の泉田のところに行けと言われたようです」

山里管理官が考え込んでから言った。

「井原淳次殺害の実行犯じゃないのか？」

「もちろん、それは考えられます。しかし、本人の様子からすると可能性は低いのではないかと思います」

「そう思うなら、裏を取ってくれ」

「了解です」

「それで、強かったのか？」

「え……？」

「その関西から来たやつだよ」

「まあ、そこそこでしたね」

山里管理官の質問が終了した。

隣の席の城島が、諸橋にそっと言った。

「あの女キャリア課長は、なかなか話がわかりそうじゃないか」

諸橋はこたえた。

「キャリア課長はいいが、女は余計だ。そういうことを言うとセクハラになるぞ」

城島は肩をすくめた。

「何でもかんでもアメリカの真似《まね》をする必要はない。セクハラ上等だよ」

「そんなことで懲戒《ちょうかい》食らったらつまらんだろう。目の前に監察官がいることだしな」

城島の向かいの席にいる笹本が言った。

「私はそんなことに目くじらは立てない。警察では女性は出世が遅いんだが、永田課長はがんばってると思うよ」

諸橋は尋ねた。

「そんなことを言っていいのか?」

「事実だからな。同じ階級、同じ経歴の男女がいたら、男のほうが先に出世するだろう」

城島が言う。

「本部長といい永田課長といい、キャリアでも物わかりがいい人が増えてきたね」

笹本が言う。

「もともとキャリアのほうが頭は柔らかいんだ。地方《じかた》のほうがずっと融通がきかないんだよ」

なるほど、板橋課長などを見ていると、笹本が言うこともっともだという気がしてくる。

山里管理官が言った。

「課長は話がわかっても、二課の連中みんながそうとは限らない」

諸橋は尋ねた。

「板橋課長と対立しそうだということですか?」

「現に、永田課長は捜査本部に顔を出しているが、捜査員は一人も来ていない。俺たちの知らないところで、独自に捜査してるってことだ」

「井原淳次についての情報はくれたじゃないですか」

「まあ、通り一遍の情報はね」

「井原が劉将儀になりすましていたってことは、どこかの時点で、詐欺があったということですよね？」

山里管理官はうなずいた。

「そして、その詐欺には本物の劉将儀殺しが関係している。それは間違いないだろう」

「しかし、その詐欺事件の情報が入ってこない、と……」

「今のところはね」

城島が山里管理官に言った。

「永田課長は、それについて何と言ってるんです？」

「はっきりしたことがわかり次第、ちゃんと報告すると……」

「なるほど」

城島が言う。「それは、何も教えたくないときの常套句《じょうとうく》ですね」

「そんなことはないだろう」

笹本が言った。「そうやって何でも邪推《じゃすい》するもんじゃない。まだ報告するほどのことがないってことだろう」

城島が笹本に言った。

「生まれつき疑り深いもんでね。それで刑事になったんだけど……」

諸橋は山里管理官に尋ねた。

「白骨死体は、劉将儀のもので間違いないんですね?」

「まだ、鑑定の結果が出ていない。DNA鑑定には時間がかかる。だが、課長も部長もまず間違いないと読んでいる」

城島が考えながら言う。

「土地家屋の詐取を目論《もくろ》んで、劉将儀を殺害し、彼になりすまして売買をした、ということですよね」

山里管理官がうなずく。

「そう考えて間違いないだろう。そして、劉将儀になりすましたのは、井原淳次。その井原が殺害された。捜査本部としては、その実行犯と、殺害の理由が何としても知りたいわけだ」

諸橋は言った。

「その土地家屋の詐取と井原殺害には羽田野組が絡んでいます。実行犯は、羽田野組の構成員かもしれない……」

山里管理官が言う。

「だから『ハマの用心棒』に来てもらっているわけだが……」

山里管理官は、言いにくそうだった。諸橋は言った。

「板橋課長が腹を立てているので、自粛《じしゅく》しろということですね」

山里管理官が溜め息をついた。

「井原淳次の遺体が発見されたのが、一昨日《おととい》、そして、同じ場所から白骨死体が見つかったのが昨日。捜査が本格的に始まったばかりだ。スタートしたとたんにつまずいたりしたくないってことだよ。だから、板橋課長は今、ことさらに慎重になっている」

「実行犯が素人《しろうと》なら、板橋課長のやり方に従いますよ。しかし、相手がしたたかなマルBとなれば、やり方も考えなければなりません。そして、俺たちはそのやり方を心得ています」

城島が言う。

「永田課長も、後押ししてくれているみたいだし」

山里管理官が諸橋に尋ねた。

「羽田野組に揺さぶりをかけるのは効果があると考えているんだね？」

「やつらにとって、殺しはビジネスの一部ですから、放って置いたら何も起きずにそのまま時が過ぎていくだけです。やつらが動きだすように仕向けなければならないんです」

「そのためには、挑発も必要だと……？」

「できることなら何でもやります」

山里管理官はしばらく考えてから言った。

「わかった。板橋課長のことは俺に任せて、あんたのやり方でやってくれ」

諸橋は、この言葉に驚いていた。

県警本部の連中は、諸橋のやり方に反発するだけだと思っていた。みなとみらい署の暴対係は県警内では孤立無援。そんなふうに思っていたのだ。

だからにわかには信じられない気分だった。

安心させておいて、後ろから斬りつけるつもりじゃないだろうな……。

つい、そんなことを考えてしまう。

そのとき、笹本が言った。

「管理官だけに責任を負わせるようなことはしません。彼らが眼にあまる無茶をやるようなら、私が責任を持って処分します」

彼のこうした物言いには腹が立つはずだった。いつもはそうだ。だが、この時はなぜか違っていた。

ほっとしたのだ。

それがなぜなのか、諸橋にはわからなかった。

どうこたえていいかわからず、諸橋は山里管理官に言った。

「関西から来た三人を監視しようと思います」

結果的に、笹本を無視するような形になった。笹本は慣れているようで、それについては何も言わなかった。

山里管理官が言った。

「あんたらが張り付くのか？　捜査本部の人員を使ってくれていいんだぞ」

諸橋はかぶりを振った。

「やつらにプレッシャーをかけつづけなければなりません。こういう場合は、顔を知られている者のほうが効果的です」

「わかった。人手が必要ならいつでも言ってくれ」

この言葉もありがたいが、どうしても山里管理官に借りを作る気になれなかった。

「そのときはお願いします」

諸橋はそう言って、席を立った。

車でハタノ・エージェンシーが見える位置にやってきた。路上駐車をして、ビルの出入り口を見張る。

一時間ほどすると、退屈したのか、助手席の城島が言った。

「怪しげなやつは出入りしないね……」

諸橋はこたえた。

「ハタノ・エージェンシーは、まっとうな仕事をしているからな。でないとフロント企業の意味がない」

「黒滝たちの姿はないいな」

「社内でおとなしくしているのか……。あるいは、昼間は滞在先でごろごろしているのかもしれない」

笹本が尋ねた。

「太田の姿は？」

諸橋はこたえた。

「見えないな。使い走りのようなものだと言っていたが……」

城島が言う。

「その太田だが……。どうも、違和感があるんだけどな……」

「違和感？」

「太田はハタノ・エージェンシーの社員だと言った」

「ああ……」

「他の社員は、背広にネクタイだ。あいつは、ヒップホップのダンサーみたいな服装だった」

「俺たちが会ったのは夜だ。昼間はちゃんとした服装なのかもしれない」

城島が無言で肩をすくめた。

12

それからさらに、一時間ほど経ち、午後四時を過ぎた頃、黒塗りのミニバンが、ハタノ・エージェンシーの前に停まった。

その車から下りてきた男を見て、城島が言った。

「あれ、泉田じゃない？」

諸橋はうなずいた。

「間違いない」

「どこかに出かけていたのかな。それとも、この時間に出勤だろうか」

「曲がりなりにも、ハタノ・エージェンシーは堅気《かたぎ》の会社だ。この時間に出勤じゃやっていけないだろう」

「それにしても、最近のマルBの車はみんなミニバンかワゴン車だね。昔ながらのメルセデスのセダンは、あまり見かけなくなったな……」

城島の言うとおりだ。

一昔前まで、暴力団といえばベンツだった。ミニバンやワゴン車を利用するのは、おそらくアメリカあたりのマフィアやギャングの影響だ。

たしかに、セダンよりも乗り降りは楽だし、荷物もたくさん積める。アメリカでは、ＦＢＩやシークレットサービスのような政府機関も、ワゴン車をよく使用する。ハッチバックだと、いざというときに、待機しているエージェントがすぐさま飛び出せるからなのだという。

今後はタクシーも乗り降りが楽なワゴン車が主流になるという。日本の警察も考えたほうがいいと、諸橋は思った。

泉田は、手下らしい男を従えて事務所に入っていく。その姿を見つめながら、諸橋は言った。

「ちょっと、表敬訪問してこようか」

後部座席の笹本が驚いた声を上げる。

「何だって？　どういうことだ？」

諸橋は前を向いたままこたえる。

「姿を見かけたからには、挨拶するのが礼儀ってもんだろう」

「おとなしく監視を続けたほうがいい。おそらく、捜査本部の捜査員もこのあたりにいるはずだし、もしかしたら昨日の件もあって、伊勢佐木署の連中もいるかもしれない」

「誰がいようがかまわない」

「捜査はチームワークだ。勝手なことをすれば、他の捜査員に迷惑をかけることになる」

城島が言った。

「山里管理官も、永田課長も、俺たちの好きなようにやっていいと言ったんだよ」

「板橋課長が言うこともよくわかる。殺人の捜査をぶち壊しにされたくないんだ」

諸橋は言った。

「俺たちが、本気で羽田野組をターゲットにしているんだということを、わからせたほうがいい。今、泉田は高をくっているはずだ。自分たちは警察の手の届かないところにいると……。警察をなめているんだ。その認識を改めさせる必要がある」

それに対して、笹本が言った。

「相手がそう思っているのなら、思わせておいたほうがいい。それが油断につながる。そうじゃないか？」

「いや、今のままだと、泉田は尻尾《しっぽ》を出さない。やつが思っているとおり、警察には手が出せないんだ。だから、俺と城島が行く」

笹本は苛立《いらだ》たしげに、溜め息をついた。

城島が笹本に言った。

「あんたはここにいればいい。俺たちだけで行ってくるから」

「いや、私も行く」

諸橋は尋ねた。

「何のために？」

「あんたたちがまた、無茶をやらないように監視しないとな」

城島が諸橋を見て、にやりと笑った。諸橋は運転席のドアを開けて車を下りた。

ハタノ・エージェンシーは、本当に普通の企業だった。ちゃんと受付があり、二名の受付嬢がいた。

その奥では、大勢のワイシャツ姿の男性と、スーツ姿の女性がパソコンに向かって何やら作業をしたり、電話をかけたりしている。

諸橋は受付で言った。

「泉田さんにお会いしたい」

「お約束ですか？」

「いや、約束はありませんが、おそらく私の名前を言えば、会ってくれると思います」

「お待ちください」

受付嬢は、電話をかけた。しばらく待たされると、奥の部屋から男が一人現れた。五十代だろう。落ちついた物腰だが、決して後に引かない手強《てごわ》さを感じさせる。

「警察の方ですか？　総務課長の尾木《おぎ》と申します」

彼は名刺を取り出した。諸橋は受け取った。尾木安弘《やすひろ》と書かれている。

諸橋は言った。

「総務の方にうかがいたいことはありません。泉田さんにお会いしたいと言ったはずです」

「社長代行にどんなご用がおありなのでしょう？」

「社長代行？」

「はい。正式に代表取締役となる手続きが済んでおりませんので、現在はそう呼んでおります」

城島が尋ねる。

「ゆくゆくは社長になるということだね？」

尾木がこたえた。

「はい。もうじき手続きが終了しますので」

「代表取締役になるんでしょう？　株主総会とかいろいろと手続きがたいへんなんじゃな

いですか?」

「株主には、文書で了解を取り付けてあります。それが実質的に株主総会の代わりになります」

株が公開されていないから、そういう手続きで済むのだろうと、諸橋は思った。株主も、ごく限られた人数なのに違いない。

諸橋は言った。

「用は直接社長代行に伝えます。とにかく、みなとみらい署の諸橋が来たと伝えてください」

尾木はしばらく諸橋を見据えていたが、やがて言った。

「わかりました。こちらへどうぞ」

受付の前を通り過ぎ、奥のオフィスを突っ切った。社員たちは自分の仕事に集中しており、諸橋たちを気にした様子の者はほとんどいなかった。

オフィスの奥にドアがあり、どうやらそこが社長室のようだった。尾木が入室して、しばらくすると、諸橋たちが呼ばれた。

社長室は、近代的な雰囲気だった。なんだか、アメリカのテレビドラマに出てくる、一流弁護士のオフィスのようだと、諸橋は思った。

重厚な机の上には、ノートパソコンが載っている。余計な書類は一切見当たらない。机の正面は広いスペースになっており、来客用の応接セットは机の脇のほうにあった。

泉田は机の向こうで立ち上がった。

「これは『ハマの用心棒』じゃないですか」

「そう呼ばれるのが嫌いなのを知ってて言ってるだろう」

「親しみを込めて言っているつもりですがね……。どうぞ、おかけください」

高級そうな応接セットを掌で示した。諸橋はかぶりを振って言った。

「いや、立ったままでいい。おまえも長居されるのは嫌だろう」

戸口に立っている尾木が諸橋のほうを見る気配がした。おそらく、社長代行を「おまえ」呼ばわりしたことが気に入らなかったのだろう。

泉田本人は、まったく気にした様子はなかった。

「おっしゃるとおり、お互いに忙しい身ですから、話は短いほどありがたいですね」

泉田はまだ四十歳だったはずだ。それなのに、いっぱしの貫禄がある。

若いうちに出世するマルBは少なくない。年功序列の世界であると同時に、実力主義でもある。それがちゃんと両立している不思議な世界だ。

特に、羽田野組はもともと武闘派なので、比較的若い組員が実力者として台頭することがあった。

　泉田は出世頭だ。その気になればいくらでも残忍になれるが、普段はそれを隠しておく知恵がある。マルBの世界も頭がよくないと出世はできない。

　諸橋は言った。

「さかんに不動産取引をやっているらしいな」

「まあ、昔ほどおいしくはないですけど、土地は堅いですからね」

「最近、そっち方面でいろいろと問題になることが多くてな。例えば、地主になりすましたやつが勝手に土地を売買して問題になったりとか……」

「そいつは詐欺じゃないですか。うちはそんなことはやってませんよ」

「持ち主がわからない土地が増えているんだそうだな。そんな土地を利用して、持ち主になりすます例が増えているらしい」

「たしかに持ち主がよくわからない土地が増えていますね。でもね、自分らはちゃんと法律に則《のっと》ってやってます。持ち主がわからない土地は、徹底的に追っかけます。そういう調査は儲《もう》けとは関係ないんで、まあ、慈善事業みたいなもんですけどね」

「劉将儀という人物を知っているか？」

「さあ、知りませんね」

「中華街の顔役の一人だった。三年ほど前から行方不明になっている」

泉田が薄笑いを浮かべる。

「まさか、それにうちが関係しているなんて思ってないでしょうね」

「実は思っている。俺が言いだしたことじゃない。捜査二課の連中がそう言っている」

「捜査二課……。詐欺事件を追っている部署ですね」

城島が言った。

「贈収賄《ぞうしゅうわい》や選挙違反も取り締まるけどね」

泉田は大物ぶって、鷹揚《おうよう》にうなずいて言った。

「その人たちは、俺たちがその劉ナントカとどう関係していると言ってるんですか？」

「殺したんじゃないかと言っている者もいる」

「勘弁してくださいよ。ハタノ・エージェンシーは堅気の会社ですよ」

「井原淳次という名前を聞いたことは？」

「ありませんね」

「小池学や小原滋は？」

「知りません」

「今言った三人は同一人物だ。劉将儀になりすまして、土地と屋敷を売り払おうとしたんじゃないかと、我々は考えている」

「諸橋さんたちが何をどう考えようが自由ですがね……。そんなことは私の知ったことではありませんね」

「関西の茨谷組から、黒滝たち三人が横浜に来ただろう」

「ただの出張ですよ」

泉田はすでに、黒滝たちが昨夜検挙されたことを知っているはずだ。だが、そのことについては何も言わなかった。

「三人は何をしに横浜にやってきたんだ？」

「仕事のことを細々《こまごま》説明してもおわかりにならないでしょう」

「わからないとしても聞いておきたい」

「営業活動の強化のために、いくつか考えていることがありまして。彼らが来たのは、その一環です」

「営業活動強化の一環？」

「彼らの会社は、強力な営業体制で有名なんです。黒滝はそのノウハウを伝えるために来たんです」

よくもぬけぬけと嘘をつけるものだ。諸橋はそう思ったが、何も言わないでおくことにした。

どうせ、今彼が言ったことを裏付けるような工作をしているに違いない。ツッコむだけ無駄だ。

「本当に、劉将儀という名前を聞いたことがないんだな？」

泉田は、うんざりしたような顔で言った。

「知りませんね。三年前から行方不明だったとおっしゃいましたか？　諸橋さんは重要なことをお忘れのようですね。三年前は、先代の羽田野もまだ関西にいたんですよ」

諸橋は、無言でしばらく泉田を見つめていたが、やがて言った。

「また来る」

泉田はうなずいた。

「いつでも、どうぞ」

事務所を出て車に戻ると、城島が言った。

「たしかに、泉田が言ったように、三年前というと、まだ羽田野組が進出してくる前だね」

羽田野組が横浜にやってきたのは、二年ほど前のことだ。

諸橋は考え込んでいた。すると、笹本が言った。

「だいたい、あんたは、泉田に話を聞いてもシラを切られるだけだと言ってなかったか？」

諸橋はこたえた。

「状況は刻々と変わる」

「どう変わったんだ？」

「黒滝たちを引っぱった。こちらが一手指せば、当然敵も次の手を考える」

笹本は何も言い返さなかった。俺の言葉に納得したのだろうかと、諸橋は思った。

「それにね」

城島は言った。「今日のところは、あくまでも挨拶だからね」

「そう」

諸橋は言った。「表敬訪問だ」

「会社の中に、彼らはいなかったな」

笹本は突然話題を変えた。諸橋は聞き返した。

「彼ら？」

「黒滝たち三人だ。そして、太田の姿もなかった」

城島が言った。

「たしかに、彼の言うとおりだな」

笹本が言う。

「私たちは、黒滝たちの監視をするんじゃなかったのか？」

諸橋は言った。

「じきに姿を現すだろう」

「泉田に会いに行ったことで、警戒して姿を見せないかもしれない」

笹本に言われて、諸橋はこたえた。

「そんなことはない。こちらが動いたことで、向こうも動く。今頃、泉田は黒滝たちと連絡を取り合っているかもしれない」

「太田はどうなんだ？」

「どうせあいつはパシリだよ。たいして重要じゃない」

「いずれにしろ、二課に確認する必要があるんじゃないか？」

「確認？」

「三年前、羽田野組は横浜にいなかった」

その笹本の言葉に、諸橋と城島は顔を見合わせていた。

13

諸橋の予想に反して、黒滝たちは姿を見せなかった。太田の姿もない。

午後五時を過ぎると、城島が言った。

「そろそろ終業時間かな……」

「そうだな」

諸橋は言った。「一般的に会社は九時五時。最近では、ちょっとずれて、十時六時というところもあるようだが……」

「何時まで監視する？」

「捜査本部の上がりは八時だったな」

「そうだね」

「八時までには、捜査本部に戻ろう」

笹本が言った。

「黒滝がどこにいるのか、確認しなくていいのか？」

「今はいい」

「なぜだ？　あんたらの役目は、黒滝たちを監視することじゃなかったのか？」

「本来の目的は監視じゃない。連中にプレッシャーをかけることだ。泉田にプレッシャーをかけることができたんだから、結果オーライだよ」

「黒滝や太田がどこにいるのか気にならないのか？」

「気にならないわけじゃない。だが、もっと気になることがある」

「何だ？」

「二課の連中が、今回の件に羽田野組が関わっていると言っている根拠が知りたい」

笹本はしばらく無言で何事か考えている様子だったが、やがて言った。

「たしかにそれは確認する必要があるな」

それから一時間後の午後六時過ぎに、再び黒いミニバンが姿を見せた。ビルの正面に駐車すると、しばらくして泉田がやってきた。

それを見た城島が言った。

「帰宅するのかな。それとも、どこかで誰かと会食か？」

笹本が言った。

「もしかしたら、黒滝たちと会うのかもしれない」

諸橋は言った。

「それはあり得るな。尾行してみよう」

泉田の車が発進すると、諸橋も車を出してそのあとをつけた。

気づかれてもいい尾行なので、気が楽だ。プレッシャーをかけ続けることが目的だからだ。

やがて、泉田の車は繁華街を離れ、根岸町《ねぎしちょう》にやってきた。そして、高級マンションの前に停まった。

城島が言う。

「ここ、泉田の自宅だよね」

笹本が言う。

「まっすぐ帰宅したってことか……」

城島がこたえる。

「俺たちの尾行に気づいて、誰かとの約束をキャンセルしたのかもよ」

諸橋は言った。

「だとしたら、監視が功を奏しているということだな」

笹本が尋ねた。

「これからどうする？」

「しばらく張り込んでみよう」

黒いミニバンはどこかへ走り去り、帰宅した泉田に動きはなかった。

午後七時半になると、諸橋は言った。

「捜査本部に戻ろう」

二人に異論はなさそうだった。諸橋は車を出した。


幹部席に板橋課長と永田課長が並んで座っていた。彼らは夜の捜査本部にも臨席するつもりのようだ。

すぐに永田課長に話を聞きたかったが、警察には段取りがある。まず、管理官に報告だ。

諸橋たち三人は管理官席に戻り、席に着いた。

山里管理官が諸橋に尋ねた。

「どうだった?」

「ハタノ・エージェンシーを張り込みましたが、黒滝たちは姿を見せませんでした。その代わりに泉田に話を聞いてきました」

「おい……」

山里管理官が眉《まゆ》をひそめた。「泉田にはまだ接触しないことになっていなかったか?」

「直接圧力をかけるチャンスだったので……」

「それで、何かわかったのか？」

「気になることを指摘されました」

「気になること……？」

「劉将儀が行方不明になったのが三年前。でも、羽田野組が横浜に進出してきたのは二年前なんです」

山里管理官は、さらに深く眉間《みけん》にしわを刻んだ。

「待ってくれ。それはどういうことなんだ？」

「泉田はそれを、自分たちが無関係だということの根拠にしようとしていました」

「たしかに、横浜にやってくる前なら、劉将儀の失踪には関与できないな……」

「こちらも根拠が必要です」

「泉田が関与していたという根拠か？」

「泉田の名前は、永田課長から聞きました。つまり、二課は事件に泉田が関与している根拠を握っているはずです」

山里管理官が言った。

「永田課長に訊いてみるか……」

彼が席を立つと、諸橋もそれに続いた。城島と笹本もついてくる。

幹部席に近づくと、板橋課長が不機嫌そうに言った。

「何だ？」

山里管理官がこたえる。

「永田課長にお話が……」

板橋課長はさらに不機嫌そうな顔になって黙り込んだ。

永田課長が言った。

「何かしら？」

山里管理官が言う。

「諸橋係長から質問があるとのことです」

話を振られて、諸橋は言った。

「泉田に会ってきました」

それに反応したのは、板橋課長のほうだった。

「何だと？　本部の指示もないのに接触したというのか？　勝手なことをするなと言ってあるだろう」

「我々マル暴にとっては日常的な接触です」

「ふざけるな。殺人の捜査中だぞ」

大声を上げる板橋課長を無視するように、永田課長が言った。

「泉田は何か言っていた？」

「羽田野組が関西から横浜に進出してきたのが、二年前だということを指摘されました」

板橋課長が言った。

「それがどうしたというんだ」

「劉将儀が行方不明になったのは三年前のことです。当時まだ、羽田野組は横浜にいません」

板橋課長が言葉を呑《の》んだ。

諸橋は永田課長に尋ねた。

「事件に泉田が関与しているという情報は、課長からいただきました。その根拠を知りたいと思います」

短い沈黙を挟んで、永田課長が言った。

「たしかに泉田は、劉将儀の失踪には関与していないかもしれません」

「しかし……」

反論したのは山里管理官だった。「事件に関与しているマルBが泉田だとおっしゃったのは、永田課長です」

　彼女はあくまでも穏やかな口調でこたえた。

「泉田が関与していると言ったのは、井原淳次の詐欺事件についてです」

　板橋課長が、永田課長を無言で睨みつけていた。山里管理官が、戸惑った様子で尋ねた。

「井原淳次が殺害されたことは、その詐欺事件と関連があります。泉田が詐欺事件に関与しているということは、当然井原淳次殺害にも関与しているということではないのですか？」

　永田課長は平然と言った。

「それは私にはわかりません。二課は詐欺事件を追っており、その過程で泉田の存在を知ったのです」

　板橋課長がうなるように言った。

「どいつもこいつも、殺人の捜査を引っかき回しに来たのか。いいから、捜査一課と強行犯係以外はみんな出て行け」

　永田課長はそれでも落ち着いていた。

「出て行けと言われて、はいそうですか、と言うわけにはいきませんね」

「いいから出て行け」

「刑事部長の指示なら従いますよ」

同じ課長なのだから、板橋課長の命令に従う必要はないということだ。だが、所轄《しょかつ》の係長はそうはいかない。諸橋は言った。

「出て行く前に、永田課長にうかがいたいことがあります」

永田課長が言った。

「何でしょう？」

「井原淳次が関与している詐欺事件の捜査の過程で、泉田の存在を知ったとおっしゃいました」

「ええ、それが何か……？」

「どういう形で泉田のことを知ったのでしょう。泉田が井原淳次の詐欺事件に関わってたという根拠は何なのですか？」

「井原淳次が土地の売買に関する詐欺を実行するとき、必ず被害者との間に入る弁護士がいます」

「弁護士……？」

「はい。土地の売り買いというのはたいへんな買い物です。たいていは間に、売り手側、買い手側両方の不動産業者が入ります。そして、時には弁護士が関与することもあります。

そういう中間に入る人たちが、詐欺事件の立件を難しくしているんですけどね……」

「詐欺事件の立件を難しくしている？」

「そうです」

「どういうことでしょう」

「中間に入る不動産業者や弁護士は、不正なことはしていないと主張できるのです。つまり彼らは、売買の仲介や代行をするだけであり、そのこと自体は不正とは言えません。むしろ、被害者だと言い張ることもできます。実際、何も知らずに利用される不動産業者や弁護士もいるくらいです」

「全体が詐欺事件だとしても、仲介や代行といった行為は詐欺に当たらないから検挙できないということですね」

「そうです。詐欺事件は、主犯をはじめとする、犯行の意思があった者を、洗い出していかなければなりません」

「なるほど、たいへんな仕事ですね」

諸橋が言うと、永田課長が笑顔を見せた。

「そう。たいへんなんです。でも、暴対係もたいへんよね。毎日、恐ろしい暴力団員の相手をしなければならないんでしょう？」

「その暴力団員は」

板橋課長が腹立たしげに言った。「殺人事件には関係していないわけですか」

永田課長がこたえる。

「どうでしょう」

諸橋は板橋課長がさらに質問するのを待つことにした。どんなやつでも上司は上司だ。発言を遮《さえぎ》ることは許されない。

だが、板橋課長は忌々《いまいま》しげに永田課長を見つめるだけで、何も言わなかった。

諸橋は永田課長に尋ねた。

「まだ、質問にこたえていただいてません。泉田はどういうふうに詐欺事件に関係していたのですか？」

「泉田がその弁護士に、複数回会っているのを確認しています」

諸橋はうなずいてから言った。

「しかし、その弁護士は詐欺罪には問われていない……」

「そうです。今説明したように、彼は善意の第三者という立場を主張しつづけています」

「では、その弁護士の名前を教えていただけますか？」

もったいぶるかと思ったら、永田課長は意外にもあっさりと言った。

「昭島憲介《あきしまけんすけ》です。後で資料を届けさせましょう」

「我々が接触してもいいということですね？」

「もちろんかまいません。今のところ、詐欺で検挙することはできないので……」

「わかりました」

「昭島弁護士に会いに行くつもりですか？」

「そういうことになると思います」

「参考までに聞かせてもらえますか？　何のために会いに行くのです？」

「泉田とどういう関係か詳しく知る必要があります。それで、泉田にさらにプレッシャーをかける材料が見つかるかもしれません」

永田課長は、板橋課長を一瞥《いちべつ》してから、諸橋に尋ねた。

「私たちは、捜査本部から追い出されそうなんですが、それでも泉田に関する捜査を続けるんですか？」

「泉田が何かの事件に関与していたとしたら、暴対係としては黙っていられません。それに、関西から来た黒滝たち三人の動きも気になります」

永田課長はうなずいた。

「では、私たちは、もし捜査本部を離れても協力態勢を維持するということでいいですね」

それを聞いた板橋課長が、怒りのおさまらない様子のまま確認するように言った。

「井原とつるんでいた弁護士が、泉田とつながっているってことだな」

永田課長は繰り返した。

「複数回会っているのを確認しています」

「たまたま同じ弁護士を使っていたということも考えられる」

諸橋は言った。

「ハタノ・エージェンシーには別の顧問弁護士がいます。わざわざ別の弁護士を雇う理由がわかりません」

板橋課長は諸橋を睨んだ。

「おまえらは手を出すな。その昭島とかいう弁護士は、捜査一課で洗う」

課長の言いつけとはいえ、ここで言いなりになるわけにはいかないと、諸橋は思った。

「泉田は、かなり苛立っているはずです。プレッシャーをかけつづけるべきだと思います。そのためにも、昭島弁護士に接触する必要があります」

「だから、それは捜査一課でやると言ってるんだ。泉田は、劉将儀の失踪には関わっていないかもしれないが、井原の殺害には関与している可能性がある」

たしかに板橋課長が言うとおり、井原殺害はつい最近のことだ。二年前まで横浜にいなかったと言い張っても何の意味もない。

「殺人の捜査のためにも、昭島弁護士と泉田の関係を洗う必要があると思います」

「だから、それは捜査一課でやると言ってるんだ」

永田課長が立ち上がり、諸橋は驚いた。彼女が言った。

「諸橋係長、行きましょう。捜査本部でなくても捜査はできます」

14

永田課長の言葉に、さすがの諸橋もどうしていいかわからずに、立ち尽くしていた。

板橋課長には「出て行け」と言われ、永田課長からは「行きましょう」と言われた。

二人の課長に言われては、この場を去るしか選択肢《せんたくし》はない。

「わかりました」

諸橋は言って、永田課長のほうに歩き出した。城島は黙って諸橋に従う。

笹本と山里管理官が、諸橋たちを見て呆然《ぼうぜん》としている。

笹本はどうするだろう。来ない気ならそれでいい、と諸橋は思った。

だが、思いのほか、彼が迷っている時間は短かった。すぐに諸橋と城島を追ってきたのだ。

幹部席の前に、山里管理官が一人だけ取り残されるような恰好になった。

もちろん、捜査本部に戻っていた捜査員たちも、その様子を眺めている。彼らは、まさかこんなことになるとは思っていなかっただろう。

諸橋も捜査本部を追い出されるとは思っていなかった。

「どこに向かうのでしょう?」

諸橋が尋ねると、永田課長がこたえた。

「捜査会議に出なくて済むんですから、帰宅したいわね」

「それはいいアイディアですね」

笹本が永田課長に言った。

「だいじょうぶなんですか?」

「何が……?」

「勝手に捜査本部から外れて、部長や本部長に何か言われませんか?」

「別に何か言われる筋合いはないわ。こちらは捜査一課に協力していたのよ。その捜査一課が私たちをいらないというのだから、捜査本部に留《とど》まる理由はない。そうでしょう?」

笹本はうなずいた。

「はあ……」

同じキャリアの警視でも、永田課長のほうが先輩のようだ。だから、笹本はあまり強く出られないのだ。

「ねえ、諸橋係長」

突然話を振られたが、諸橋は慌《あわ》てなかった。

「はい。別に困ることは何一つありません」

笹本がさらに永田課長に尋ねた。

「本当に帰宅するのですか？」

「いけない？」

「明日から、我々は何をすればいいんです？」

永田課長が、廊下で立ち止まった。全員が立ち止まらざるを得ない。

彼女が諸橋に言った。

「明日一番で、県警本部に来ていただけます？」

「本部のどちらに？」

「取りあえず、私の部屋を訪ねて」

「了解しました」

永田課長はうなずくと、また歩き出した。

玄関で別れた。永田課長は公用車に乗り込む。本当に帰宅するのだろうか。

公用車が走り去ると、城島が言った。

「俺たちも帰るとするか」

すると、笹本が言った。

「昨日みたいに、盛り場を見回ったりしないのか？」

諸橋はこたえた。

「今日はやる必要がないだろう。だが、行きたいのなら付き合うぞ」

笹本は顔をしかめた。

「じゃあ、本部に車を返して、私たちも帰宅しよう」

「おい」

城島が言った。「帰宅するのに使えないの？」

笹本がこたえる。

「業務が終わったら、ちゃんと車を返さなきゃならない」

「別に乗って帰ってもいいだろう？　あんたも送っていくよ」

「だめだ。もし車を持ち帰って、それが盗まれたり、車上荒らしにあったら、どう責任を取るつもりだ」

諸橋は言った。

「わかった。その代わり、明日も車を使いたい。手配してもらえるか？」

笹本は一瞬、むっとした顔になった。いいように使われていると感じたに違いない。だが、抗議はしなかった。

「わかった。用意しておこう」

諸橋は、車の鍵を笹本に渡そうとした。彼に車を返却してもらって、ここから真《ま》っ直《す》ぐ帰ろうと思ったのだ。

だが、思い直した。

「俺が最後まで運転しよう。車の中でちょっと話したい」

城島が言った。

「俺も話したいと思っていたところだ」

笹本が無言でうなずいた。三人は駐車場に向かった。


「さて、これから俺たちはどうすればいいんだ？」

車が走り出すとすぐに、城島が言った。諸橋はこたえた。

「今やっていることを続ければいいんだ」

「黒滝たちをマークしつつ、泉田にプレッシャーをかけるってこと？」

「そうだ」

「でも、羽田野組の事務所はみなとみらい署の管轄外だよ。捜査本部を外れた今、やつらを捜査する理由がない」

「理由はあるさ。永田課長に協力しろと言われた。それに、俺たちは追い出されはしたものの、まだ捜査本部を外されたかどうかわからない」

「板橋課長が、俺たちをまた呼び戻すと思うか？」

「それはわからない。必要なら呼び戻すだろう。捜査は子供の遊びじゃない」

「なるほどね……」

「それより、永田課長の真意が気になる」

「永田課長の真意？」

「そう。俺たちに何を求めているんだろうな」

「詐欺事件を解決したいんだろう。そのために、俺たちを利用したいんだ」

「何かトラブルが起きても、ケツは拭いてくれないということだな」

諸橋が言うと、城島はうなずいた。

「まあ、そう思っておいたほうがいいだろうな」

そのとき、後部座席の笹本が言った。

「そんなに勘ぐらなくたっていいさ」

城島が尋ねた。

「どういうこと?」

「永田課長は、熱血型なんだよ。裏表のない人なんだ」

諸橋は尋ねた。

「それはあくまで、仲間同士のときに見せる顔なんじゃないのか?」

「どんな状況だろうが、また相手が誰だろうが、あの人は変わらない」

諸橋はしばらく考えてから言った。

「じゃあ、板橋課長の言葉に腹を立てて捜査本部を去ったのは、別に何かの作戦というわけじゃないんだな?」

「ただ腹を立てただけだと思う」

「たまげたな……。単純過ぎないか?」

「そこからが、普通と違うんだ」

「普通と違う?」

「そう。啖呵《たんか》を切ったら、それなりの結果を出す。おそらく、今回の事件も、詐欺事件からアプローチして解決する自信があるんだと思う」

城島が尋ねた。

「詐欺事件だけじゃなく、殺人事件も解決しようってこと?」

笹本がこたえた。

「おそらくあの人は、そこまで考えている」

地方《じかた》は現場にこだわる。キャリアは所詮《しょせん》捜査の素人と、地方の多くは考えている。

諸橋もそう思っていた時期がある。

だが、実はキャリアの頭脳はあなどれない。大局的というか、俯瞰的《ふかんてき》というか、物事全体を見るためには、やはり明晰《めいせき》な頭脳が必要なのだ。

城島が言った。

「笹本監察官の言うとおりだとしたら、永田課長に協力する意味もあるってもんだな……」

諸橋は言った。

「いずれにしろ、乗りかかった船だ」

やがて車が県警本部に到着した。笹本が言った。

「私が車を返却しておく」

諸橋はうなずいて言った。

「じゃあ、俺たちはこれで……」

車を下りようとすると、笹本が言った。

「明日は、言われたとおり永田課長の部屋に行くんだな？」

「ああ。朝九時に行く」

諸橋たちの始業時間は八時半だが、国家公務員であるキャリアの始業時間は九時だ。

「私も行こう」

「まだ監視を続ける気か？」

「監視じゃなくて援助だと言ってるだろう」

諸橋と城島は車を下りた。県警本部を出ると、城島が言った。

「笹本のやつ、案外俺たちといっしょにいるのが気に入っているのかもよ」

「それはないと思うがな……」

二人はそれぞれ、帰宅した。


朝九時に、県警本部の永田課長の部屋を訪ねると、すでに廊下に、決裁待ちの列ができていた。

その列に並ぶべきかどうか考えていると、城島がやってきた。

「何をしているんだ？」

「順番待ちをすべきかどうか考えていたんだ」

た。


「呼び出された場合は別だろう」

「俺は、こういうことの段取りをよく知らない」

そこに笹本がやってきて、城島と同じことを尋ねた。そして、諸橋は同じようにこたえた。

笹本はすぐに課内庶務を担当している一係に行き、来意を告げた。筆頭の係はたいてい庶務担当、いわゆるショムタンだ。すると、決裁待ちの列を飛び越えて、入室が許された。

なるほど、世の中にはいろいろな仕組みがある。こういうことを覚えようとしない自分は、いつまで経っても損をする、と諸橋は思っていた。

「よく来てくれました」

机の向こうで、永田課長が言った。「さあ、かけてください」

来客用のソファに座れということだ。諸橋は言った。

「いえ、このままでけっこうです」

「私が話しづらいのよ。さあ、座って」

まず笹本が腰を下ろした。つづいて城島が座る。結局、諸橋も座った。

永田課長は机の向こうから動かなかった。

「昭島憲介弁護士のことは、別に隠していたわけじゃありません。説明する必要がないと思っていたのです」

　諸橋はこたえた。

「説明する必要はありました。それを知っていれば、泉田と会ったとき、もっと攻めようがあったかもしれません」

「そうね。その点は済まないと思っている」

　こんなに素直に非を認めるとは思わなかったので、諸橋は肩すかしを食らったような気分だった。

「昭島弁護士が、井原の死に関係していると思いますか？」

「まったく無関係とは思わない。でも、どの程度の関与か、またどういう形で関与しているかは、わかっていない」

「二課では今も、昭島弁護士を洗っているのですか？」

「今はタッチしていない。検挙できないことはわかっているから。でも、何かあればすぐに引っぱる準備は整えている」

「捜査一課が会いに行くと言っていましたが、いいんですか？」

「別にかまわない。どうせ何もわからないわ」

「捜査一課の刑事には、何も聞き出せないと……？」

「相手はやり手の弁護士ですからね。簡単に尻尾は出さないし、違法な捜査をしたら、警察が訴えられかねない」

「なるほど……」

「でも、あなたたちなら、何か話を聞き出せるかもしれないと、期待しているの」

「どういうことですか?」

「昭島は、殺人への関与など、絶対に認めないでしょう。でも、泉田と会っていたことは事実なんだから、その関係は認めざるを得ない」

「問題は、どういう関係か、ですね」

「そういうこと。それくらいは聞き出してもらえるわよね」

「驚きましたね。昭島弁護士に会いに行けとおっしゃっているわけですか?」

「どうせ行くつもりでしょう?」

「板橋課長には手を出すなと言われています」

「こちらの捜査を邪魔する権利はないわ」

そのとき、笹本が永田課長に言った。

「対立することに、何の利もないと思いますが……」

永田課長が笹本を見て、にっこりと笑った。

「そのとおりだと思うわ」

「でしたら……」

「対立しているつもりはない。私は捜査の効率を考えている。捜査本部はたしかに集中的に捜査するには最高のシステムよ。でもね、指揮官がもし誤った判断を下したら、捜査本部の能力は発揮できない。その瞬間に烏合《うごう》の衆となってしまうのよ」

城島が尋ねた。

「それって、板橋課長が誤った判断を下したということですか？」

「そうは言ってないわ。でもね、このまま行けば、そういうこともあり得ると思っている」

諸橋と城島は思わず顔を見合わせた。

笹本が尋ねた。

「では、どうするおつもりですか？」

永田課長がほほえみを浮かべたまま言った。

「心配ないわ。板橋課長は必ずまた、私たちに協力を要請してくる」

諸橋は尋ねた。

「私たちというのは？」

「捜査二課と、あなたたち暴対係よ」

「わかりました。昭島弁護士に会ってみましょう」

「お願いするわ」

「ただし、捜査一課が行った後にしましょう。たしかに、殺人の捜査を妨害《ぼうがい》することは問題です。彼らが会った後なら、妨害したことにはならないでしょう」

「いつ行くかは任せるわ。それで、それまでの時間はどうするつもり?」

諸橋はこたえた。

「常盤町へ行ってこようと思っています」

城島と笹本が、驚いたように自分のほうを見るのがわかった。

15

「常盤町に何があるの？」

永田課長にそう訊かれたので、諸橋はこたえた。

「神風会という組を構えている神野という男がいます。彼は情報提供者です」

「神風会？　暴力団なの？」

「本人は暴力団ではないと主張していますが、まあ、我々の定義で言えば暴力団でしょう」

すると、城島が言った。

「そうかね。構成員はたった二人だよ。それで、暴力団と言えるかね？」

永田課長が城島を見て言った。

「構成員が二人？」

「そう。組長の神野と代貸の岩倉の二人だけです」

「その団体の構成員が集団的に又は常習的に暴力的不法行為等を行うことを助長するおそれがある団体。それが、暴力団の定義だったわね」

城島がほほえむ。

「さすがキャリアですね」

「たしかに、二人だけで、その定義を満たしているかどうかは疑問ね」

笹本が言った。

「でもヤクザはヤクザです」

永田課長が諸橋に尋ねた。

「いい機会だからうかがっておきたいんだけど。ヤクザ、イコール暴力団と考えていいのかしら」

「ヤクザと呼ばれる連中はたいてい暴力団です」

「でも、神風会は違うとお考えなのね?」

「今現在は暴力団の条件を満たしていないかもしれません。しかし、昔は神野も暴力を振るっていたのでしょうし、組の人数も多かったはずです。つまり、今の神風会は暴力団の成れの果てと言えるのかもしれません」

「暴力団と言えなくても、実質暴力団と同じだということかしら」

「実は、そう言い切れるかどうか、よくわからないのです」

「よくわからない……」

「自分は暴対係ですから、暴対法に則って取締をします。暴対法の根拠となるのは、一般市民が恐怖を感じ、迷惑を被《こうむ》るということだと思っています。一般市民に迷惑をかける連中が相手なら、自分は容赦《ようしゃ》なく戦う覚悟があります。しかし、中には神野のように、周囲の住民から慕われる者がいることも事実です。その場合、取締の根拠が希薄《きはく》になると感じています」

「なるほど……」

永田課長が言った。「現場ならではの考えだと思います。マル暴にはマル暴の考えがあるのだと、私は思っています。神風会に話を聞きに行くことに、何の問題もないと思います」

本気でそう言っているのだろうか。諸橋はそう思った。

笹本によると、永田課長は裏表のない人だという。だとしたら、今の発言も本音と受け取っていいかもしれない。

諸橋は言った。

「では、昭島弁護士のところに行く前に、神野に会ってみます」

「わかりました」

出かけようとすると、城島が言った。

「出かける前に、こちらからも一つうかがっておきたいことがあるのですが……」

永田課長が城島に顔を向けて言った。

「何でしょう？」

「詐欺事件だとしたら、当然被害者がいるはずですよね」

諸橋は思わず城島の顔を見ていた。城島は、視線を永田課長に向けたまま続けた。

「つまり、劉将儀になりすました井原淳次が用意した、偽の権利書やら何やらを信じて、金を払った人がいるわけですよね」

そうだ。殺人事件や、関西からやってきた三人組に気を取られていて、詐欺の被害者のことを考えていなかった。諸橋は、永田課長の顔を見た。表情は変わらない。彼女は言った。

「おっしゃるとおり、被害者はいます。横浜市内の不動産会社なのですが、正体がつかめていません」

「正体がつかめていない？」

「そうです。永楽真金《えいらくまがね》不動産という法人なのですが、実体がよくわからない。調べてみると、かなり以前に業績不振で消えているはずなのですが……」

城島が言う。

「被害者の実体がつかめない……。そいつは妙な話ですね」

「そう。妙な話なんです」

「誰かが細工をしている可能性がありますね」

「そう思います」

「そして、そういう細工ができる者は限られています。例えば、有能な弁護士とか……」

永田課長は無言でうなずいた。諸橋は立ち上がった。

「行ってきます」


常盤町に近づくにつれて、笹本は不機嫌になってきたように見える。警察官がヤクザに会うのが気に入らないのだろう。

だが、そんなことを言っていては、俺たちは仕事にならないのだと、諸橋は思った。

神野の家を訪ねると、いつものように岩倉が出て来て、次に神野が顔を見せた。「上がってくれ」と言われ、いつもは断るのだが、込み入った話になるかもしれないと思い、今日は上がらせてもらうことにした。

座敷の客間に案内されると、すぐに岩倉が茶を持って来た。諸橋は茶に手をつけないが、城島は平気でうまそうに一口すすった。

諸橋は尋ねた。

「何かわかったか？」

神野がきょとんとした顔になる。

「何のことでやしょう？」

「とぼけなくてもいい。何の用事で来たかわかっているはずだ」

「ああ、不動産の件ですね？」

「そうだ」

「だんな、一昨日の今日ですよ」

「あんたなら一日あれば充分だろう」

神野がつるりと頭をなでる。

「参りましたね、どうも……」

「もったいぶらなくてもいい。わかったことを教えろ」

「諸橋さん、関西から来た三人とやり合ったそうですね」

神野がうれしそうに言った。「いやあ、その三人も怖いもの知らずというか……」

それを受けて城島が言った。

「横浜に来たばかりで、こっちのやり方を知らなかったんだろう」

諸橋は神野に言った。

「あの三人が不動産売買に関係しているのか？」

「いや、やつらがそういうことをしているという話は聞きませんね」

「じゃあ、なんでやつらのことを話題にしたんだ？」

「なにね、世間話ってやつですよ。諸橋さんは相変わらずのご活躍だな、と思いましてね」

「黒滝たち三人は、何をしに横浜に来たんだ？」

「私が知るわけがございません」

「そんなはずはない。やつらのことが気になっているから話題にしたんだろう」

「ですから、世間話ですよ」

「黒滝の名前を出しても、聞き流した。あいつの名前を知っていたということだろう」

「まあ、名前は知っておりましたが……」

「泉田のやつは、営業活動強化のために関西から来てもらった、なんてしらじらしいことを言っていた」

「たしかにしらじらしいですね」

「何か知っていたら教えてくれ」

「未確認の情報なんで、話したくねえんですがね……」

「確認を取るのは俺たちの仕事だ。余計なことを気にしないでしゃべるんだ」

「誰かに張り付かせるのが目的のようです」

「誰に？」

「それはわかりません」

「そんないい加減な話があるか」

「そうお思いになるでしょう？　だから話したくなかったんです」

城島が尋ねた。

「張り付かせる目的は？　監視なのかい。それとも、脅《おど》しをかけるためかな」

「もしかしたら、そのどちらでもないのでは、と……」

「どちらでもない……？」

「はい。身辺警護なのかもしれません」

「身辺警護……。だとしたら、対象は泉田くらいしか考えられないな……」

城島の言葉に、諸橋は考え込んだ。わざわざ身辺警護のために、泉田が上部団体である茨谷組から人を呼ぶとは思えない。

諸橋が黙っていると、城島がさらに言った。

「泉田を監視するために、茨谷組が送り込んで来たんじゃないの？」

「まあ、その可能性もないわけじゃないと思うんですが……」

諸橋は言った。

「何だ。はっきりしないな」

「そう。はっきりしないんですよ」

「あんたもヤキが回ったか」

「黒滝たちをとっちめた夜のことです。やつらは泉田といっしょでしたか？」

「いや」

「近くに泉田がいる様子でしたか？」

「確認はしていないが、おそらくいなかっただろうな。もし泉田がいれば、顔を知っている組員が何人か近くにいたはずだ」

「でしょう……」

「何が言いたいんだ？」

「もし、泉田の警護にやってきたなら、必ずいっしょにいるはずでしょう」

「たしかにそうだ……」

諸橋は言った。「言われてみれば、その通りだが……。すでに泉田が帰宅して、その日はお役御免だったのかもしれない」

「何時頃でした？」

「十時過ぎだったな」

「その時間に、泉田がおとなしく帰宅していると思いますか？」

「昨日は六時過ぎに会社を出てまっすぐ帰宅したぞ」

「それをご存じだということは、監視をなさっていたわけでしょう」

「そうだ」

「泉田は警戒して外出を控えたんだと思いますよ」

城島が言った。

「あるいは、俺たちが引きあげた後に出かけたか……」

神野が言う。

「いずれにしろ、十時じゃ帰宅なんて考えられません」

「つまり、黒滝たちとは別行動だったということだな」

「確認したわけじゃありません。ですから、未確認情報だと申し上げているんです」

城島が言う。

「そう言えば、ハタノ・エージェンシーを訪ねたとき、事務所に黒滝たちの姿はなかったな」

　諸橋はうなずいて言った。

「たしかにそうだった」

「もし、泉田の警護のために関西から来たのだとしたら、一昨日の夜といい昨日の昼間といい、黒滝たちが泉田といっしょにいないのはおかしいんじゃないか？」

　諸橋はうなずいた。

「そうだな……」

「ですから」

　神野が言った。「泉田の警護にやってきたわけじゃないということになります。すると、黒滝たちがやってきた理由が、とたんにわからなくなるんです」

　諸橋は言った。

「考えてもわからないことは、考えるだけ無駄だ。引き続き調べてくれ」

「ええ、そのつもりです」

「その他に何かわかったことはないのか？」

「さあて、その他と言われましても……」

「前に会ったときは、はっきり言わなかったが、泉田が不動産に力を入れていることは確かなんだな?」

今回は、神野も否定はしなかった。

「そうですね。たしかに、土地に絡んでいろいろと動いているようです」

「劉将儀になりすましたやつが死んだという話はしたな?」

「ええ、ニュースでも見ましたよ。もっとも、ニュースでは劉さんの名前は出ていませんでしたがね……」

県警本部や捜査一課にもいろいろと思惑《おもわく》があるということだ。

「そいつは井原淳次という詐欺師だ。やつの死に、泉田は関わっているのか?」

「そいつはわかりませんね。たとえ、わかっていたとしても、私の口からは言えません」

「ヤクザだから、ヤクザをかばうということだな」

「私らの稼業の掟《おきて》ですよ。仲間を売ったら、この世界では生きていけなくなります」

「俺を取るか、泉田を取るか。それを俺が迫ったらどうする?」

「泉田を取らざるを得ないでしょうね」

城島が言った。

「そういうことを言うと、係長は傷つくよ」

「申し訳ございません」

軽口に付き合う気はない。諸橋は言った。

「永楽真金不動産という業者を知っているか？」

とたんに笹本が反応した。

「おい、捜査情報だぞ」

諸橋は言った。

「永田課長は気にしないだろう」

笹本はますます不機嫌そうな顔になり黙り込んだ。

神野が言った。

「エイラクマガネですか？　いえ、存じませんね」

「井原淳次が劉将儀になりすまして詐欺を働いた。その被害者が永楽真金不動産なのだが、どうやら実体がないらしい」

「実体がない？　ダミーですか？」

「ずいぶん前に、業績不振で店を畳《たた》むか何かした業者のようだ。そう、ダミーだろうな。捜査二課でも正体がつかめないと言っていた」

「そのダミーの業者の背後にいるやつの正体がつかめないってことですね？」

「そういうことだ。調べられるか？」

「どうでしょうね。警察が調べてわからないことを、私らのような者が調べても……」

「それは謙遜《けんそん》なんかじゃなくて、俺たちに対する牽制《けんせい》だろう。翻訳《ほんやく》するとこういうことだな。そんなことを調べて、自分らに何の得があるのか……」

「そんなことは、これっぽっちも思っちゃいませんよ。調べてはみますがね、何もわからなくても恨みっこなしですよ」

諸橋はうなずいた。

「もちろんだ」

用が済んだので、諸橋は引きあげることにした。神野は丁寧《ていねい》に玄関まで見送りにきた。

諸橋たち三人は車に戻り、昭島弁護士のもとに向かうことにした。

16

城島が昭島弁護士の事務所を調べると、東京都中央区日本橋《にほんばし》三丁目だった。東京駅の近くだ。

諸橋は言った。

「一時間ほどのドライブになるな」

城島がこたえる。

「道が混んでりゃ、もっとかかる」

笹本が言った。

「聞き込みに行くことを、警視庁に断らなくていいのか？」

管轄の県境を越える場合、仁義を切る必要がある。諸橋はこたえた。

「捜査本部がやってくれているだろう」

「私たちは捜査本部とは別行動だ」

「警視庁は、そんなことを知らない」

「そんなことよりさ」

城島が言った。「黒滝たち三人はいったい、何をしに横浜に来たんだ？　神野のとっつあんにもわからないとなると、いよいよ謎だね」

「神野には時間が必要なのかもしれない」

「時間かけりゃ、わかるってこと？」

「そう期待するしかない」

「浜崎たちから連絡は？」

「まだ何も……」

「あいつらに、永楽真金不動産のことを教えてもいいかな？」

諸橋はちょっと考えてからこたえた。

「永田課長に口止めされたわけじゃないので、教えるべきだと思う」

「わかった」

城島は携帯電話を取り出した。彼は、電話の相手に捜査の進捗《しんちょく》状況を尋ね、永楽真金不動産のことを告げた。

城島が電話を切ったので、諸橋は尋ねた。

「浜崎か？」

「そう。ハタノ・エージェンシーの不動産取引を洗ってるけど、怪しい点はまだ見つかっていないということだ」

「進展なしか」

「永楽真金不動産のことを教えたら、そっちから何かたどれるかもしれないと言ってい
た」

諸橋はうなずいた。

城島がさらに言う。

「神野のとっつぁんは、黒滝たちが誰かの警護のためにやってきたのかもしれないと言っ
ていたね」

「ああ。不確かなことは滅多に口にしない男だ。未確認情報と言いながら、かなり確かな
話に違いない」

「だが、警護の対象は泉田じゃなさそうだ、と……」

城島が考え込んだ。諸橋も、あれこれと思案した。いかんせん、まだ情報が足りない。

二人が黙り込んだので、後部座席の笹本が言った。

「関西から誰か大物が来ているんじゃないのか？」

城島がこたえる。

「いや、そんな話は聞いてないな。もし、そんなことがあれば間違いなく俺たちの耳に入

る」

「じゃあ、誰か大物を見逃しているとか……」

「大物……？」

「泉田の客人とか……」

「どうだろうね」

「いずれにしろ、わざわざ関西の上部団体からボディーガードを呼び寄せるなんて、対象は泉田にとってのＶＩＰなんだろう」

諸橋は言った。

「泉田が黒滝たちを呼び寄せたとは限らない」

「関西の組が泉田の動きを牽制するために送り込んだ可能性もあるということだな？」

「そうだ」

「だとしたら、やはり泉田に張り付いていないとおかしいんじゃないのか？」

「そうだね」

城島が言う。「神野が言うように、やつらを検挙したときも泉田はそばにいなかったようだし、やつらは事務所にもいなかった」

笹本が言った。

「関西からやってきてぶらぶら遊んでいるとも思えない。どこか別な場所で誰かに張り付いていたんじゃないのか」

城島がそれにこたえた。

「あり得るね。だとしたら、その誰かっていったい誰なんだ？」

それからしばらく、誰も口を開かなかった。それぞれに考えることがあるのだ。

首都高湾岸線は、思ったより空《す》いていて、一時間ほどで日本橋に着いた。

駐車場を探して、しばらく走り回り、ようやく車を停めたのは、午前十一時半を少し回った頃だった。

城島が言った。

「昼時に訪ねるのも失礼だよね」

諸橋はこたえた。

「刑事はそんなことを気にしない」

昭島弁護士の事務所は、小さなオフィスビルの中にあった。四階にいくつかあるドアの一つにその名前が記されていた。

訪ねてみて、小さな事務所であることがわかった。ほとんどの壁が書棚となっていて、法律関係の書物やファイルなどで埋め尽くされている。

部屋の一番奥にある机が昭島弁護士の席だろう。他に机が三つ。庶務のデスクが一人、そして見習い弁護士、いわゆるイソ弁が二人と、諸橋は見当を付けた。

三十代半ばの女性が近づいてきて言った。おそらく秘書兼デスクなのだろうと、諸橋は思った。

「いらっしゃいませ。どんなご用でしょう」

諸橋はこたえた。

「神奈川県警の諸橋といいます。昭島先生にお話をうかがいたくて横浜から来ました」

「神奈川県警……。さきほども、そうおっしゃる方々がいらっしゃいましたが……」

「ああ、その連中も我々も別に偽者ではありません。ちょっと担当が違いまして……」

「あなたのご担当は？」

「私は暴力犯対策係です。捜査二課が担当している詐欺事件について調べています」

「暴力犯対策係が詐欺事件を、ですか？」

「そうです」

「少々お待ちください」

彼女は奥の席に向かった。そして、しばらくして戻ってくると言った。

「どうぞ、こちらへ」

奥の席に案内された。机の向こうで、背広を着た人物が立っていた。髪が薄くなっている。大きな眼が威圧的な印象を与える。

その人物が言った。

「昭島です。殺人の捜査ですね。私は被疑者なんですか？」

諸橋はその問いにはこたえず、自己紹介をし、さらに城島と笹本を紹介した。そして、言った。

「泉田誠一という人物をご存じですね？」

昭島は自分の席に腰を下ろしたが、諸橋たち三人に座れとは言わなかった。

「泉田誠一……」

昭島は言った。「ハタノ・エージェンシーの泉田さんのことですか？」

「そうです。ご存じなのですね」

「そのことを、先ほど来た刑事も言ってましたがね。それがどうしたと言うんです」

向こうからの質問にはこたえないことにしていた。

「どういうご関係ですか？」

「何度か相談を受けた。それだけのことです」

「顧問弁護士ではないですよね。泉田には別に顧問弁護士がいるはずです」

「そう。顧問弁護士というわけではありません。それでも相談を受けることはありますよ」

「どんな相談でした？」

「それも、先ほど訊かれましたけどね、私ら弁護士には守秘義務があるんです」

「守秘義務ということは、業務で会われたということですね？」

「そういうことにもおこたえできませんね」

弁護士はやっかいだ。犯罪者の人権を守ることが仕事だ。もっと有り体《あてい》に言えば、犯罪者の罪を軽くすることを仕事にしている。

警察や検察に知られたくないことを山ほど抱えている。だから用心深いし、したたかだ。

諸橋は質問を続けた。

「黒滝亮次という人物をご存じですか？」

昭島は怪訝そうに眉をひそめた。

「くろたきりょうじ？　いえ、知りませんね」

「知っていて隠すと、後々困ったことになるかもしれませんよ」

昭島はうんざりしたような顔になった。

「そういう脅しは、一般人には効き目があるかもしれませんが、弁護士には通用しませんよ。これは任意の尋問でしょう？　私は善意の協力者です。拒否しようが、嘘をつこうが、こちらの勝手なはずです」

やはり、弁護士はやっかいだ。任意ということを知っていても、一般人は警察官に対して、こういうことはなかなか言えない。

ここで昭島を敵に回してもいいことはない。諸橋は懐柔《かいじゅう》することにした。

「すいません。余計なことを言いました」

「さっきも神奈川県警だという刑事たちが来て、あれこれ訊いていった。私も暇《ひま》じゃないんだ。担当が違うからといって、なんで何度もやってきて私の仕事の妨害をするんだね」

「申し訳ありません。実際に担当が違いますので……。先ほどお訪ねしたのは、殺人の捜査本部の者です。我々はあくまで詐欺事件とそれに関わる暴力団について調べていまして……」

「どちらも、横浜市内で発見された遺体について調べているんだろう？　捜査本部で一括してやれば済むことじゃないか」

昭島の言うとおりだ。

だが、まさか課長同士が対立して、捜査本部を追い出された、などということは言えない。

「お時間を取らせて申し訳ありません。もう一つだけ訊かせてください」

「何だ？」

「永楽真金不動産をご存じですか？」

「知らんな」

昭島は即答した。

黒滝について尋ねたときと、違う反応だと、諸橋は思った。

返答が早過ぎる気がしたし、一瞬眼をそらした。

「聞いたこともないですか？」

「ないと思う。記憶にないからな」

また眼が動いた。

諸橋は質問を切り上げることにした。

「お忙しいところをお邪魔しました」

昭島弁護士は無言でうなずいた。

諸橋は事務所を出た。城島と笹本もそれに続いた。

三人は車に乗り込み、神奈川県警本部に向かった。

笹本が尋ねた。

「ずいぶんとあっさり切り上げたな。結局何もわからなかったじゃないか」

諸橋はこたえた。

「そうでもない」

「何がわかったというんだ」

「それは永田課長に報告するよ」

来たときと同様に、帰りも一時間ほどだった。

県警本部に着いたのが、午後一時十分だった。

やはり、課長室の前に決裁待ちの人たちがいたが、今朝ほどではない。

笹本が、今度はショムタンにではなく、永田課長に直接声をかけた。すると、すぐに入室をうながされた。

いろいろとやり方があるものだと、諸橋は思った。

「どうでした？」

永田課長が諸橋に尋ねた。今回は、三人とも立ったままだ。永田課長は席に座っている。

諸橋はこたえた。

「神風会の神野によれば、関西からやってきた黒滝たち三人は、誰かの警護が目的の可能性が高いということです。しかし、その警護の対象者は泉田ではないようです」

永田課長は眉をひそめた。

「それ、どういうこと？」

本当に頭のいい人は、わかった振りをせず、わからないことは質問する。どうやら永田課長もそうらしい。

「自分らにもよくわからないんです。警護だか何だか知りませんが、黒滝たち三人が誰かに張り付くために、関西からやってきた、ということのようです」

「それから……？」

「昭島弁護士に会ってきました。彼は泉田と会っていることは否定しませんでした」

「何の用で会っていたのかしら？」

「守秘義務があると言われました」

「じゃあ、何も聞き出せなかったの？」

「昭島は泉田の顧問弁護士じゃありません。なのに、何度か会っていたことは否定しませんでした。しかも、守秘義務があるということは業務で会っていたということです」

「昭島弁護士を介して、井原と泉田が詐欺を共謀《きょうぼう》していた……。私たちはそう考えて捜査を進めていたんですけど、その確証が得られませんでした」

「昭島弁護士には、尻尾を出さない自信があるんでしょう」

「でも、その尻尾をつかまなきゃならない」

「わかっています。必ず追い詰めますよ」

「他には？」

「昭島弁護士に、黒滝を知っているかと尋ねました。彼は知らない様子でした」

「そこはつながっていないということね」

「さらに、永楽真金不動産を知っているかと尋ねました。彼は知らないと言いましたが、それは嘘だと感じました」

「嘘……？」

「少なくとも、何か隠している様子でした」

「そう」

城島が言った。「知らないと言ったとき、彼の眼が左上に動いたんです。これは嘘をつくときの動作です」

永田課長が言った。

「井原の詐欺に加担していたとしたら、被害者の永楽真金不動産のことは知っていておかしくはないわね」

諸橋は言った。

「本人からそれを知ることができたのは大きいと思います」

「でも、証言を得られたわけじゃないのよね」

「証言はいつでも引き出せますよ。今は何が起きたのかを知ることが重要です」

そのとき、永田課長の机の電話が鳴った。課長が受話器を取る。電話に出た永田課長がつぶやくように言った。

「板橋課長……？」

17

永田課長は、ほとんど口を開かず、電話の向こうの板橋課長の話を聞いている様子だ。

いったい何の話だろうと、諸橋は思った。

永田課長が電話を切ると、笹本が尋ねた。

「何の話ですか？」

「捜査本部に来てくれと言っています」

「なぜでしょう？」

「さあ、用件は言いませんでした」

城島が言った。

「俺たちが昭島弁護士に会いに行ったことを知ったのかもしれませんね」

それを聞いた笹本が言う。

「文句を言いたいということか……」

城島がこたえる。

「あの課長なら考えられるだろう」

永田課長が机の上を片づけはじめた。

「とにかく、来いと言うのだから、行ってみます」

諸橋は言った。

「同行させていただきます。実際に昭島弁護士に会いに行ったのは我々ですから」

「その件とは限りませんよ」

「とにかく、ごいっしょします」

「そうね」

永田課長は立ち上がった。「来てくれれば、心強いわ」

課長は公用車で、諸橋たちは自分たちの車で山手署に向かった。

移動中、後部座席の笹本が言った。

「キャリアを呼びつけるなんて、なんてやつだ」

城島がこたえる。

「課長同士なんだから、かまわないだろう」

「永田課長が女性だから、軽く見ているんだろう」

「どうかね。永田課長のほうが年下だからじゃないのか？　警察は階級もそうだが、年齢がけっこうものを言う」

笹本が反論しなかったので、諸橋は言った。

「捜査本部から俺たちを追い出しただけじゃ満足せずに、こっちの動きを封じようというのだろうか」

それに城島がこたえる。

「おまえさんが県警本部から疎まれるのは、今に始まったことじゃないだろう」

「俺は自分の仕事を一所懸命やっているだけなんだがな」

すると、笹本が言った。

「そのやり方が問題なんだ」

こういう言い方には、今さら腹も立たない。

「俺のやり方のせいで、永田課長が板橋課長に呼び出されたというのか？」

しばらく間があった。

「今回は、そういうことじゃないだろう」

笹本はトーンダウンしていた。

捜査本部内は、がらんとしていた。捜査員たちは外に聞き込みなどに出かけているのだ。

幹部席には板橋課長だけがいた。永田課長と諸橋ら三人が入っていくと、管理官席から山里管理官が心配そうな視線を向けてきた。

板橋課長の席の正面に立つと、永田課長が言った。

「何の用でしょう」

板橋課長は苦い表情で言った。

「捜査本部に戻ってきてほしい」

「は……？」

永田課長がきょとんとした顔になる。

諸橋も、城島と思わず顔を見合わせていた。

板橋課長がさらに、顔を歪《ゆが》めて言う。

「あらためて、二課の協力を仰《あお》ぎたいということだ。戻って来てくれませんか」

「どういう心境の変化でしょう」

「ついかっとしてしまうのが、俺の欠点でね……。あんたらに出て行けと言ったのは、間違いだった」

「そう考えるようになるには、何かきっかけがあったのでしょうね」

板橋課長は、一つ大きく息をついてから言った。

「昭島弁護士だ」

やはりその件か……。

諸橋は思った。だが、板橋課長は、それについて抗議するという態度ではない。

「昭島弁護士が何か？」

永田課長が聞き返すと、板橋課長が諸橋たちをちらりと見てから言った。

「うちの捜査員が訪ねた後、彼らが会いに行ったそうだな？」

「はい。私が指示しました」

厳密に言うと、永田課長の指示とは言い難い。諸橋が「会う」と言い、彼女がそれを認めたという恰好《かっこう》だった。

だが、彼女は堂々と「指示した」と言った。管理職はこうありたいものだと、諸橋は思っていた。

「昭島弁護士から県警本部に苦情があったそうだ。刑事が二度も訪ねて来て、同じ質問を繰り返すなど、嫌がらせに当たる、と……」

永田課長が言った。

「弁護士ならやりかねませんね」

「それで、刑事部長から指導が入った。今後、そのようなことがないように、と……」

「なるほど」

「それで、改めて考えたわけだ。二課や暴対係を追い出すのは得策ではない、と……。本来、協力が必要だと考えたから声をかけたのだから」

永田課長がうなずいて言った。

「そういうことでしたら、こちらに異存はありません」

「じゃあ、こっちに座ってくれ」

板橋課長は幹部席を示して言った。

永田課長が諸橋たちに言う。

「あなたたちも、元の席に戻ってください」

笹本がこたえた。

「わかりました」

追い出されたり、呼び戻されたり、落ち着かないな。諸橋は、板橋課長に何か言ってやりたい気分だったが、やめておくことにした。

永田課長は幹部席に、諸橋たち三人は管理官席に戻った。

席に着くと城島が言った。

「やっぱり昭島弁護士のことだったたな」

諸橋はうなずいた。

「ああ。だが、文句じゃなかった」

それを聞いた笹本が言う。

「昭島の苦情が部長の耳に入ったから、こうなったんだ。直接板橋課長が聞いていたら、ぶち切れていたに違いない」

そうだろうなと思いながら、諸橋は言った。

「捜査本部に戻れということは、これからは板橋課長の言うとおりに動け、ということだろうか……」

その問いにこたえたのは、山里管理官だった。

「どうせ、言うとおりに動けと言われても、自由にやるんだろう」

「そんなことはありません」

諸橋はこたえた。「ただ、必要だと思うことをやるだけです」

「だったら、今までどおりやればいい。私が責任を持つからと、課長には言ってあるから……」

山里管理官が防波堤になってくれるということだろうか。彼にあまり迷惑はかけたくない。

諸橋は言った。

「できるだけ、捜査本部の方針に従いますよ」

「あんたらにしかできないことをやってくれ。それで、昭島弁護士からは何か聞き出したのか？」

諸橋は、永田課長に報告したことを繰り返した。

話を聞き終わると、山里管理官が言った。

「泉田と会ったことはあっさり認めたわけだな？」

「そうです」

「だが、その理由は言おうとしない……」

「守秘義務と言ってましたから、世間話をしていたわけじゃないでしょう」

「そうだろうな」

「弁護士の業務で会っていたということになるのでしょうが、泉田には別に顧問弁護士がいます」

「それは、ハタノ・エージェンシーの顧問弁護士じゃないのか？」

「泉田個人も、その弁護士を使っていたはずです」

山里管理官は考え込んだ。

「わざわざ別の弁護士を使う必要もないか……」

「何か理由があるんだと思います」

「詐欺の被害者の不動産業者は何と言ったかな？」

「永楽真金不動産です」

「昭島弁護士がその業者のことを知っているらしいというのは、確かなのか？」

「俺はそう感じました。城島も同様です」

山里管理官が城島を見た。城島が言った。

「永楽真金不動産のことを尋ねたとき、知らないと言ったのですが、否定するタイミングが早すぎましたし、眼が泳いでいました。明らかに嘘をついていましたね」

「二課ではそのあたりのことはつかんでいないのか？」

諸橋はこたえた。

「昭島弁護士については、泉田と会っていたことだけしかつかんでいません。そして、永楽真金不動産はあくまで被害者であり、昭島弁護士とはつながっていません」

するて、城島が訂正した。

「まだ、つながっていません」

「まだ？」

山里管理官が尋ねた。「つまり、つながる可能性があるということか？」

「あると思いますね」

城島が言った。「それが、もしかしたら、今回の事件の核心かもしれませんよ」

その発言に、諸橋は驚いた。

「おい、大胆なことを言うじゃないか」

城島は平然と言った。

「そんな気がするんだ」

山里管理官が言った。

「ともあれ、今の報告を板橋課長に伝えなければ……」

諸橋は言った。

「同じ報告を永田課長にしました。永田課長から板橋課長に伝わっているはずです」

山里管理官が幹部席を見た。永田課長と板橋課長は何やら真剣な表情で話し合っている。

永田課長には、捜査本部を追い出されたことへのこだわりなど微塵《みじん》もない様子だった。

それが彼女の優秀さを物語っていると、諸橋は思った。

「どうやらそのようだな」

山里管理官が言った。「じゃあ、昭島弁護士と泉田の関係、そして、永楽真金不動産との関係を、引き続き洗ってくれ」

諸橋はこたえた。

「了解しました。すぐにかかります」

「その前に」

城島が言った。「まず、昼飯だよ」

午後二時を過ぎているが、昼食をとりそこねていた。たしかに腹が減っている。

山里管理官が言った。

「仕出し弁当が残っているはずだ」

城島がにっと笑って言った。

「捜査員にとっては飯が唯一の楽しみなんです。外で食わせてください」

諸橋は出かけることにした。

「このあたりには、ジョナサンとかモスバーガーくらいしかないね」

署の一階まで来ると、城島が言った。それに、笹本がこたえた。

「それで充分じゃないか」

城島は肩をすくめてから諸橋に言った。

「これからどうする？」

「一度、みなとみらい署に寄ってから、再度ハタノ・エージェンシーの張り込みをしよう」

「わかった。じゃあ、ランドマークプラザのとんかつ屋へ行こう」

城島の提案に従うことにした。三人は車に乗り込み、みなとみらいのランドマークプラザを目指した。

とんかつ屋で昼食をとり、すっかり満足して、三人はみなとみらい署に移動した。

暴対係には、また浜崎だけが残っていた。彼が係長役をやっているのだ。

「係長、どうしました」

「ハタノ・エージェンシーの調べのほうはどうなっているかと思ってな」

「不動産業に怪しいところは見当たらないんですが……」

浜崎の口調が気になった。

「何だ？」

「ハタノ・エージェンシーから羽田野個人に、二億円ほどの金が動いていたことがわかったんです」

諸橋は眉をひそめた。

「どういうことだ？」

「羽田野がまとまった金を必要とした、ということでしょう」

「違法なのか？」

「いいえ、ハタノ・エージェンシーが羽田野に貸したという形になっていて、月々返済もしているようなので、違法ということはないんですが……」

「その金を何に使ったか、気になるところだな……」

「それを、倉持たち三人に調べさせています」

城島が言った。

「二億円か……。金額からすると不動産取引なんじゃないの？」

浜崎がこたえる。

「当然そう考えますよね。洗ってみたんですが、羽田野個人が不動産契約をした記録はないんです」

「じゃあ、何に使ったんだろう……」

「今、懸命に金の動きを追っているところなんですが、これがなかなか難しくて……」

諸橋は言った。

「わかった。こっちでも調べてみる」

「係長たちが、ですか？」

「俺たちには二課がついているんだ」

「へえ、そいつは頼りになりそうですね」

「他に何か？」

「そう言えば、倉持が黒滝たちを見かけたと言ってました」

「黒滝たち？」

「ええ。三人いっしょだったようです。太田ってやつもいっしょだったと言ってました」

「太田が……？　どこで見かけたんだ？」

「どこでしたかね……。たいして重要なことだと思わなかったので、記憶に残ってませんね。倉持に聞いてみますか？」

「すぐに連絡してくれ」

浜崎は机上の固定電話でかけた。倉持が出たらしい。諸橋は差し出された受話器を受け取った。

18

「黒滝たちを見かけたということだな？　いつ、どこで見た？」

諸橋が尋ねると、電話の向こうの倉持が言った。

「関内駅北口のそばですね。住所で言うと、尾上町《おのえちょう》ですか……。見かけたのは、今日の午前十時頃のことです」

「尾上町……」

諸橋は思わず鸚鵡返《おうむがえ》しにつぶやいた。

「ええ、そうです。ビルの前にいるのを見かけました」

「やつらは何をしていたんだ？」

「さあ……。ちょっと見かけただけですから……。黒滝と太田が車に乗り込むところでした」

「車？　どんな車だ？」

「黒いセダンでしたね」

今時、黒いセダンとは、ずいぶんわかりやすい趣味だ。おそらく、黒滝の趣味だろうと思った。

太田なら別の車種や色を選びそうな気がした。根拠はないが、太田は、よく言えば合理主義的、有《あ》り体《てい》に言えばずる賢《がしこ》いタイプに見えた。

「黒滝の手下が二人いたはずだが……」

「車の中だったと思います。太田も黒滝も後部座席に乗り込みましたから……」

諸橋は確認した。

「おまえが見たのは、二人が車に乗り込むところだったんだな？」

「はい」

「彼らが何のために尾上町にやってきたのかは不明なんだな？」

「不明です。すいません」

いかにも気弱そうな倉持が情けない顔をしているのを想像した。諸橋は言った。

「別に責めているわけじゃない。よく気がついたな」

「彼らを探してみましょうか？」

「いや、それはこちらでやる。今手がけている捜査を続けてくれ」

「わかりました」

諸橋は電話を切った。

城島が諸橋に尋ねた。

「黒滝たちが、尾上町にいたってこと?」

「ああ。だが、何のためにそこにいたかは不明だということだ」

「倉持たちが見かけたとき、彼らは何をしていたんだ?」

「車に乗り込むところだった」

「どんな車?」

「黒いセダン」

城島が、にっと笑った。自分と同じ感想を抱いたのだろうと、諸橋は思った。

「見かけたのは、今日の午前十時頃のことらしい」

「俺たちがとっつぁんのところにいた頃だな。なんだ、目と鼻の先にいたことになる」

「そうだな」

常盤町と尾上町は、城島が言うとおり、目と鼻の先だ。

笹本が諸橋に言った。

「予定では、これからまたハタノ・エージェンシーを張り込むんだったな?」

諸橋は考えてからこたえた。

「いや、予定変更だ。尾上町に行ってみよう」

笹本が眉《まゆ》をひそめた。

「黒滝たちは、もうそこにはいないぞ」

「わかっている。彼らがそこで何をしていたのかが気になる」

「黒滝たちはハタノ・エージェンシーに現れるかもしれない」

「おそらくやつらはハタノ・エージェンシーへは顔を出さない」

笹本が驚いた顔で言う。

「昨日一日張り込んだだけじゃないか。どうしてそんなことがわかる」

「断言はできないが、そんな気がする」

「根拠もないのに、方針を変えていいのか？」

すると、城島が言った。

「係長の、そんな気がする、は俺たちにとって充分な根拠なんだよ」

「検事も判事もそんな話は信用しない」

「検事や判事が実際にマルBと戦っているわけじゃないだろう」

「警察官にとって何より大切なのは、確かな根拠を示すことだ」

「そいつはたしかに大切だよ。だが、俺たちにとって何より大切というわけじゃない」

「何だって？　じゃあ、一番大切なものは何だと言うんだ」

「市民を守ることだよ」

城島が言うと、笹本は鼻白《はなじろ》んだ表情になった。

「それにね」

城島がさらに言った。「俺は、黒滝が太田といっしょにいたというのが、妙に気になるんだ」

それを聞いた諸橋は言った。

「実は俺も同じことを感じていた」

ずっと諸橋たちのやり取りを聞いていた浜崎が言った。

「ハタノ・エージェンシーなら、日下部か誰かに張らせましょうか？」

諸橋はかぶりを振った。

「いや、捜査本部の連中が張り込んでいるだろう。引き続き、ハタノ・エージェンシーの不動産取引や、羽田野が必要とした二億円の件を調べてくれ」

「わかりました」

「じゃあ、行こうか」

城島が言い、出入り口に向かった。諸橋は、笹本とともにそのあとを追った。

関内駅の北口付近は、車道を挟んで、すぐにビルが迫っている。尾上町はさらに向こう側の通りになる。

歩きながら周囲を見回す。何か黒滝たちに関係のありそうなものはないか探しながら進んでいく。

笹本が不満を洩《も》らす。

「いったい何を探せばいいんだ……」

諸橋はこたえた。

「何かだ」

「だから、その何かってのは、いったい何なんだ?」

「気になるものだ。引っかかりを感じるもの。それは必ず関わりがある」

「曖昧《あいまい》だな……」

城島が言う。

「捜査ってのは、そんなもんだ。長年培《つちか》った経験がものを言うんだ」

次の通りに出て、諸橋は左右を見渡した。

「国道16号だな……」

諸橋が言うと、城島がうなずいた。

「この道路の下が、地下鉄関内駅だ」

諸橋は馬車道の交差点で立ち止まり、周囲を見回した。城島も同様に視線を四方八方に走らせている。

笹本はどうしていいかわからない様子で言った。

「黒滝と関係がありそうなものなんて、まったく見当たらないじゃないか」

諸橋はこたえた。

「どうかな……」

「無駄足じゃないのかね。午前中に黒滝たちがいたからといって、このあたりに手がかりがあるとは限らない」

笹本が洩らす不満に、いい加減うんざりしてきたとき、城島が言った。

「おい、あれ……」

城島が指さしたのは、ビルの看板だった。『市木《いちき》司法書士事務所』と書かれている。

諸橋はうなずいた。

「なるほど、司法書士か……」

笹本が言った。

「司法書士がどうしたというんだ?」

「土地の権利書を扱うときは、司法書士の手を借りることになるだろう」

諸橋が言うと、城島がうなずいた。

「売り手、買い手、ともに司法書士が必要になるな」

笹本が言う。

「必須というわけじゃないだろう。書類の鑑定ややり取りなら弁護士だってできる」

城島が言う。

「今どきは、弁護士も司法書士の手を借りるんだ。特に、登記をする場合は司法書士が必要になる」

笹本が城島と諸橋を交互に見て尋ねた。

「黒滝たちが、あそこの司法書士事務所を訪ねたということか？」

城島がこたえた。

「行ってみればわかる」

エレベーターで四階の事務所に向かった。ドアを開けると、すぐにカウンターがあり、そこに若い女性がいた。

来意を告げると彼女は内線電話をかけた。すると、すぐに衝立《ついたて》の向こうから背広姿の男性が姿を見せた。

「市木ですが、何か……」

「ここを訪ねてきたお客について、ちょっとうかがいたいことがありまして……」

市木と名乗った男は、怪訝《けげん》そうな顔のまま言った。

「どうぞ、こちらへ……」

衝立の向こう側はオフィスになっており、二人の若い男性がパソコンに向かって仕事をしていた。

さらにその奥にドアがあり、隣の部屋に通じている。三人はその部屋に案内された。そこには、立派な応接セットがあり、その向こうに同じくらい立派な両袖の机があった。

市木は三人に名刺を渡した。司法書士・市木邦治《くにはる》と書かれている。

諸橋たちがソファに腰を下ろすと、市木もソファに座った。

「依頼人についてのお尋ねですか……」

市木は穏やかな口調で言う。諸橋は「そうです」とこたえた。

「もちろんご存じとは思いますが、私どもには守秘義務があります」

「無理におこたえいただこうとは思いません」

「ご質問は？」

「ここに、黒滝という人物が訪ねてきませんでしたか？」

市木は、一瞬言葉を呑《の》んだ。それで充分だった。彼は間違いなく黒滝を知っている。

「おこたえできませんね」

「つまり、否定されないということですね」

「おこたえできません」

「では、太田という人物はどうです?」

市木は表情を閉ざした。諸橋に考えを読まれたくないということだ。

これもこたえているのと同じだ。彼は、太田も知っているのだ。

「彼らは、どんな用でここに来たのですか?」

「おこたえできません」

「わかりました」

諸橋は言った。「これ以上の質問は無意味ということですね。では、失礼することにします」

諸橋が立ち上がると、城島もほぼ同時に立ち上がった。それを見て、笹本が驚いた顔をしている。

市木が言った。

「その二人は、何かの容疑者なんですか?」

諸橋は笑みを見せた。

「おこたえできませんね」

諸橋が部屋を出ようとすると、笹本が慌てて立ち上がった。

そのとき、市木が言った。

「待ってください。その二人が何か犯罪に関わっているということですか?」

諸橋はドアの前で立ち止まり、振り向いた。

「黒滝と太田を知らないのだとしたら、あなたがそんなことを気になさることはないでしょう」

市木は諸橋を見て言った。

「知らないとは言っていません。おこたえできないと言ったのです。あなたの質問にこたえると、守秘義務を破ったことになります」

「その発言も、ぎりぎりですね」

「そう。ぎりぎりですが抵触はしていないはずです」

「あなたもお忙しいことと思います。我々が何度もやってきて同じことを尋ねるのは、きっとご迷惑でしょう」

「迷惑なんてとんでもない。警察への協力は惜しみません」

そこで、市木はちょっと肩をすくめた。「守秘義務を破るわけにはいきませんが……」

「そうでしょうね。守秘義務を破ると罰則がありますからね」

「刑事罰だけではなく、社会的な信用をなくします」

「共犯者として逮捕されると、もっとたいへんなことになりますよ」

「私は犯罪に手を貸したりはしません」

「結果的にそうなることもあります」

市木はしばらく考えていた。やがて、彼は言った。

「今、言われた二人が何か犯罪に関わっているということですか？」

「詐欺《さぎ》事件の疑いがあります」

これはもちろん、はったりだった。もしかしたら、羽田野組の泉田は詐欺に関与しているかもしれないが、黒滝や太田については何もわかっていない。

市木は、まったく顔色を変えずに言った。

「それは聞き捨てならないですね」

「だからさ」

城島が言った。「お互い、手間を省《はぶ》きたいじゃない」

「特定の依頼人の情報を洩らすわけにはいきません。一般的なことならある程度お話しできると思います。お尋ねの二人が、この事務所に来たとして、何かの依頼を受けたとしても、それが犯罪に関係しているかどうかは、私にはわからないのです」

諸橋はうなずいた。

「あなたはただ、依頼の通りに手続きをするだけだということですね」

「はい」

それが詐欺事件捜査の難しさだと、永田課長が言っていた。

「あくまでも、善意の第三者だということは理解しています。その上でお尋ねします。司法書士はいろいろな手続きをされると思いますが、黒滝と太田はどんな依頼でここに来たのですか？」

「それも、守秘義務に抵触するのでお話しできませんが、一般的に言うと、土地の登記などの用事でここにおいでになる方が多いですね」

「土地の登記……。それは横浜市内ですか？」

「横浜の司法書士事務所ですから、当然そういう仕事が多いです」

諸橋は再びうなずいた。

「お忙しいところ、お邪魔しました」

諸橋はドアを開けて部屋を出た。そのままオフィスを横切り、廊下に出ると、エレベーターホールに向かった。

城島と笹本は、ぴたりと諸橋のあとについてくる。

笹本が言った。

「まどろっこしい話だったな」

そのとき、エレベーターがやってきた。乗り込むと、諸橋は言った。

「立場上、はっきりと証言はできないんだ。だが、かなりしゃべってくれたじゃないか」

19

車に乗り込むと、助手席の城島が言った。

「関西から誰かの護衛に来た黒滝が、司法書士の事務所を訪ねたのは、どういうわけだろうな……」

後部座席の笹本が言う。

「市木司法書士によると、横浜市内の不動産登記の話らしいな」

「だとしたら、なおさらわからない」

笹本が言う。

「やはり、詐欺に加担しているということじゃないのか?」

「あんた、ちゃんと考えてる? 関西から出張してきているやつに、なんで横浜市内の土地の登記をやらせるんだ?」

「よそ者にやらせたほうが、足が付きにくいと考えたんじゃないのか?」

「いや。それも考えにくいな。詐欺っていうのは、それらしくやらなきゃだめなんだよ。関西のやつが横浜市内の土地の登記に関わっているだけで、怪しいと思われる」

　諸橋は言った。

「それに、忘れちゃいけないことがある」

「何だ？」

「黒滝は、指定暴力団の構成員だ。不動産登記の手続きなどやると何かと面倒なことになる」

「そうだよ」

　城島が言った。「係長が言うとおりだ」

「身分を隠したんだろう」

　笹本が言った。「司法書士は、依頼人の身元調査まではやらないはずだ」

　城島が言う。

「もしそうだとしたら、排除条例なんかに違反する可能性がある」

　さらに笹本が言った。

「相手が暴力団員だと知っていたら、市木司法書士も処罰の対象になる。だが、知らなければ、そうはならない」

　城島は、珍しく考え込んだ様子で言った。

「もし、泉田が不動産詐欺を目論《もくろ》んでいるのだとしたら、関西から来た連中を使わなくても、やりようはいくらでもある。不動産登記に関しては、ハタノ・エージェンシーを使う、とか……」

「ハタノ・エージェンシーはあくまで正規の企業活動しかしていない。だから、詐欺に関わらせたくなかったんじゃないのか？」

「うーん……。フロント企業はあくまで表の稼業だからな……」

二人のやり取りを黙って聞いていた諸橋は言った。

「城島が気になると言っていたことが、俺もずっと気になっていた」

「何の話だっけ？」

「黒滝が太田といっしょにいた、という件だ」

「ああ、そう言っていたね……」

諸橋はさらに言った。

「なんで太田は、土地の登記に同行しなけりゃならないんだ？」

「パシリだからだろう」

「パシリを大切な登記の話に連れて行くか？」

「たしかに不自然と言われれば不自然だが……」

「考え方を変えてみれば、すべての筋が通るような気がする」

そのとき、車が山手署に到着した。報告のために、一度捜査本部に戻ろうと思ったのだ。車を駐車場に入れてからも、諸橋は車を下りようとしなかった。だから、城島も笹本も車に乗ったままだ。

城島は、話の続きを待っているようだった。

諸橋は言った。

「つまり、だ。黒滝が警護しているのは太田なんじゃないのか?」

城島が驚いたように言う。

「あいつはどう見てもパシリだったけどね」

「そいつは、俺たちの先入観のせいかもしれない」

「でも……」

「もし、そう考えれば、いろいろな事柄の辻褄《つじつま》が合う」

「例えば、どんな……」

「関西から来た黒滝が、横浜市内の土地登記をしようとするのは不自然だというおまえの意見には賛成だ。だから、考え方を変えてみるんだ。土地登記をしようとしているのは太田で、黒滝はただ太田についていっただけなんじゃないのか」

その言葉に、城島はしばらく思案顔だった。

「たしかに、おまえが言うとおりだな。そして、もし黒滝の警護の対象が太田なら、黒滝たちが太田といっしょにいる説明もつく」

「そう。太田はハタノ・エージェンシーの社員だと言っていたが、事務所に姿を見せていない。何か特別なことをやらされているのかもしれない」

「特別なことって何だ？」

「司法書士事務所に、土地の登記をしに行ったことでも明らかだろう」

「不動産詐欺か……」

諸橋は車のエンジンをかけた。

笹本が尋ねた。

「どこに行くつもりだ？」

「常盤町だ。神野が何か知っているかもしれない」

山手署から再び関内方面に戻る形になった。効率が悪いと言われるかもしれないが、これが捜査というものだ。

先ほどと同じ駐車場に車を入れて、徒歩で神野の自宅に向かう。

笹本が言った。

「神野のところを訪ねたのは、今日の午前中だぞ。それから進展があったとは思えない」

「もしかしたら進展があったかもしれない。なくても訪ねる」

笹本があきれたように沈黙した。

いつものように岩倉が出てきて、取り次いでくれた。

神野が驚いた顔で出てきた。

「どうしました。何かありましたか？」

神野は、一日に二度も訪問されたことを意外に思ったのか、あるいは不愉快だったのか、今回は「上がれ」とは言わなかった。

諸橋は言った。

「黒滝が警護している相手はわかったか？」

「先ほど申し上げたとおりですよ……」

「何か知っていることがあるんじゃないのか？」

「知っていることは全部申し上げています」

「太田というやつを知っているか？」

「太田ですか？　さあ……」

「本当だな？」

「シラを切る理由がありません」

　たしかにそうかもしれない。

「黒滝たちが警護している対象者は、太田というやつなのかもしれない」

「何者です？」

「あんたには、名前だけで充分だろう。調べてみてくれ」

　神野はふと考え込んだ様子で言った。

「そうですね……。私も、黒滝たちが、いったい誰を警護しているのか気になっていたところです。調べてみましょう」

　そのとき、笹本が言った。

「見返りもないのに調べてくれるわけか？」

　神野は笹本を見てかすかに笑った。

「日頃、お世話になっていますからねえ……」

　諸橋は笹本に言った。

「この人は、こっちから情報を得ることが何よりの見返りなんだ」

「たいした情報を与えているとは思えない」

「こちらが質問すること自体、情報を与えていることになるんだ。油断も隙《すき》もない相手だ」

笹本はそれきり黙ってくれた。

神野が思い出したようなふりをして言った。

「そうそう。永楽真金不動産のこと、ちょっと人に訊いてみましたよ」

諸橋は尋ねた。

「何かわかったか？」

「昔からあった不動産業者で、バブルの頃にはけっこう羽振りがよかったようです」

「不動産業者ならどこでもそうだったろう」

「バブル崩壊とともに経営も苦しくなっていって、結局、二〇〇〇年に店を閉めちまったんですね。後継ぎもいなかったらしいです」

「倒産したのか？」

「いえ、それが、倒産や破産で、会社が清算されたのなら法人格はなくなりますが、清算をせずに店を閉めた、いわゆる『みなし解散』だったので、法人格が残ったままだったんです」

「その法人格を誰かが利用したということだな？」

「そういうことかもしれませんね。しかしまあ、それ以上のことは、私にはわかりかねます」

本当にわからないのだろうか。それとも、知っていて隠しているのだろうか。

その判断は、諸橋にもつかない。どこまで話して、何を秘密にするかは神野次第なのだ。無理やりしゃべらせることは難しい。

諸橋はうなずくと言った。

「邪魔したな」

「邪魔だなんてとんでもない。いつでもお越しください」

諸橋は玄関を出た。

山手署の捜査本部に戻ると、諸橋はすぐに山里管理官に報告しようとした。するると、山里は言った。

「二度手間になるから、課長たちのところへ行こう」

諸橋たち三人は、山里管理官について幹部席に向かった。相変わらず板橋課長と永田課長が並んで座っている。

山里管理官が板橋課長に言った。

「諸橋係長から報告があるそうです」

諸橋は言った。

「ハタノ・エージェンシーの不動産取引には、依然として違法性は見つかっていません。ですが、羽田野個人は、会社から二億円ほどの借金をしていたようです」

板橋課長が片方の眉を吊《つ》り上げた。

「何に使った金だ？」

「不明です」

永田課長が言った。

「金額からすると、不動産取引が疑われるわね」

諸橋はこたえた。

「今調べている最中ですが、羽田野が不動産取引をしたという痕跡《こんせき》はありません」

板橋課長が言った。

「その二億円が不動産詐欺と無関係とは思えん。金の流れを追ってくれ」

それにこたえたのは永田課長だった。

「そういうの、得意ですから……。諸橋係長と協力してうちがやりましょう」

板橋課長はただうなずいただけで反論はしなかった。毒気を抜かれたようだなと、諸橋は思った。

意地になっていただけで、頭は悪くないようだ。もっとも、ばかでは課長にはなれない。

諸橋は報告を進めた。

「黒滝たちですが、太田といっしょに尾上町にある『市木司法書士事務所』を訪ねていました。市木司法書士に話をきいたところ、どうやら彼らは、横浜市内の不動産登記の件で訪問したようです」

「黒滝たちが不動産登記……？」

「……というか、私は太田がその用事で出向き、黒滝はそれに同行しただけではないかと思っています」

板橋課長が怪訝そうな顔をした。

「どうしてそう思う？」

「黒滝たちは、誰かを警護するために関西からやってきたようです。しかし、その対象者は泉田ではなかった……。そして、黒滝はどうやら、太田と行動を共にしているらしいのです」

「それで……？」

諸橋は、車の中で、城島や笹本と話し合った内容を伝えた。話を聞き終えると、板橋課長が言った。

「つまり、黒滝が警護しているのは太田だというのか」

「太田が使い走りにしか見えないので、当初はそんなことは思いもしなかったのですが……」

永田課長が言った。

「たしかに、諸橋係長の言うとおり、黒滝が太田を警護していると考えると、いろいろと辻褄が合うわね……」

城島が言う。

「ぶっちゃけ言うと、今でも半信半疑なんですがね……。あいつ、どう見ても警護されるような大物じゃないし……」

それを受けて、諸橋は言った。

「よくわからないやつなんです。いちおうハタノ・エージェンシーに勤めているらしいのですが、張り込んだとき、姿は見かけませんでした。泉田を訪ねたときもオフィスに彼の姿はありませんでした」

彼のことを調べるように神野に依頼したことは、黙っていることにした。余計な波風は立てたくない。

板橋課長が諸橋に尋ねた。

「永楽真金不動産のほうはどうだ？」

「古くからあった業者らしいのですが、経営不振で二〇〇〇年に、みなし解散しています。倒産して清算をしたわけではないので、法人格が残ったままでした。それを誰かが利用した、ということです」

板橋課長が眉をひそめる。

「不動産詐欺の被害者なんだろう？　加害者が利用したというのならわかるが、誰かが休眠法人を利用して被害者になるって、どういうことなんだ？」

永田課長がそれにこたえた。

「不動産売買の場合、売り手側と買い手側に、それぞれ不動産業者がつく場合があります。永楽真金不動産は、買い手側の不動産業者だったということです」

「まだわからんな……。永楽真金不動産は、休眠会社だったんだろう？　つまり、ダミーだ。被害者がどうしてダミーを立てる必要があったんだ？」

「買い手の側にも何か事情があったのでしょう」

「どんな事情が？」

「それはもっと調べが進まないと、何とも言えませんね」

「ダミーを通すということは……」

城島が言った。「人に知られたくない、後ろ暗いことがあるということですよね」

永田課長がこたえる。

「普通はそうね」

「手続きしようとするとちょっと面倒なことになるとか……」

「ええ」

「例えば、暴力団が土地売買をしようとすると、そういうことになりますよね？」

板橋課長と永田課長が顔を見合わせた。

20

板橋課長が城島に尋ねた。

「それは、羽田野組が休眠法人を利用したということか？」

城島はかぶりを振った。

「羽田野組にはハタノ・エージェンシーがありますからね。そんな必要はないでしょう」

「羽田野組ではない、他の暴力団が絡んでいるということか？」

「どうでしょうね。二課で何かつかんでないでしょうかね？」

城島のその言葉を受けて、板橋課長が永田課長を見た。

永田課長は言った。

「今回の詐欺事件で関与が取り沙汰《ざた》された暴力団は、羽田野組だけです」

板橋課長が確認するように言った。

「泉田が昭島弁護士と数回会っていたのを確認しているだけだということだね？」

「そうです」

「なら……」

城島が言った。「羽田野の問題でしょうね」

「だが、羽田野組には、永楽真金不動産という休眠法人を利用する必要はないんだろう?」

「そう。羽田野組には……。しかし、羽田野個人にはあったのかもしれません」

板橋課長と永田課長は、怪訝そうに城島を見た。山里管理官や笹本も同様だった。そして、諸橋も、城島を見つめて彼の次の言葉を待っていた。

城島が言った。

「羽田野組と羽田野を分けて考えるんですよ」

山里管理官が尋ねた。

「その根拠は?」

「羽田野がハタノ・エージェンシーから金を借りていたってことです。羽田野個人が、何かに二億円必要だったということでしょう」

「なるほど……」

諸橋は言った。「ハタノ・エージェンシーは羽田野の会社だが、勝手に会社の金を使うわけにはいかないからな」

永田課長が言った。

「着服になりますからね。そのへんは、気をつけていたということですね」

板橋課長が思案顔で言った。

「じゃあ、自分の会社から借金をして、その金をいったん永楽真金不動産に入れ、それで不動産取引をしたってことか？」

永田課長が言った。

「考えられますね。でも、そうなると……」

城島がうなずいて言った。

「そう。羽田野が不動産詐欺の被害者ということになりますね」

諸橋は驚いていた。

羽田野が不動産詐欺にあったなど、にわかに信じられなかった。

「羽田野は、したたかなやつだった」

諸橋は言った。「しかも、関西で育ったんで金にはうるさい。詐欺にひっかかるなんて考えられないがな……」

城島が諸橋に言う。

「しかし、金の動きは今俺が言ったことを裏付けているように思えるが、どうだ？」

「それはそうだが……」

「どんなに金にうるさいやつだって、油断することがあるだろう」

笹本が言った。

「不動産取引には、弁護士が立ち会うことがある。昭島弁護士は羽田野の取引に立ち会ったのかもしれない。だとしたら、泉田が昭島弁護士に会っていた理由もわかるような気がする」

諸橋が尋ねる。

「何のために会っていたんだ?」

「詐欺にあったまま、羽田野は殺害された。それを知った泉田は、その損害を取り返そうとするだろう」

その笹本の言葉を受けて、城島が言う。

「泉田はヤクザだよ。損害を取り返すだけで済ますはずがない。詐欺をやったやつに落とし前をつけさせようとするだろう」

「じゃあこういうことか?」

板橋課長が言う。「羽田野が自分の会社から借金をし、休眠法人の永楽真金不動産を使って土地を手に入れたが、それは実は詐欺だったと……。そして、その詐欺の取引には、昭島弁護士が関与していた……」

永田課長がうなずいて言った。

「弁護士や司法書士などは、詐欺に加担したかどうかは判断が難しいですけどね」

それに対して、板橋課長が言った。

「詐欺に加担していなくても、取引に関与しているなら、事情を詳しく知っているはずだ。引っぱって事情を聞こう」

永田課長が肩をすくめた。

「それはいいですが、きっと何もしゃべらないでしょうね。弁護士はやっかいですよ」

「詐欺だけじゃない。本来は殺人の捜査なんだ」

そこで言葉を切って、板橋課長は城島を見た。「詐欺師の井原は、落とし前をつけるために、泉田に殺害されたんだと思うか？」

「あり得ることですが、叩《たた》いても口は割らないでしょうね。たぶん手を下したのは泉田本人じゃないでしょうし……」

「組員がやったのだとしたら、使用者責任を問える」

「いずれにしろ、証拠がいります。こっちが確証をつかんでいないと、昭島弁護士も泉田も口を割りません」

「でも……」

永田課長が言った。「羽田野が被害者だとしたら、相手を訴えればいいだけのことでしょう」

　諸橋が言った。

「ヤクザは、法に頼ったりはしません。また、面子《メンツ》で生きているので、恥をかくのを極端に嫌うんです。ヤクザが詐欺師にだまされたなんて、これ以上の恥はありません。そして、本気で腹を立てたヤクザは、決して問題を表沙汰にはしません。裏できっちり始末をつけるんです」

「マル暴のプロが言うんだから、間違いはないわね」

　板橋課長が言う。

「じゃあ、泉田は、羽田野のケツを拭こうとしているってわけか？」

　城島がこたえる。

「そう考えれば、いろいろと辻褄《つじつま》が合うでしょう。でも、一つわからないことがあるんです」

　板橋課長が尋ねる。

「何だ？」

「黒滝と太田です。太田が司法書士の事務所を訪ねて、横浜市内の土地売買の話をしたってのはどういうことでしょう。それに、黒滝が太田を警護しているというのも、ちょっと妙な気がします」

板橋課長が言った。

「やはり、泉田を引っぱって話を聞くしかないんじゃないのか」

「やるとしたら、一発勝負です」

諸橋は言った。「二度も三度も引っぱるわけにはいきませんから……」

「また、プレッシャーをかけに行ったりできないのか？」

これは皮肉だろうかと、一瞬疑った。諸橋たちが勝手に泉田を訪ねたことに、板橋課長は腹を立てたはずだ。だが、どうやら皮肉ではないらしい。諸橋はこたえた。

「やれるかもしれません」

「どんなことでもいいから探り出してくれ」

「わかりました」

板橋課長は次に駒を進めることにした、ということだろう。じっと羽田野組を監視している段階は終わったということだ。

城島が言った。

「太田にちょっかいを出してみましょうか？」

板橋課長が驚いたように言う。

「ちょっかい？　また路上で乱闘をやろうっていうのか？」

「太田は挑戦したくなるタイプじゃないですね。そうじゃなくて、難癖をつけて引っ張ってみようかと……」

「難癖……？」

「あ、言葉のアヤです。改めて話を聞いてみようかと……。太田をつつくと、黒滝や泉田がどう動くか、ちょっと興味があります」

板橋課長は、山里管理官を見た。山里管理官も板橋課長を見ていた。

板橋課長が言った。

「諸橋係長たちに関しては、君が責任を持つと言ったな」

「はい」

「じゃあ、君の責任でやらせてくれ」

「わかりました」

「他に何かあるか？　なければ、以上だ」

諸橋たちは一礼して管理官席に戻った。

時計を見ると、午後五時四十分だ。諸橋は、山里管理官に言った。

「羽田野組の様子を見てこようと思います」

山里管理官はうなずいた。

「今回は板橋課長の指示だから、問題ないだろう」

城島が言った。

「……ということは、夕食は伊勢佐木町あたりで食べることになるな。また太田と出くわすかもしれない」

山里管理官がわずかに顔をしかめた。

「くれぐれも無茶はやめてくれよ」

諸橋は言った。

「できるだけ、管理官にご迷惑がかからないようにします」

「その言葉、信じていいのかな」

諸橋は何も言わず、管理官席を離れた。城島と笹本も無言でついてきた。

ハタノ・エージェンシーに到着したのは、午後六時十分頃だが、まだほとんどの社員の席が埋まっている。

働き方改革など無視しているのだろう。もともと、厚労省だって本気で改革をしようとしているわけではないはずだと、諸橋は思っている。

政治家が言い出したので、官僚は仕方なく改革案をまとめた。それで本当に労働条件が改善されるかどうかなど、官僚は考えない。

官僚にとってすべてはペーパーワークなのだ。実情などどうでもいい。

現場を任された労働基準監督署も、決められたことだから何も考えずに実行する。

本当に悪質な例は摘発も難しい。だから、あまり悪質ではなく取締をしやすい事例に網をかけることになる。

かくして、働きたい人が働けず、悪質な労基法違反などは見逃され、なおかつ管理職はかつてよりも激務を強《し》いられることになる。

受付嬢の姿はなかった。こういう部署だけは、終業時間がちゃんと守られているようだ。

「ご用件は……？」

受付に誰もいないので、オフィスに入って行くと、近くの席の若い男性社員が近づいてきて言った。

彼は緊張した面持ちだ。もしかしたら、諸橋の顔を知っているのかもしれない。

「社長にお会いしたいんだが……」

「お約束ですか？」

城島が言った。

「俺たちがアポを取らないの、知ってるだろう」

「俺たち、とおっしゃいますと……？」

「知ってて言ってるんだろう」

城島はそう言いながら、手帳を出した。若い社員は、「少々お待ちください」と言って、奥の部屋に消えた。

まだ、泉田は会社に残っているということだ。

オフィス内を見回して城島がそっと言った。

「やっぱり、太田や黒滝たちの姿は見えないね」

「どこにいるか、泉田に訊いてみよう」

そのとき、先ほどの若い社員が戻ってきて告げた。

「こちらへどうぞ」

城島が言った。

「社長室は知ってるから、案内はいいよ」

諸橋たちはオフィスを横切り、社長室に向かった。

「いちおうノックする？」

ドアの前で城島が言った。

見ていた。

「それが礼儀だな」

諸橋はノックをしてからドアを開けた。机の向こうの泉田は立ち上がらずに諸橋たちを見ていた。

「おや、諸橋さん。今日はどんなご用で」

「太田はどこにいる？」

「太田？　さあ……。社員すべての居場所を把握《はあく》しているわけじゃないんでね……」

「黒滝たちといっしょなんだな？」

「どうでしょう」

「太田は、尾上町の市木という名の司法書士を訪ねた。そのときは、黒滝たちといっしょだったがな……」

「おや、そうですか」

「太田は何をしに、司法書士を訪ねたんだ？」

「仕事だと思いますが、先ほども言ったように、社員すべての動向をいちいち気にしているわけじゃないんですよ。経営トップというのは大局を見るんです。具体的な仕事の内容については、それぞれの部署に任せてますんで……」

「じゃあ、太田が担当していた仕事の部署の責任者を呼んでくれ」

「警察の方は、いつもそうやって無茶をおっしゃる。業務上の秘密ってもんもありましてね。そういうことがお知りになりたいのなら、令状をお持ちになればいい」

「俺たちが令状を持ってくると、話を聞くだけじゃ済まなくなるぞ。会社中くまなくガサを入れることになる」

泉田は肩をすくめた。

「かまいませんよ。別に後ろ暗いことなどありませんから」

「高をくくっているだろう。俺が令状を取る気などないって……。だが、捜査本部は本気でやるぞ」

「ですから、どうぞと申し上げているんです」

強がっているが、泉田は動揺している。それが諸橋にはわかった。押すのはこれで充分だ。次は引いてみよう。諸橋はそう思って言った。

「昭島は、羽田野が永楽真金不動産を通じて、不動産取引をしたときに立ち会った弁護士なんだな？」

泉田は即答しなかった。しばらく待っていると、彼は言った。

「さあ、どうでしたかね……」

「その取引のことは知っている。詐欺だったんだろう。つまり、羽田野が詐欺の被害者になったというわけだ」

泉田の表情は変わらない。だが、顔色が少し変わった。動揺は隠せないのだ。

諸橋はさらに言った。

「羽田野が被害者なら、こちらもいろいろと斟酌《しんしゃく》しないでもない」

泉田は、無言で何事か考えている様子だった。

21

泉田が黙っているので、諸橋はさらに言った。

「被害者を鞭打《むちう》つほど警察は非情じゃない。俺たちはただ、事情を知りたいだけだ」

泉田が言った。

「詐欺だの、被害者だの、何の話だかわかりませんね」

城島が言う。

「係長は折れているんだよ。もし、事情を説明してくれるなら、羽田野の件は見なかったことにしてもいいって……」

「ですから、事情を説明しろと言われましても、私には何のことかわからないんですよ」

諸橋は言った。

「じゃあ、どうして昭島弁護士と会っていたんだ？」

「弁護士に会っちゃいけないんですか？」

「いけないとは言っていない。理由を知りたいと言っているんだ」

「個人的な理由ですよ。お話ししたくないですね」

「警察に話したくないってことは、犯罪絡みなんじゃないのか?」

「それは言いがかりですね。ただ弁護士に会っただけで、あれこれ言われちゃかなわない」

「ハタノ・エージェンシーには別に顧問弁護士がいるだろう。その弁護士ではなく、昭島と会った。しかも、何度も会っているらしいじゃないか」

「いろいろと相談することが多くて……。ただそれだけのことですよ。昭島弁護士には、もうお会いになったのでしょう?」

「会った」

「何と言ってました?」

「さあな。それを教えるわけにはいかないんだ」

泉田はあきれたような顔になって言った。

「こちらからは一方的に話を聞くけど、こちらが尋ねたことにはこたえてくれないというわけですね」

「そうだよ。知ってるだろう。それが警察だ」

泉田は渋い顔になった。

「とにかく、私に協力できることはなさそうですね。残念ですが……」

泉田の芝居に付き合っている暇《ひま》はない。

「昭島弁護士、永楽真金不動産、そして、殺された井原淳次。その動きを追っていけば、いずれすべてわかることだ」

「なら、私にお訊きになることはないでしょう」

城島が言った。

「あんたの立場を考えてのことだよ。こっちは手の内をかなりさらしているんだ」

「こうして何度も会社に訪ねてこられて、それで立場を考えてくださっているですって？　そうは思えませんね」

城島は笑みを浮かべた。

「たしかに、こう警察が何度もやってきたら迷惑だろうな。事情を教えてくれたら、もう来ないよ」

「しゃべらないと何度でもいらっしゃるということですか？　まるでヤクザの嫌がらせですね。知らないことは、しゃべりようがないんですよ」

諸橋は言った。

「太田というのは何者なんだ？　羽田野組にゲソつけているのか？」

「ノーコメントですね」

「盃《さかずき》もらったとしたら、羽田野からなのか？　あんたからなのか？」

「ですから、ノーコメントです」

ヤクザに資格証明書があるわけではない。正式な構成員かどうかは、本人とその組の連中しか知らない。

「ハタノ・エージェンシーの社員であることは確かなんだな？」

「ええ。社員ですよ」

「どんな仕事をしているんだ？」

「先ほども言ったでしょう。社員一人ひとりを把握しているわけじゃないんですよ」

「太田はいつからここで働いているんだ？」

泉田はしばらく無言で考えていた。教えていい情報と教えられないことを、慎重に頭の中で検討しているのだろう。

「あいつは、入社したばかりですよ。中途採用ですがね……」

「ここに来る前は何をしていたんだ？」

「不動産関係だったと思いますよ」

「不動産業者だったのか？」

「知りませんよ。過去は問わない主義でね……」

「ハタノ・エージェンシーでも、彼は不動産部門の仕事をしているのか？」

「うちに入社したばかりですよ。たいした仕事はしていないはずです。パシリですよ」

たしかに見た目はそんな感じだった。

「なら、どうして司法書士事務所なんかに行ったんだ？」

「さあね。お使いじゃないんですか」

「黒滝たちを引き連れて、お使いか？」

泉田は苛立った様子で言った。

「ですからね。何度も申し上げているように、そういうことはいちいち把握していないんですよ」

諸橋は、じっと泉田を見据えた。泉田は、腹を立てた様子でそっぽを向いた。

諸橋は言った。

「邪魔したな」

「まったくです」

「また来る」

泉田は、今回は「いつでもどうぞ」とは言わなかった。諸橋たちは社長室を出た。

ドアの外に総務課長の尾木がいた。刑事と泉田のやり取りが気になっていたのだろう。

再びオフィスを横切ってエレベーターホールに向かった。誰もいない廊下に出るまで尾木がついてきた。監視しているつもりだろう。

諸橋は振り返り、尾木に言った。

「太田さんについて詳しく知っている方はいますか？」

尾木は怪訝そうな顔をした。

「太田は入社したばかりで、総務預かりになっています。彼が何か……？」

「どんな仕事をしているんですか？」

「詳しく知らないんです」

「知らない？　総務預かりということはあなたの部下ということですね。なのに、何をしているのか知らないと言うのですか」

「ええ、まあ……。そういうことになります」

「それは妙ですね」

諸橋がプレッシャーをかけるように見据えると、尾木は落ち着きをなくして言った。

「太田は、社長の特命で動いているので……」

「特命……？」

まるで、警察のような言い方をする。

「そうです。太田が何をやっているか、実は私も聞かされていません」

「社長、いや社長代行から直接命令を受けているということですか？」

「そういうことだと思います」

「太田さんの入社の経緯を教えてもらえますか？」

尾木は一瞬躊躇《ちゅうちょ》した様子を見せたが、結局こたえた。

「社長代行の紹介です」

「羽田野組の組員なんですか？」

尾木は驚いたように、諸橋を見て、それから眼を伏せ何事か考えた後に言った。

「そういうことは詳しく知らないのですが、太田はそうではないようです」

「組員ではない？」

「ええ……」

「では、どうして社長代行が彼を入社させたんです？」

「さあ……。それは私にはわかりかねますね」

諸橋はうなずき、踵《きびす》を返してエレベーターに向かった。

車に戻ると、助手席の城島が言った。

「やっぱり太田はただのパシリじゃなさそうだね」

笹本が言った。

「泉田のところに戻って、もっと追及すべきだったんじゃないのか」

諸橋はこたえた。

「時間の無駄だよ」

「どうしてだ？」

笹本が尋ねる。「尾木から聞き出したことを、泉田にぶつけてみりゃあいい」

「何かうまい言い訳を用意してあるさ。尾木がしゃべったというのは、そういうことだ」

怪訝そうな笹本の顔がルームミラーに映った。

「どういうことだ？」

城島がその質問にこたえる。

「泉田は完全に社内の情報をコントロールしているってことさ。社員にも、しゃべっていいことと洩《も》らしちゃいけないことをちゃんと区別させている」

「じゃあ……」

笹本が言う。「尾木が太田について何をしゃべるか、泉田は知っていたということか？」

城島がうなずいた。

「ハタノ・エージェンシーってのはね、そういう会社だよ」

諸橋は城島に言った。

「やつらの動きは速い。すぐに不都合なものを消したり隠したりするかもしれない」

笹本が言った。

「私が山里管理官に連絡しておく」

城島が言った。

「二課の連中にも注意を喚起《かんき》する必要があるね」

諸橋は城島に言った。

「俺が永田課長に電話する。おまえは、浜崎に電話してくれ」

「了解」

「二課の連中も羽田野の金の動きを追っているはずだから、接触したり見かけたりしても、衝突しないように言ってくれ」

「わかった」

すでに笹本の電話は捜査本部につながったようだ。城島も携帯電話で浜崎と連絡を取っている。

諸橋も捜査本部に電話して、永田課長を呼び出してもらった。

「はい、永田」

「諸橋です。泉田に圧力をかけましたから、何か動きがあるかもしれません」

「金の動きを辿《たど》られないように工作するかもしれないってことね？」

「はい」

「了解。そういうことへの対処は心得ているから……」

「あ、それから……」

「何かしら」

「不動産取引や羽田野の金の動きについては、みなとみらい署の私の部下たちも動いていますので……」

「協力しろということね？」

「捜査から排除したりは、しないでください」

「そちらは協力してくれる気でいるのね？」

「はい」

「じゃあ、その旨《むね》、二課の者たちに伝えておく」

「ありがとうございます」

「礼を言うのはこっちよ」

　電話が切れた。携帯電話をしまうと、城島が言った。

「永楽真金不動産は、休眠法人なので、帳簿があるわけじゃない。調べるのはなかなかたいへんなようだ」

「銀行口座は？」

「今探しているが、令状がないと口座の内容を調べるのはちょっと難しいかもしれない」

「二課なら何とかしてくれるかもしれない」

　笹本が言った。

「捜査本部に戻って、詳しく報告してくれと、山里管理官が言っていた」

　諸橋は言った。

「泉田も何か動きを見せるかもしれない。監視していたほうがいい」

「捜査本部で監視をつけると言っている。私たちは車も顔も知られているから……」

　諸橋はうなずいた。

「わかった。そういうことなら、いったん引きあげよう」

　城島が言った。

「このあたりで夕食を食うんじゃなかったのか」

　諸橋はこたえた。

「管理官の言うことは聞いたほうがいい」

「報告の後、また伊勢佐木町に戻ってくるか？」

「そうだな……。太田のことが気になるしな……」

「なら、文句はないよ」

諸橋は車を出した。


前回と同様に、幹部席の二人の課長の前で報告をすることになった。山里管理官もその場にいる。

諸橋は、泉田とのやり取りをできるだけ詳細に報告し、尾木総務課長との会話の内容も伝えた。

話を聞き終えると、板橋課長が言った。

「羽田野が被害者だと、泉田は認めなかったんだな？」

諸橋はこたえた。

「ずっとシラを切っていました」

「なぜだろうな。羽田野の面子を考慮するって言ったんだろう」

「おそらく、警察に介入してほしくないんでしょう」

「自分たちで片をつけるということか?」

「はい。そして、すでにそれが進行しているので、警察には知られたくないんです」

「泉田は、羽田野が被《こうむ》った損害を取り返し、なおかつ羽田野をハメたやつらに落とし前をつけさせようとしている。そういうことか?」

「はい」

「井原淳次が劉将儀になりすまして不動産詐欺をはたらいた。その被害にあったのが永楽真金不動産で、実はそれは羽田野の隠れ蓑《みの》だった……。そういう筋でいいんだな?」

「大筋はそれで間違いないと思います」

「じゃあ……」

板橋課長の表情が険しくなった。「やはり、井原淳次を殺害したのは、泉田と考えてほぼ間違いないということになるな。容疑は固まったと見ていいんじゃないのか?」

「実行犯が誰なのか、まだわかっていません。使用者責任を追及するにも、まず実行犯を挙げないと……」

「羽田野組の組員じゃないのか」

「泉田はそれほど単純じゃないでしょう。だから彼は、俺たちが訪ねて行っても、余裕をかましていられるんです」

板橋課長は考え込んだ。

「井原を殺害した容疑者を特定するには少々時間がかかりそうだな……」

城島が言った。

「太田が気になるんですがね……」

板橋課長が城島を見て言った。

「泉田が直接動かしているらしいな」

「組員でもない太田を、泉田がハタノ・エージェンシーの社員にしたのはなぜなんでしょう」

諸橋は言った。

「そこがキモだと思います」

22

報告を終えると、諸橋はすぐに伊勢佐木町に引き返すことにした。

城島がそうしたがっている。そういうときは、彼に従ったほうがいい。

笹本が何も言わずに、ついてくる。車に乗り込もうとする笹本に、諸橋は言った。

「別に付き合う必要はないんだぞ。もう午後七時を回っている。帰宅したらどうだ？」

「なぜ追い返そうとするんだ。伊勢佐木町でまた何かやらかすつもりか」

「いつだって、そんなつもりはない」

「じゃあ、なぜ揉《も》め事を起こすんだ？」

「仕事をしているだけだ」

さらに何か言ってくると思ったら、彼はあっさりと引き下がり、車の後部座席に収まった。

肩すかしを食らったような気分で運転席に座り、車を出した。

珍しく城島が無口だ。諸橋は尋ねた。

「太田のことを考えているのか？」

「それもある」

「他に何か……？」

「何を食おうかと思ってね」

「一昨日《おととい》の焼肉屋はどうだ？」

「そうだな。あそこ、なかなかうまかったからな」

笹本が言った。

「また焼肉か……。そろそろ食べる物に気をつけたほうがいい年齢なんじゃないのか」

城島がこたえる。

「健康の専門家によって言うことが違う。ならば、食いたいものを食ったほうがいい」

諸橋は言った。

「夕食が決まったところで、おまえが考えているもう一つのことを聞かせてくれ」

「太田の前歴を当たったほうがいいな」

「浜崎にやらせるか？」

「いや、浜崎たちは手一杯だろう。捜査本部にやってもらおう。おそらく今頃、俺たちが言わなくても洗っているだろうけどね」

「尾木の話じゃ、泉田が直接太田を動かしているってことだな」

「……ということは、それに邪魔が入らないように、黒滝たちを付けているということかな」

「それはおおいに考えられるな」

笹本が言った。

「泉田は太田に何をやらせているんだ……」

諸橋はこたえた。

「太田は司法書士事務所で、横浜市内の土地について何かやっていた。それが、まっとうな土地売買とは限らない」

「だが……」

笹本が言う。「あんたの部下が調べても、別に怪しいことは見つからなかったんだろう？」

それに対して、城島が言った。

「ハタノ・エージェンシーの不動産部門とは別に動いているんだろう。裏の仕事だよ。ハタノ・エージェンシーはあくまで表の仕事なんだ。だから、太田は社長代行の特命なわけだ」

笹本が言った。

「じゃあ、太田を引っぱって話を聞けばいい」

城島が言った。

「へえ……。あんたがそんなことを言うなんて、たまげたな」

「どうしてだ？」

「何の罪状で引っぱるんだ？　理由もなくしょっ引くわけにはいかないんじゃないの？」

笹本はすぐにはこたえなかった。

「そんなの、あんたたちならどうとでもできるんじゃないのか？」

「あんたは、それをやめさせたいんじゃなかったのか」

笹本は何もこたえなかった。

諸橋は、ルームミラーでちらりと笹本の顔を見た。彼は、何事か考え込んでいた。

諸橋は笹本に言った。

「泉田に直接指示されているとなれば、引っぱったところで太田は何もしゃべらないだろう。慎重にやらなければならないんだ」

しばらくしてから笹本の声が聞こえた。

「そうだな。慎重にやるべきだ」

諸橋と城島は、顔を見合わせていた。なんだか、笹本に手ごたえが感じられない。それはなぜだろう。

　まあいい、と諸橋は思った。

　笹本のことなど、どうでもいいのだ。今は考えるべきことがたくさんある。

　伊勢佐木町にやってきて、コインパーキングを見つけて車を入れると、三人は一昨日と同じ焼肉屋に向かった。

　店は混んでいたが、なんとか席を確保できた。ビールを飲みたいところだが、そうもいかない。ウーロン茶で我慢をする。

　城島も酒を飲まない。諸橋は言った。

「勤務時間は終わったんだ。別に飲んでもいいいんじゃないのか」

　それを聞いた笹本が、驚いた顔で言った。

「捜査本部にいるんだ。今も勤務中だろう」

「勤務時間は何のために決められているんだ？　今はオフだろう」

「じゃあ、車を県警本部に返さないとな」

「かまわないよ。あんたが持って帰ってくれ」

　それきり、笹本は何も言わない。やはり手ごたえがない。

　城島が言った。

「別に俺、飲まなくても平気だよ」

彼が酒を飲まないのには、理由があるはずだ。諸橋にはわかっていた。城島は太田や黒滝たちに会ったときに備えているのだ。話をするだけで済めばいいが、そうとは限らない。

前回とほぼ同じメニューで食事を済ませた。健啖家《けんたんか》の城島が、腹八分目といった感じだった。やはり警戒モードに入っているのだ。

食事を終えると、諸橋たちは伊勢佐木町をぶらぶらと歩き回った。

城島が言った。

「仕事が終わって車を返したら、一杯飲みに行くか」

諸橋はこたえた。

「悪くない。ただし、店が開いている時間に、無事仕事が終われば、の話だがな……」

街はおおむね平穏だった。太田や黒滝の姿は見当たらない。一昨日このあたりにいたからといって、今日もいるとは限らない。

だが、城島は何かを感じ取っているようだ。さきほどから妙に伊勢佐木町にこだわっていた。

ただ歩き回るだけで時間が過ぎていった。一度、チンピラを見かけたので、職質でもかけてやろうかと思ったが、やめておいた。

食事を終えたのが午後八時半頃で、いつしか十時を回っていた。

諸橋は言った。

「何もなさそうだな。今日は引きあげるとするか」

城島がこたえた。

「もう少しパトロールしてみよう」

「あまり遅くなると、一杯やる時間がなくなるぞ」

城島が肩をすくめた。

「何時だろうと、飲むところはあるさ」

諸橋も、中途半端は嫌だった。

「わかった。もう少し付き合おう」

笹本は何も言わないが、おそらくもう、うんざりしているだろうと、諸橋は思った。

それからさらに三十分歩き回った。いい加減、諸橋の脚も疲れてきた。刑事なので歩くのには慣れているが、もうそれほど若くはない。

そろそろ引きあげようと、諸橋が言おうとしたときだった。城島が言った。

「あそこ、見ろよ」

居酒屋から客が出てくるところだった。

太田と、黒滝だ。黒滝は手下を一人だけ連れている。

諸橋は言った。

「もう一人の若いのは、おそらく車の中だな」

「尾行をしたいが、やつらが車をどこに置いているのかわからない」

「俺が車を取りに行く。尾行して連絡をくれ」

「了解した」

笹本が言った。

「車は俺が取りに行く。何があるかわからないから、尾行は二人で行ってくれ」

あれこれ言っている暇はなかった。諸橋は言った。

「わかった。ケータイで連絡するから、車を回してくれ」

「了解した」

すでに城島は歩きはじめていた。諸橋はそのあとを追った。

太田はまったく警戒していない様子だ。黒滝とその手下も周囲を見回したりはしていない。

城島が言った。

「ヤサを確認できればな……」

「それでいいのか？」

「どういう意味？」

「俺はまた、おまえがやつらを傷害と公務執行妨害《ぼうがい》で引っぱるんじゃないかと思っていた」

「慎重にやるんだろう」

「ああ、そうだ」

表通りに出たところで、太田たちは立ち止まった。車を待っているようだ。

諸橋は笹本に電話をして、場所を説明した。

「曙町《あけぼのちょう》三丁目の交差点のそばだ。進行方向、関内方面だ」

「了解」

太田たちの前に黒いセダンが停まった。倉持が尾上町で見かけたという車に違いない。

太田がまず後部座席に乗り込み、次に黒滝が乗り込む。最後に黒滝の手下が助手席に乗った。

その順番を見ると、太田が格上に見える。だが、どう見ても太田は使い走りにしか見えない。そのギャップが不可解だった。

「笹本はちゃんと運転できるんだろうな」

城島が言った。

「警察官なんだから、だいじょうぶだろう」

諸橋たちの車が交差点を左折してくるのが見えた。二人の前で車が停まった。運転を交代する余裕はない。

諸橋はそのまま後部座席に乗り込んだ。城島はいつもの助手席だ。

城島が笹本に指示した。

「あの黒いセダンだ。しっかり追尾してよね」

「了解だ」

城島がさらに言う。

「できれば、間に車を一台はさんで尾行してくれ」

「それくらいの心得はある」

言うだけあって、笹本の尾行技術は悪くなかった。常に間に車を一、二台はさみ、あるいは隣の車線で尾行を続けた。

信号が黄色から赤に変わっても、律儀《りちぎ》に停止するようなことはなかった。あくまでも、尾行最優先をちゃんと心得ている。

黒いセダンは、桜木町《さくらぎちょう》方面に進み、野毛町《のげちょう》一丁目のあたりで停車した。狭い路地が交差する住宅街だ。

ぽつりぽつりと焼き鳥屋やスナックなどの飲食店の看板が見える。

笹本が三十メートルほど手前で車を停めた。そこから黒いセダンの様子がよく見て取れる。

助手席から若いのが下りて来て、まず後部座席右側のドアを開けた。太田が座っている側だ。

太田が下りてくる。それから黒滝の手下は左側のドアに向かって走った。彼がドアを開けると黒滝が下りて来た。

太田は、すぐ近くの古いアパートに向かった。家賃は安そうだ。黒滝と手下は、太田がそのアパートの部屋に無事に収まるまで、立って見送っていた。

まるで幹部の扱いだ。

城島が言った。

「ここが太田のヤサらしいな」

笹本が言う。

「こんなところならすぐに突きとめられそうなものだ。なんで、今までわからなかったんだ？」

諸橋は言った。

「俺たち以外、誰も本気でマークしていなかったからだ」

笹本が諸橋に言った。

「あんたの部下が追っていたんじゃないのか？」

「部下は他にやることがあった。たまたま太田たちを尾上町で見かけただけだよ」

城島が言う。

「こんなぼろアパートに住んでいるのに、待遇は幹部並みだな……」

「俺もそれを不思議に思っていたところだ。もし、重要な立場ならもっといい暮らしをしていて不思議はない」

「謙虚なのかもよ」

「それは考えにくいな」

笹本が言った。

「組員でもないんだろう？　なのに黒滝に警護されているのはなぜなんだ？」

諸橋は考えた。

「太田は最近入社したと言ったな。しかも、泉田が入社させたんだ」

城島がこたえる。

「そうだね」

「つまり、入社する前から、泉田は太田のことを知っていたということになるな」

「そういうことだね」

「どういう知り合いだったかが問題だな」

「車が出るぞ。どうする？」

「いちおう尾行してくれ。太田のアパートの住所を捜査本部に連絡して、監視をつけてもらおう」

「了解」

城島が携帯電話を取り出した。笹本が車を出した。

黒のセダンは、桜木町駅を越えて進んでいく。

城島が言った。

「なんだか、見覚えのあるあたりに来たね」

彼が言うとおり、黒滝たちの乗った車は、みなとみらい署に近づいていく。

やがて、署を通り越してさらに進んだ。黒い車は、道の突き当たりを右折してさらに進んでいく。

そして、ヨコハマグランドインターコンチネンタルホテルの駐車場に向かった。

「どうする？」

笹本が尋ねたので、諸橋はこたえた。

「正面で停めてくれ。フロントで黒滝たちが泊まっているかどうか訊いてみよう」

車寄せに駐車すると従業員が近寄ってきたので、車のキーを預けて二、三分駐車させてくれと言った。

それからフロントに行き、諸橋が手帳を出して、黒滝が宿泊しているかどうか尋ねた。

個人情報云々《うんぬん》と言って返答を断られるかと思ったが、意外にもフロント係はあっさりと言った。

「はい、お泊まりです」

車に戻ると、城島が言った。

「たまげたな。警護対象者が安アパートで、警護するやつが高級ホテルとは……」

いったいい、どういうことだろうと、諸橋は思った。

23

車に戻り時計を見ると、午後十一時二十分だった。

諸橋は言った。

「さて、引きあげるとするか」

すると、笹本が言った。

「捜査本部に戻らないのか？　捜査本部は二十四時間態勢だぞ」

城島が笹本に言った。

「働き方改革だよ」

笹本が何もこたえないので、諸橋は車を出して県警本部に向かった。

城島が捜査本部に、太田と黒滝たちの所在を知らせた。電話を切ると、城島は言った。

「あとは捜査本部に任せて、今夜はゆっくり休むとしよう」

諸橋は言った。

「太田はいったいどういう立場なんだろうな。ますますわけがわからなくなってきた」

城島がこたえる。

「尾木は、太田が何をやっているのか知らないと言っていたが、嘘ではないようだな」

「そうだな。ハタノ・エージェンシーの表の仕事ではないことをやらされているんだ」

「当初は、泉田が不動産詐欺をやっているんだと思っていたが、どうやらそうじゃなさそうだね」

「本当に、羽田野が被害者なのかな……」

城島が肩をすくめる。

「どうかね。羽田野はしたたかな男だったし、ばかじゃなかった。詐欺にまんまと引っかかるとは思えないな」

「ふん。鬼の霍乱《かくらん》ということもある」

「羽田野が個人で不動産取引をしようとした……。そういうことだな」

笹本が言った。「ハタノ・エージェンシーがあるのに、どうしてわざわざ休眠法人の永楽真金不動産なんかを使ったんだ?」

城島がこたえた。

「裏稼業の取引だったんだろう。ハタノ・エージェンシーはあくまで表の会社だ」

「面倒じゃないか。会社で取引をして、社内で調整すれば済むことだ」

「社内で調整……」

城島が笑った。「それがどんなにたいへんなことかわかってる？　税務署が眼を光らせているし、不審な金の動きがあれば、すぐさま警察が飛んでくる。フロント企業ってのはね、そういうもんなんだよ。羽田野は、ハタノ・エージェンシーを堅気《かたぎ》の会社として運営する必要があったんだ。だから、裏稼業のための取引は別なところでやるしかなかったんだろう」

笹本がさらに尋ねる。

「井原淳次や劉将儀が亡くなったことと関係があるのか？」

「それらの事件と羽田野が詐欺にあったことの関連性を裏付ける証拠も証言もない」

諸橋は言った。「だが、俺は確実に関係があると思っている」

「確証だよ」

城島が溜《た》め息《いき》をついて言った。「とにかく、何か確実なものを見つけなけりゃ……」

城島も疲れている。

諸橋は思った。

今日は、このまま解散にしてよかった。

諸橋自身も疲れていた。霧の中を歩いているような気分だ。何一つはっきりと見えるものがない。足元もおぼつかない。

とにかく今日はぐっすりと眠ろう。

車が県警本部に到着した。

翌日、諸橋は朝の会議が始まる前に捜査本部にやってきた。すでに笹本は来ており、諸橋に少し遅れて城島がやってきた。

幹部が入室してきて、捜査員全員が起立した。管理官席の四人も起立している。

板橋課長、永田課長に加え、山手警察署長と刑事部長がやってきた。そして、驚いたことに、佐藤県警本部長が最後に入室してきた。

普通、一番偉い人が先に入ってくる。本部長が最後だったのは、何かの演出かもしれないと、諸橋は思った。

あるいは、佐藤本部長は、入室の順番などにはこだわらない人なのかもしれない。

本部長の出現に、捜査員たちは驚き、緊張した面持《おもも》ちだった。

本部長が幹部席中央に着席するまで、他の幹部も立ったままだった。

幹部全員が腰を下ろすと、捜査員たちも座った。管理官席の四人も着席した。

刑事部長が言った。

「じゃあ、会議を始めてくれ」

山里管理官が、昨日までに判明したことについて説明した。話を聞き終わると、佐藤本部長が言った。

「……で、それって、どういうことなの？　井原淳次を殺したのは、誰なんだい」

山里管理官は幹部席の板橋課長を見ていた。二人の眼が合った。

板橋課長が、その問いにこたえた。

「それはまだ明らかになっていません」

佐藤本部長がさらに尋ねる。

「目星は……？」

「いえ、まだそこまでは……」

「不動産詐欺とか、マルＢの不動産取引とか、弁護士とか、調べるのはいいよ。けどね、忘れちゃいけないよ。これは殺人の捜査本部なんだよ」

板橋課長がぴんと背筋を伸ばしてこたえた。

「は、それは心得ております」

「そんなにしゃちほこ張らなくたっていいよ。わかってりゃいいんだけどね、殺人犯を捕まえることにフォーカスしてくんなきゃ……。不動産詐欺とか、マルＢが弁護士に会ったとか、不動産取引をしたとか、それはあくまで殺人の動機に関することだろう？　動機は被疑者を逮捕して話を聞けばわかるんじゃないの？　もっと、犯人を見つけるのに直結した情報はないの？　目撃情報とか、防犯カメラやドライブレコーダーの映像とか……」

板橋課長がこたえた。

「もちろんそういった方面の捜査にも力を入れております。しかし、現場は古くからの住宅街で、防犯カメラ等もそれほど設置はされておらず、事件当時現場付近を通行していた車両のドライブレコーダー映像の提供もありません。目撃情報もなく、それ故に、二課の協力を得て、鑑取《かんど》りの線から捜査を進めているわけです」

佐藤本部長はうなずいた。

「もともと、二課に協力するように言ったのは俺だからさ、それはいいよ。けど、鑑取りから被疑者にたどり着けるの？」

板橋課長がこたえる。

「羽田野組の関与は間違いありませんし、不動産詐欺が関わっていることも間違いありません。ですから、必ずや被疑者にたどり着けるものと信じております」

佐藤本部長はうなずいた。

偉い人が捜査本部にやってくると、そのつど一から説明し直さなければならないので面倒だと、諸橋は思った。

佐藤本部長が言った。

「俺だって面倒はかけたくないんだけどさ。俺にも責任があるからね」

まるで心の中を読まれたようだ。そう思って諸橋はひやりとしていた。

さらに本部長は言った。

「羽田野組が絡んでいるってのは、はなからわかってたことだ。なのに、まだ殺人の実行犯もわからないの？　なあ、『ハマの用心棒』」

諸橋は、自分が話しかけられたとは思わなかった。笹本や山里管理官が自分のほうを見たので、ようやく気づいた。

諸橋はこたえた。

「板橋課長が言われたとおり、必ず被疑者にたどり着くと思います」

「それは、いつのことだ？」

「近いうちに」

「ぶっちゃけさ、この事件、どういうことだと思う？」

「全体像を把握するには、まだ情報が足りません」

「そんなに慎重にならなくたっていいんだよ。二課からの情報も入っているんだろう？　それに、あんたは独自の情報網を持っているようじゃないか」

神野のことを言っているのだろう。

諸橋は、考えた。ここはたてまえで押し切るべきだろうか。それが大人の対応というやつだろう。

だが、せっかく本部長が「ぶっちゃけ」とか「そんなに慎重にならなくていい」と言ってくれているのだ。その期待にこたえたいという思いもあった。

やがて諸橋は言った。

「井原淳次殺害の実行犯は不明ですが、羽田野組の関係者と見て間違いありません」

「根拠は？」

「そんなに慎重にならなくていいというお言葉ですので、確証がないまま話をさせていただきます」

「かまわないよ。聞かせてくれ」

「そもそもの始まりは、亡くなった羽田野が不動産詐欺にあったことだったと思います」

「その話はさっき、管理官から聞いた。それが、殺人とどう結びつくのかが知りたいんだよ」

「羽田野は、死ぬ前に詐欺にあって金を騙《だま》し取られたことを泉田に伝えたのだと思います。羽田野亡き後、羽田野組を継いだ泉田は、先代の損失を取り返そうとします」

「泉田はヤクザですから、ただ損害を補塡《ほてん》だけで済ませるとは思えません」

「なるほど……」

「つまり、落とし前をつけさせるってことだね？」

「そうです。それが、井原淳次が殺害された理由だと思います」

諸橋の話を聞きながら、城島が何事か考え込んでいる。山里が眉をひそめて、諸橋を見つめていた。

今や、幹部席の全員が、いや、捜査本部中が諸橋に注目していた。

佐藤本部長が言った。

「詐欺で羽田野から金を騙し取ったのは井原淳次だったということだな」

「再度申し上げますが、確証はまだありません。しかし、状況を考え合わせると、そういう結論に達すると思われます」

「マルBの組長から金を詐取するなんて、井原淳次はたいした度胸だな」

「井原はおそらく、相手が羽田野だとは知らなかったのだと思います。彼が相手にしたのは、あくまで永楽真金不動産であり、昭島弁護士だったのです」

「そうか……。井原からは羽田野の姿は見えなかったたってわけだな……。だが、羽田野が自分で井原を追い詰めなかったのはなぜだ？」

「ヒットマンにやられてしまいましたからね……」

「なるほど……。その遺志を、泉田が継いだってわけだ」

「親の怨《うら》みを晴らすためです。泉田も後には退けません」

「泉田も腹をくくってるってわけだね」

「そう思います」

「だとしたら、引っ張って来ても、何もしゃべらないだろうねえ……」

「彼に会って、おっしゃるとおりの印象を受けました。逃げようのない確証を突きつけてやるしかないのですが……」

「わかった」

佐藤本部長は、左右に座っている幹部たちを交互に見て言った。「聞いてのとおりだ。泉田が誰かに井原淳次を殺害させたってことだ。その線で進めてくれ」

「しかし……」

刑事部長が戸惑った様子で言った。「今の話は、あくまでも推論でしょう。憶測に過ぎない部分が多すぎます」

「それを捜査で埋めていくんだよ。迷わずに歩いて行くためには道しるべが必要だろう」

永田課長が言った。

「わかりました。私はその道しるべに従いましょう」

板橋課長が驚いたように永田課長を見た。ここは課長が発言すべき場面ではないと思ったのだろう。

キャリアの永田課長は、そういうことは気にしないようだ。

「オーケー。『ハマの用心棒』よ。話はわかった」

そう呼ばれるのは好きじゃないのだがな……。

諸橋はそう思ったが、相手が本部長では、それを口に出すわけにはいかない。黙って着席した。

佐藤本部長はさらに言った。

「まだ、あんたの情報源についての説明を聞いてなかったな。ま、事件が解決したら、ちゃんと聞かせてもらうよ」

諸橋はもう一度立ち上がって「はい」と返事をした。

「じゃ、そういうことで」

いきなり佐藤本部長が席を立ち、出入り口に向かったので、捜査員たちは慌てて立ち上がった。

あまりに唐突だったし、足早に出入り口から出て行ったので、起立が間に合わない捜査員もいた。

捜査員たちが着席する前に、刑事部長が板橋課長に言った。

「じゃあ、捜査会議は終わりということでいいね？」

「はい」

「それじゃあ、私も失礼するよ」

刑事部長が立ち上がると、いっしょに署長も席を立った。彼らが出て行くと、ようやく捜査員たちが着席する。

あらためて、板橋課長が宣言した。

「では、会議を終了する」

捜査員たちは、それぞれの持ち場に散っていく。

山里管理官が、諸橋に言った。

「本部長相手に、大胆なこと言ったな」

「確証はありませんが、みんな同じようなことを考えていたはずです」

「まあ、あんたが言ったようなことしか考えられないのは確かだ。問題は実行犯が誰かってことだな……」

「それと……」

城島が言った。「太田と黒滝だ」

山里管理官が言う。

「太田はボロアパートなのに、黒滝は一流ホテルか……。どういうことだろうな……」

「それにですね」

城島が言う。「あの連中だけが流れからはみ出しているんです」

山里管理官が怪訝そうな顔になる。

「流れからはみ出している？　それはどういうことだ？」

「羽田野も、泉田も、永楽真金不動産も、昭島弁護士も、さっきうちの係長が言った話の流れに収まりますよね。でも、太田や黒滝は収まらない……」

たしかに城島の言うとおりだ、と諸橋は考えていた。

24

「山里管理官と諸橋係長、ちょっと来てくれる？」

永田課長に呼ばれ、二人は幹部席の前に向かった。

「羽田野から永楽真金不動産への金の流れが確認されたわ」

隣にいる板橋課長が尋ねた。

「例の二億円のことだな？」

「そうです。羽田野はまず、複数の海外の証券会社等で、外貨建ての金融商品や保険の契約をしました。そして、すぐにそれを売却して、その金を永楽真金不動産の口座に入れたのです」

「まどろっこしいことを……」

「複数のところから、時期がばらばらで、さまざまな金額が振り込まれることになり、お金の動きを追いにくくなっていました」

「それを突きとめたんだから、さすがに二課だな」

永田課長は、諸橋を見て言った。

「みなとみらい署暴対係の人たちが優秀だったんです。おおいに助かったと、部下が言っていました」

　諸橋は言った。

「協力態勢が取れてよかったと思います」

　板橋課長が言った。

「金の確認が取れたということは、羽田野が不動産詐欺の被害者だったことが証明されたということになるな。泉田を呼んで、この事実を突きつけてやったらどうだ？」

　諸橋はこたえた。

「太田と黒滝たちのことが気にかかります。城島が言うには、彼らだけが流れからはみ出しているのです」

「流れからはみ出している……？　どういうことだ？」

「他の人物や出来事は、さきほど自分が言った筋の中に収まります。ですが、彼らははみ出ているのです」

　板橋課長が言った。

「泉田を引っぱるのは、太田や黒滝たちの役割がわかってからにしたいということか？」

「そうです」

板橋課長は永田課長の顔を見た。永田課長も板橋課長のほうを見ている。

彼女がうなずくと、板橋課長が諸橋に言った。

「わかった。こっちでも太田たちのことは洗ってみる」

諸橋は言った。

「お願いします」

それで話は終わりのようだった。諸橋と山里管理官は、席に戻った。

「何だって？」

城島が尋ねたので、諸橋は今の永田課長の話を伝えた。話を聞き終わると城島が言った。

「羽田野は、永楽真金不動産を通じて取引をして、まんまと二億円騙し取られたってことだよね」

「そういうことになると思う。そして、その詐欺をはたらいたのが井原淳次というわけか」

「井原も災難だったな」

笹本が言った。城島が聞き返す。

「災難だって？　どういうことだ？」

「まさか、相手がヤクザだなんて思っていなかったんだろう？　取引相手はあくまで永楽真金不動産だからな。結局、消されちまった」

「災難で済ませる気はない」

諸橋は言った。「詐欺の報復で人を殺すなんて許すわけにはいかない。そういうやつは塀《へい》の中でじっくり反省してもらいたい」

それを受けて山里管理官が言った。

「私も同じ気持ちだよ。落とし前だなんて、とんでもない話だ」

城島が、つぶやくように言った。

「それにしても……。太田ってのは何者なんだろうな……」

諸橋はこたえた。

「金の流れが解明できて、浜崎たちは手が空《あ》いたんじゃないか。彼らに調べさせよう」

「あいつらなら頼もしいな」

諸橋は固定電話ではなく、携帯電話で浜崎と連絡を取った。

「はい、浜崎」

「金の流れが確認できたそうだな」

「はあ……。でも、肝腎《かんじん》なところは、県警捜査二課が調べたんですがね」

「二課の課長が、おまえたちは優秀だとほめていた」

「いやあ、運がよかったです」

「その運をもう一度活用してもらいたい」

「何をやればいいんです?」

「太田と黒滝を洗ってくれ」

「係長とジョウさんが、伊勢佐木町でとっちめたやつらですね。倉持が尾上町で見かけたと言ってましたよね」

「俺たちは、太田には手を出していない」

「そうでしたか? まあ、どうでもいいです。わかりました、太田と黒滝を洗いましょう」

「頼んだぞ」

そう言って、諸橋は電話を切った。

城島が言う。

「これからどうする?」

諸橋は言った。

「常盤町に行こう」

笹本が驚いた顔をする。

「昨日、午前午後と二度も訪ねているんだ。いくら優秀な情報網を持っていると言っても、昨日の今日じゃ何も探り出せないだろう」

　すると城島が言った。

「何度でも足繁《あししげ》く通うのも手なんだよ。昨日の最初の訪問は午前十時だった。今日もだいたい同じ時刻に到着するだろう」

　諸橋は言った。

「毎日同じ時刻に警察が現れたら、うんざりするだろう。知ってることを話す気になるはずだ」

　笹本が驚いた顔で諸橋に言った。

「神野はあんたの情報源なんだろう？　必要なことは話してくれるんじゃないのか？」

「あいつは、狸《たぬき》オヤジだ。しゃべりたくないことは絶対にしゃべろうとしない」

　城島が言う。

「したたかだから、頼りになるんだ」

　笹本が城島に言った。

「どういうことなのかわからない」

　城島が、にっと笑った。

「世の中ってのは、そういうもんなんだよ」

城島が言ったとおり、十時頃に神野の自宅に到着した。

いつものとおり、まず岩倉が出てくる。彼は諸橋たちを見ても、顔色一つ変えない。

「お待ちください」

そう言うと、奥に引っ込んだ。ほどなく、神野が現れる。

「おや、連日のお運びで……」

諸橋は言った。

「こっちも手詰まりでな……」

「まあ、お上がりください」

「いや、ここでいい」

「そうですか。……で、お話というのは？」

今日もしつこく「上がれ」とは言わなかった。正直なところ、やはりうんざりしているのだろう。

「太田のことだ。何かわかったか？」

「昨日の今日ですよ、だんな」

「黒滝はたしかに太田を警護しているように見える。昨夜は、太田を住居まで送り届けたのを確認した」

「尾行されたんで？」

「警察なんでな。それくらいはする。だが、奇妙なことにその住居というのが、安アパートだ。一方、警護している黒滝たちはみなとみらいの一流ホテルだった」

「ほう……」

神野は目を丸くしたが、本当に驚いているとは思えなかった。

やはり、何か知っているな。諸橋はそう思って尋ねた。

「警護されている側が安アパートで、警護する側が一流ホテルってのは、どういうことだと思う？」

「黒滝は、関西からの派遣でしょう。ならば、泉田から見れば客分ですから、それなりの待遇で迎えるでしょう」

「一方、太田はハタノ・エージェンシーの社員だから、安アパートで仕方がないということか……」

「泉田が雇ったということですね」

「やっぱり知っていたか」

「黒滝たちが張り付いているのは、警護とは限りませんね」

神野は無駄口を叩くのをやめた。

「警護とは限らない……?」

「監視ってこともあり得るでしょう」

「監視ね……。それは俺も考えてみた。だが、なんで関西の者が、ハタノ・エージェンシーの社員を監視しなけりゃならないんだ? 逆ならわかるがな……」

「そりゃあ、太田が今、泉田に何をやらされているかを調べりゃわかるんじゃねえですか」

「あいつは、尾上町の司法書士事務所を訪ねていた」

「やつも必死でしょう」

「必死……?」

「なんせ、井原は殺されたんですからね」

諸橋は、眉をひそめた。

「井原と太田が何か関係があるのか?」

神野は、はっきりとはこたえない。

「それは、警察がお調べになるべきでしょう」

「知ってるなら、今話してくれ」

「噂話ですよ。無責任なことは、なるたけ言いたくないんですがね……」

「ちゃんと裏は取る」

「太田は詐欺師だったって言ってるやつがいます」

「誰だ？」

「それは言えませんね」

「同じ稼業のやつか？」

「勘弁してください」

否定しないということは、そういうことだろう。マルBで、太田の素性を知っているやつがどこかにいたということだ。

案外、ネタ元は羽田野組かもしれない。

諸橋は言った。

「他に知っていることはないか？」

「ありませんね」

諸橋はうなずき、言った。

「邪魔したな。これで、しばらくは来ることはないと思う」

「そんなことをおっしゃらずに、いつでもどうぞ」

「本音じゃないだろう」

「いえ、もちろん本音です」


車に戻ると、さっそく城島が言った。

「太田が詐欺師だったって、どういうことだろう」

諸橋は、頭の中にいろいろな事柄が去来するのを意識しながらこたえた。

「単純に考えれば、泉田が不動産詐欺を目論んで、スカウトしたということだ」

「単純に考えなければ？」

「神野は、太田と井原がつながっていることを示唆《しさ》していたな……」

城島も思案顔になって言った。

「井原が殺されたから、太田が必死だと言っていた。それは、どういうことなんだろう」

「井原と太田が仲間だったということじゃないか？」

「仲間……？　だとしたら、羽田野を騙したやつだということになる」

「それはないんじゃないか」

後部座席の笹本が言った。「泉田が太田を雇ったんだろう？　親分の仇《かたき》を、自分の会社で働かせたりするか？」

諸橋はしばらく考えてから言った。

「だから、黒滝たちをつけているのかもしれない」

笹本が諸橋に尋ねる。

「わからないな。それはどういうことだ？」

諸橋がこたえる前に、城島が言った。

「神野が言っていた。警護じゃなくて、監視ということもあり得るってな。そう考えれば、納得がいく」

笹本が訊いた。

「太田は、黒滝たちに監視されていたということか？　何のために……」

その問いにこたえたのは、諸橋だった。

「泉田が監視させたということだろう。もし、太田と井原が仲間だったとしたら……」

城島が言った。

「泉田は、やっぱりえげつないやつだな」

「ああ。マルBだからな」

笹本が苛立たしげに言った。

「俺には、何のことだかさっぱりわからないんだがな」

城島が言った。

「泉田は、太田に落とし前をつけさせているということだろう」

笹本が聞き返す。

「落とし前をつけさせている？」

「そうだ。これは、あくまで俺の推論だ。だから、不確かなことを聞きたくなければ、聞かないほうがいい」

「参考意見として聞いておく」

「太田と井原が組んで、不動産詐欺をやっていた。彼らは、劉将儀の邸宅に眼をつけ、劉将儀には日本に身内がいないことを確かめた。そして、劉将儀になりすまして売買契約を結ぶといった不動産詐欺を目論んだ。おそらく、それに劉将儀が気づいたんだ。それで、二人は劉将儀を殺害し、さらにその土地家屋で詐欺を続けていた。それに羽田野がひっかかったわけだ」

「それで……？」

「羽田野は死ぬ前に、二億円を詐取されたことを泉田に話していた。羽田野の死後、その損害を取り戻し、さらに落とし前をつけさせることにした、というわけだ」

「太田はどういう立場なんだ？」

「泉田は、必死で羽田野に詐欺をはたらいたやつらを探したはずだ。そして、井原と太田を見つけた。そして、泉田は太田に、羽田野が詐取された金を取り戻すように命じたんだ」

「二億円をか？」

「そう。おそらくその金はすべて残っていたわけではない。だから、泉田は太田に金を稼がせているんだ。黒滝の監視をつけてな」

笹本が言う。

「わざわざ監視役を関西から呼んだということだな」

「そうだ」

「なぜだ？　羽田野組の者にやらせれば済むことだ」

「地元の組員は、県警に顔が割れているから、よそのやつに頼んだんじゃないのか？　あるいは、本家の気づかいか……」

城島が言った。

「それで太田は、司法書士事務所なんかに行ってたわけだな」

「そうだな。せっせと稼いでいるわけだ。おそらくまた詐欺をやろうとしているにちがいない」

「後始末をしているのだとしたら……」

城島が言った。「井原を殺したのは太田かもしれないな」

25

「太田が井原を殺しただって……?」

笹本が驚いたような、あきれたような声を上げた。「なんで、そんなことを思いつくんだ?」

城島がこたえる。

「落とし前だよ。泉田にしてみれば、親分を詐欺にかけたやつらだから、二人とも殺しちまいたいところだろう。そうしないと、同業者から舐《な》められてしまうしな。だが、そうなると騙し取られた二億円を自分たちでなんとか回収しなければならなくなる。それで、どちらか片方を生かしておくことにした……」

笹本が尋ねる。

「それが太田だったというのか?」

「あり得るだろう。そして、泉田は太田に井原を殺させたんだ。そうしないと太田を殺すと脅してな」

笹本は反論しなかった。何事かしきりに考えている様子だった。

諸橋は言った。

「みなとみらい署に行こう。浜崎たちと話がしたい」

城島がこたえた。

「いいね。ホームグラウンドは落ち着く」

笹本は何も言わない。

反対しないのは、賛成だということだと、諸橋は勝手に解釈して、車を出した。


みなとみらい署暴対係には、珍しく係員たちが顔をそろえていた。

諸橋たちが近づいて行くと、浜崎が驚いた顔で言った。

「係長、どうしました？」

「情報交換したくてな。みんながいてくれてよかった」

「二課との仕事の書類をまとめていました。ぼちぼち出かけようとしていたところです」

諸橋は係長席に、城島はその脇にあるお気に入りのソファに腰を下ろした。

誰も笹本に椅子を勧めようとしない。いつも諸橋にわずらわしい思いをさせているので、部下たちも彼に反感を抱いているようだ。

諸橋は言った。

「笹本監察官に椅子を持ってきてくれ」

浜崎が、一番若い日下部にうなずきかける。日下部は立ち上がり、キャスター付きの椅子を持ってきて、諸橋の席の脇に置いた。城島がいるのと反対側だ。

笹本は無言でそこに腰を下ろした。

諸橋は、浜崎たち係員に、今しがた神野から聞いてきた話を伝えた。

「そして、城島がこう言っている。もしかしたら、井原を殺したのは太田かもしれないと……」

係員たちが城島を見た。

城島は、くつろいだ表情のまま彼らを見返した。

浜崎が言った。

「じゃあ、黒滝たちは太田がちゃんと仕事をするように見張っているということですか？」

「神野はそうほのめかしていた」

「あの……。いいですか」

倉持がひかえめな態度で言った。「井原を殺害したのは、黒滝なんじゃないですか？」

諸橋は尋ねた。

「どうしてそう思うんだ？」

から驚く。

「あ、いえ、その……」

とたんに倉持がうろたえる。頼りなく見えるが、これで逮捕術は署で一番の腕前なのだ
「別にとがめているわけじゃない。意見が聞きたいだけなんだ」

「殺害の場所です」

「場所……？　劉将儀の邸宅だな」

「太田は井原といっしょに、その土地家屋を使って不動産詐欺を続けていたんですよね。殺人事件を起こしたら、その物件の価値は暴落ですよ。詐欺師がそんなことをしますか？」

諸橋は考えた。城島も、倉持の顔を見ながら思案顔だ。

倉持はさらに言った。

「黒滝たちが関西から横浜にやってきたのが、たしか十月二十七日。井原の遺体発見の二週間ほど前です。犯行は充分に可能だし、黒滝なら物件の価値のことなんて考えないでしょうから……」

「たしかに……」

浜崎が言う。「黒滝が井原を殺したとしたら、太田はびびって黒滝に逆らおうとはしなくなりますね。監視もやりやすくなるでしょう」

「筋は通る」

諸橋は言った。「だが、ここに引っぱって話を聞いたときの印象では、やつがやったとは思えないんだ」

「いやあ、それは根拠にはならないんじゃないですか」

係長である諸橋に、こんなふうに異を唱えるのは、八雲だけだ。

浜崎がたしなめた。

「係長の印象ってのが頼りになることは、おまえだってよく知っているだろう」

「疑っているわけじゃないんです。俺たちが納得しても、検察や裁判所が納得しないでしょう」

諸橋はこたえた。

「八雲の言うとおりだ。俺たちの仕事は、証拠を見つけることだ。だから、太田が井原とつながっている証拠、太田と黒滝の関係を示す証拠、そして、泉田の関与を示す証拠を見つけてほしい」

八雲は小さく肩をすくめただけで何も言わなかった。

浜崎がこたえた。

「わかりました。任せてください」

笹本が言った。

「すぐに捜査本部に戻って報告しよう」

「そうだな……」

諸橋はこたえた。「もう少しだけここにいていいか？」

「何のために？」

「片づけなければならない、こまごまとした仕事が溜まっているんだ」

「捜査本部最優先だ。そんなのは後回しでいい」

「後回しにすればどんどん溜まっていくだけだ。それをまとめて処理しようとするとミスも出る。公文書を適切に処理しなかったとか、無視したとか、後で言われるのは嫌なんでな」

監察官としては何も言えないところだ。

「早く済ませてくれ」

実は、書類仕事などどうでもよかった。しばらく自分の机で過ごしたかっただけなのだ。

一人暮らしの諸橋は、自宅よりもこの暴対係にいるほうが落ち着くような気がしていた。

城島はどう思っているか知らない。だが、お気に入りのソファに深々と腰を下ろしてご機嫌の様子なので、自分と似たようなことを考えているに違いないと、諸橋は思った。

「じゃあ、行ってきます」

倉持が言った。

浜崎を残して、三人の係員が出かけていった。

諸橋は伝票をまとめ、溜まっている書類に係長印を押した。

それを見て笹本は苛立っている様子だ。一刻も早く捜査本部に戻り、報告するのが義務だと思っているのだろう。

もちろん諸橋にもその認識はある。ただ、三十分くらい自分の署で息抜きをするのは許されるはずだと思った。

それに、こうやって落ち着いて考えることで、見落としていたことに気づくかもしれない。実際、判押しをしながら、諸橋は事件のことを考えていた。

城島もそうに違いない。彼はくつろいだ様子だが、そういうときのほうが頭が働いているのを、諸橋は知っていた。その城島が言った。

「倉持が言ったことを考えていたんだが……」

浜崎が、城島のほうを見た。諸橋は、手もとの書類を見たまま、話を聞いていた。

城島の言葉が続く。

「太田が物件の価値を下げたくないだろうというのは、理解できる。けどね、そんなことを言っていられないほど切羽詰まっていたとしたら、話は違ってくるような気がする」

「マルBに脅されたやつは、たいてい切羽詰まってるな」

「黒滝から話を聞いたときの印象については、俺も係長と同感だ。あいつは、自分の役割が何なのか把握し切れておらず、戸惑っていた。若頭の田子に言われるまま、泉田を訪ねたというのは、おそらく本当のことだろう。泉田が田子に、誰か寄こしてくれと頼んだに違いない」

笹本が言った。

「泉田に命じられて黒滝が井原を殺害したということだって、充分に考えられるだろう。黒滝が何も知らずに横浜に来たというのは本当のことかもしれないが、横浜に来てから泉田に井原殺害を命じられたのかもしれない」

諸橋はこたえた。

「もちろんその可能性はあるさ。だが、あんたはどう感じた？　黒滝は殺人犯だと思うか？」

笹本はしばらく考えてから、かぶりを振った。

「いや、彼が言った、殺しの容疑を着せられたらかなわないという言葉は、信じられると感じた」

笹本もばかではないのだ。

「じゃあ、やっぱり……」

浜崎が言った。「井原を殺害したのは、太田ということですかね……」

城島が言った。

「やはり劉将儀を殺害したのも、太田と井原だろうな……」

諸橋はうなずいた。

「劉将儀を殺害して、あの土地と家屋を手に入れたんだ」

「まったく……」

城島は不機嫌そうに言った。「詐欺の中でも、殺しが絡むのは外道《げどう》だよな」

笹本が言った。

「詐欺に外道も本道もあるか」

「頭を使うから詐欺なんだよ。殺したり怪我をさせたりしちゃいけない。一流の詐欺師は、絶対に刃傷《にんじょう》沙汰を起こさない」

「犯罪者は犯罪者だ」

「犯罪の美学をわかってないな」

「犯罪に美学などあるものか。摘発して裁判にかけるだけだ」

諸橋は笹本に言った。

「実に警察官らしいな。その点はあんたに賛成だ」

城島は小さく肩をすくめただけで何も言わなかった。

「さて……」

諸橋は言った。「筋も見えてきたことだし、捜査本部に戻ろうか」

城島が言った。

「その前に腹ごしらえだ。昼飯を食おう」

時計を見ると十二時になろうとしている。諸橋は笹本に尋ねた。

「ああ言ってるが、どう思う？」

「昼食を抜くことはないな」

城島が言った。

「決まった。グランドインターコンチの『なだ万』でも行く？」

笹本がこたえる。

「贅沢《ぜいたく》だ。もっと大衆的なところで充分だ」

結局、ランドマークプラザ内の中華料理屋で、麻婆豆腐《マーボードウフ》定食を食べた。

午後一時過ぎに捜査本部に戻ると、幹部席にはやはり、板橋課長と永田課長の二人がいた。諸橋たちは、二人に一礼して管理官席に向かった。

「情報提供者から話を聞いてきました」

諸橋が言うと、山里管理官が言った。

「じゃあ、課長のところで報告を聞こう」

山里管理官を先頭に、諸橋、城島、笹本の四人は、課長たちの前に行った。板橋課長が山里管理官に尋ねた。

「おう、何かわかったか？」

「諸橋係長たちが、情報提供者から話を聞いてきたそうです」

二人の課長が諸橋を見た。諸橋は神野から聞いた話を伝え、さらに、城島たちと話し合った内容を報告した。

話を聞き終わると、板橋課長が言った。

「太田が井原殺害の実行犯だというのか？」

諸橋はうなずいた。

「そして、おそらく劉将儀は太田と井原に殺害されたのです」

「その話は興味深いが、確証が何もないんだろう？」

「ここに来る途中に、みなとみらい署に寄ってきました。暴対係の係員たちが太田と黒滝を調べています」

「捜査本部に無断で勝手なことをするな」

蛇の道は蛇だ。暴対係の協力がほしいから自分たちを捜査本部に呼んだのだろう。諸橋がそう言おうとすると、それを制するように先に板橋課長が言った。

「……と、言いたいところだが、手を貸してくれるというのに、文句を言う筋合いはないな」

諸橋は、言葉を呑《の》み込んだ。余計なことを言わなくてよかったと思った。

永田課長が言う。

「劉将儀を殺害したのは、不動産詐欺絡みね？」

「はい」

諸橋はこたえた。「そうだと思います。彼らは劉将儀の名義で土地を売却して、その金を詐取しようとしたのですが、おそらく本人に気づかれ、始末するはめになったのだと思います」

「不動産詐欺絡みで、地主が不審死を遂《と》げる例は他にもあるわ。充分にあり得ることね」

板橋課長が言った。

「太田はまだ引っ張れないのか？」

山里管理官がこたえる。

「証拠が何もありませんからね。任意には応じない恐れもありますし……」

「身柄を引っ張るには、逮捕しかないか……」

諸橋は言った。

「相手がマルＢ絡みだと、そうなるでしょう」

「別件は？」

城島が言った。

「また、ひと暴れしますか？」

笹本が顔をしかめた。

「やめてくれ」

山里管理官が板橋課長に言った。

「突きつけてやる証拠がないと、別件で引っ張ったところで、自白は取れないでしょう」

諸橋はうなずいた。

「詐欺の共犯者だった井原を自ら殺害しなければならないほど泉田から脅しをかけられているということです。口は割らないでしょう」

板橋課長が思案顔で言った。

「泉田も確証がないと引っ張れない……」

「そういうことです」

板橋課長が、意を決した様子で言った。

「よし、捜査本部の全勢力を、太田と黒滝に集中する。井原の生前の行動から洗い直しだ」

「了解しました」

山里管理官が力強くこたえた。

26

「浜崎たちとの連携が必要だ」

諸橋が言うと、山里管理官は尋ねた。

「浜崎っていうのが、あんたの部下か？」

「そうです」

諸橋はこたえた。「自分らの仕事はあくまで、マルＢ対策ですからね。部下と連絡を取って、マルＢの情報を集めるのもいいと思います」

山里管理官が言った。

「わかった。板橋課長もその件は了承済みだからな」

諸橋は、携帯電話を取り出し、浜崎と連絡を取った。

「はい、浜崎。係長ですか？」

「諸橋だ。今どこにいる？」

「日下部が太田の足取りを追っているんで、それと合流するところです」

「わかった。八雲たちは？」

「八雲と倉持は、太田の過去を洗ってます」

「了解した。そのまま続けてくれ。俺たちは、市木という尾上町の司法書士に、もう一度会ってくる」

「司法書士ですか」

「彼は太田の仕事について、詳しく知っているはずだからな」

「わかりました」

「何かわかったら、すぐに連絡をくれ」

「了解です」

電話が切れた。

山里管理官が諸橋に尋ねた。

「司法書士に会うだって？」

「はい。そのつもりです」

「マルB関係を洗うと言ってなかったか？」

「太田が今何をやろうとしているのかを知りたいんです。それは泉田に命じられてやっていることでしょうから、いずれ泉田につながるはずです」

山里管理官は、しばらく考えてから言った。

「太田がやろうとしているのはおそらく不動産詐欺《さぎ》だろう」

「過去の手口からしても、また司法書士を使うことからしても、間違いないでしょうね」

「だとしたら二課の領分だ。行く前に、永田課長に断りを入れよう。いっしょに来てくれ」

山里管理官が立ち上がり、幹部席に向かった。諸橋は続いた。

二人の課長が山里と諸橋のほうに顔を向けた。板橋課長が山里に言った。

「何か用か?」

山里がこたえる。

「はい。永田課長に……。諸橋係長が、尾上町の市木司法書士に会いにいくというので……」

永田課長が諸橋に尋ねた。

「昨日、話は聞いたのよね?」

「はい。しかし、必要があれば何度でも話を聞きます」

「ああいう人たちは、令状がないとしゃべらないでしょう」

「やり方次第だと思います」

板橋課長が言った。

「無茶なことをして、相手に訴えられでもしたら、捜査を進められなくなるぞ。違法な捜査で聞き出した事実は、裁判での証拠能力がなくなる」

「泉田に突きつけてやる確証が必要なんです。やり方には充分気をつけますよ。市木だって、叩《たた》けば埃《ほこり》くらいは出るでしょうし……」

永田課長が言った。

「弁護士や不動産業者が、詐欺に加担しているかどうかを証明するのは難しいという話は、もうしたわよね」

「はい、覚えています」

「司法書士も同様よ。彼らはあくまで依頼された仕事をするだけ。仕事の一部分を担《にな》うだけで、その仕事全体が詐欺かどうかを知りうる立場にはない」

「市木を詐欺で挙げるつもりはありません。協力者になってもらえるように努力します」

「わかった」

永田課長が言った。「二課としては、市木からの情報をもらえれば文句はないわ」

それを受けて板橋課長が言った。

「よし、行ってくれ」

尾上町の市木司法書士事務所は、昨日訪ねてきたときとまったく同じ様子だった。

市木は穏やかな表情のまま、諸橋、城島、笹本の三人を見て言った。

「おや……。まだ何か……?」

諸橋は言った。

「昨日、教えてもらったことだけでは、充分とは言えないので、さらに詳しい話がききたいと思いましてね」

「なるほど……。しかし、私は依頼の内容については詳しくお話しできないんですよ」

城島が言った。

「そこを何とか、という話で来たんですよね」

市木は城島を見て言った。

「守秘義務に背《そむ》けとおっしゃるわけですか? それは警察官が違法を強《し》いていることになりますが……」

諸橋は言った。

「捜査は刻々と状況が変わります。昨日は、太田が詐欺を働いている疑いがあるということで、お話をうかがいました。その後、詐欺の疑いはさらに強まり、殺人の疑いも出て来ました」

市木の表情が初めて変化した。彼は眉《まゆ》をひそめたのだ。

「殺人……？」

「まだ捜査の途中であり、確認が取れていないので、詳しいことはお教えできませんが、太田がある殺人事件に関与している疑いがあります」

殺人と聞いて、おそらく心中穏やかでなくなったのだろう。市木は戸惑ったような表情で言った。

「それで、私に何をお訊きになりたいのですか？」

「太田は、横浜市内の不動産取引をしようとしているのでしたね？」

「それに、はいとこたえるわけにはいきません」

「わかっています。否定なさらなければ、肯定《こうてい》であると判断させていただきます」

市木は何も言わなかった。積極的に無言でいる、という感じだった。諸橋は言葉を続けた。

「それは、山手にある住宅地の売り買いですか？」

「山手……？」

「はい。山手町の土地家屋です」

市木は怪しむような表情になった。

「いいえ。そういう話じゃありませんね」

山手町の土地家屋というのは、言うまでもなく劉将儀の屋敷だ。

諸橋はさらに尋ねる。

「間違いないですか？」

市木は言いにくそうにこたえた。

「どこまでこたえたら、守秘義務に違反するのか、わからなくなってきましたよ」

それがこちらの狙《ねら》いでもある。

そう思いながら、諸橋は黙っていた。

市木が続けて言った。

「そうですね。ええ、間違いないですよ。それは言ってもかまわないでしょう」

太田が進めていた不動産取引は、劉将儀の土地家屋の売買ではなかった。

これはどういうことなのだろう。諸橋は思いながら尋ねた。

「横浜市内の取引には間違いないんですね？」

「言っているでしょう？　その質問にはこたえにくいんです」

「太田の取引の内容は、山手町ではなく、別の土地だということですか？」

「山手町ではありません」

「どこの土地なんですか？」

「それを洩《も》らしたら、私は職を失います。必要なら令状を持ってきてください」

城島が言った。

「それはどうでしょうね……」

市木は怪訝《けげん》そうな顔で城島を見た。

「どういうことですか？」

「俺たちが令状を持ってくるということは、この事務所を徹底的に捜索するということですよ。それこそ、すべてのロッカーをひっくり返し、パソコンを押収《おうしゅう》して、あらゆるデータを解析します。そうなれば当然、マスコミも来ますよね。あなたが、依頼の内容を話したことを、太田にも黒滝にも知られることになります」

「おい……」

笹本が何か言いかけた。諸橋は彼に言った。

「あんたは黙っていてくれ。話は後で聞く」

笹本が言いたいことはわかる。城島が言っていることは、はったりだ。令状にもいろいろあるし、内容は限定されることが普通だ。

令状があるから好き勝手できるわけではない。また、裁判官が捜索令状を認めるとは限らない。こういう場合、証言だけを求める令状に限り認める可能性が高い。だから、城島が言っていることは脅《おど》しと言われても仕方がない。しかし、犯罪者などにはこういう言い方が効果的なのも事実だ。

城島は続けて言った。

「ここでこっそり、俺たちに耳打ちしたほうが得策だと、俺は思うよ」

「繰り返しますが、守秘義務に違反すると、私は職を失うことになります」

「だから……」

城島は笑みを浮かべて言った。「ここだけの話にすると言ってるんです」

「裁判で証言するようなことはありませんか？」

「ないよ。捜査の参考にしたいだけだ。だからさ、あんた、協力者になってよ。そうなれば悪いようにはしないからさ」

「協力者ですか」

「そう。捜査への協力者」

市木は、迷っている様子だった。他に選択肢がないことに、もうじき気づくはずだと、諸橋は思った。

そして、実際そのとおりになった。市木は諸橋に向かって言った。

「何が知りたいんでしたっけ？」

「太田の依頼の内容です。横浜市内の土地の登記に関する依頼なんですね？」

「そうです。売却後の登記に関する依頼です」

「それはどこの土地なんです？」

市木は覚悟を決めるように、一つ深呼吸をした。

「野毛町三丁目の土地です。駐車場があり、その脇に自販機が並んでいるスペースがあります」

「その土地について、太田の登記をしたということですか？」

「いいえ。太田さんの登記を取り消し、買主の登記をしたのです」

「買主……？　それは誰です？」

「それも言わなきゃならないんですか？」

「お願いします。その買主は、詐欺にあっている恐れがあります」

市木は、また深呼吸した。

「横浜市内にある不動産会社が、マンションを建てるために購入したということです」

「市内の不動産会社？　まさか、永楽真金不動産じゃないだろうな？」

市木はきょとんとした顔になった。

「違いますが……」

　まあ、そうだろうな。

　諸橋は思った。

　もし永楽真金不動産が土地を購入したとしたら、また詐欺にあったということになる。

「何と言う不動産業者です？」

「本当に、私が言ったということは内密にしていただけるんでしょうね」

「約束します」

「相模《さがみ》エステートという会社です」

「連絡先は？」

「そこまで私に言わせるのですか」

　諸橋は城島を見た。城島はうなずいた。すぐに調べられるという意味だと、諸橋は思ったので、市木に言った。

「わかりました。それはこちらで調べることにします。他に、この取引に関与しているのは？」

「売主のほうに、弁護士がついていましたね」

「弁護士？　何と言う弁護士ですか？」

「昭島といったと思います」

徐々《じょじょ》につながってきたじゃないか。諸橋はそう思いながら、城島を見た。今度はかぶりを振った。自分が質問したいことはない、という意味だろう。

それから笹本を見た。笹本は不機嫌そうな顔をしているだけで何も言わない。

諸橋は、そろそろ引きあげることにした。

「ご協力を感謝します」

「本当に、証言させられることなんてないでしょうね？」

諸橋はうなずいた。

「安心してください」

諸橋たち三人は、市木の事務所を出た。


車に乗り込むと、笹本がすぐに城島に言った。

「ああいう脅しは違法だぞ」

「脅し？」

「令状について嘘《うそ》を言って脅しただろう」

「嘘じゃないよ。俺が令状を持っていったら言ったとおりのことをするだろうよ」

「違法は見過ごせないからな」

「でも、あんた、見過ごしたじゃない」

「次は許さない」

助手席で城島が、小さく肩をすくめるのが見えた。

諸橋は、その城島に言った。

「太田の取引はてっきり、劉将儀の土地家屋に関するものだと思っていたが、そうじゃなさそうだ。これはどういうことなんだ？」

城島は考えている。彼の代わりに、後部座席の笹本が言った。

「そんなの当たり前のことじゃないか」

「当たり前？」

「二件の殺人があった土地は、どう考えても高くは売れない。買い手がつかないことも考えられる。それよりも、別の物件で詐欺をやったほうが、はるかに金になる」

「野毛町三丁目の物件だということだが……。まともな土地売買だとは思えない」

「当然、まともじゃないだろうな」

城島が言う。「市木は、太田の登記を外すと言っていたが、その登記簿がまっとうなものか疑わしい」

「正規な持ち主は別にいるということだな。典型的な不動産詐欺の手口だ」

笹本が言った。

「つまり、価値のなくなった劉将儀の土地に見切りをつけて、新たな物件に眼をつけたということさ」

諸橋は言った。

「昭島弁護士にもう一度話を聞いてみたくないか?」

27

昭島弁護士の事務所がある日本橋三丁目に向かう車の中で、城島が浜崎に電話をした。市木司法書士から聞き出したことを伝えるためだ。

電話を切ると、城島が言った。

「浜崎が相模エステートを当たってくれるって言ってる」

当然、野毛町三丁目の土地取引についても調べてくれるはずだ。

城島に続いて、笹本が言った。

「捜査本部に報告したほうがいいんじゃないのか。永田課長が市木の証言内容を聞きたがっていた」

それにこたえたのは城島だった。

「市木はさ、ここだけの話というのを信じたんだ。捜査本部に報告すると、そうじゃなくなっちゃう」

「しかし、報告しないわけにはいかない」

諸橋は言った。

「捜査本部に戻ったら、俺がちゃんと報告する。市木との約束を破らずに済む方策を考えるさ」

笹本が言った。

「報告はすみやかにするものだ」

「浜崎が詳しいことを調べ、確認を取ってからのほうがいい。そうだろう」

諸橋の言葉に、笹本は何もこたえなかった。

道がけっこう混んでいて、日本橋に到着したのは、午後三時半頃のことだった。有料駐車場に車を入れて、昭島弁護士事務所を訪ねた。

弁護士は多忙だから留守なのではないかと心配していた。一般企業の社員だったら事前に電話で確かめるだろう。そのほうが効率がいい。

だが、警察官はそうはいかない。事前に訪問することを告げて、証拠の湮滅《いんめつ》などされてはかなわない。

幸い、昭島弁護士は事務所にいた。だが、諸橋の顔を見るなりこう言った。

「おや、また何かお訊きになりたいことがあるのですか？　今から出かけなければならないんですがね……」

「五分でけっこうです」

諸橋は言った。「もし、質問にすみやかにこたえていただければ、ですがね」

「どんなご質問でしょう」

「相模エステートをご存じですか?」

「相模エステート……」

昭島弁護士の表情が曇った。「ええ、知ってます。横浜市内の不動産業者ですね」

「最近、その不動産業者との土地売買に関わったことがありますか?」

「今さら言うまでもないことですが、守秘義務がありましてね」

守秘義務についてのやり取りにはうんざりしていた。諸橋は、少々強い口調になって、さらに尋ねた。

「相模エステートの契約に関わったことがあるんですか?」

「本当に出かけなければならないんですよ」

城島が言った。

「横浜からわざわざ会いに来たんだから、少しくらいしゃべってくれたっていいじゃない」

「どこからいらしたかは、こちらには関係のないことでしてね」

「善意の第三者だってことはわかっているんですよ」

城島がさらに言う。「あなたは、事務的な手続きに関わっただけなんでしょう? だから、犯罪に関わったとは言いません」

昭島弁護士が言う。

「もちろん私は、犯罪になど関わってはいません」

「あなたが知らないうちに、犯罪に関わっているということもあります」

「もし、私が犯罪であることを知らないのなら、責任は問われないはずです」

「俺たちが、責任を追及しないと思う?」

昭島は考え込んだ。

諸橋は何も言わず、向こうが話しだすのを待つことにした。

やがて、昭島が言った。

「何の犯罪なんです?」

諸橋はこたえた。

「不動産詐欺です」

「不動産詐欺ね……。つまり、相模エステートが詐欺にあい、私がそれに一枚噛《か》んでいると……」

「ですから……」

城島が言った。「そうは言ってないんです。あなたはただ手続きを代行されただけだということはわかっているんです。ですから詐欺犯というわけじゃない。私らはね、実態が知りたいだけなんです」

昭島が何かを言う前に、諸橋は言った。

「あなたは、売主側の代理人だったわけですね」

昭島は、渋々という体《てい》でこたえた。

「ええ、まあそういうことですね」

「売主は太田という人物ですね」

「勘弁してください」

昭島が言う。「これ以上しゃべったら、私は六ヵ月以下の懲役、または十万円以下の罰金ということになります」

「法律には、『正当な理由がないのに』秘密を洩らした場合、というふうに定められている」

諸橋は言った。「私たちの捜査に協力することは、『正当な理由』だと、私は思います」

「それは議論が分かれるところですね」

「あなたは否定しなかった。それがこたえだと考えてよろしいですね？」

「今の質問にはこたえられない。それがこたえです」

諸橋はうなずいた。

昭島が言った。

「さあ、もういいでしょう。約束の五分が過ぎましたよ」

諸橋は言った。

「わかりました。お忙しいところを、どうも……」

昭島は鞄《かばん》を手に取った。

それを見て、諸橋は事務所を出た。


諸橋たちが車に戻ろうとしていると、駆けて行く昭島の姿が見えた。約束に遅れそうなのだろう。

城島が言った。

「ああいう姿を見ると、ちょっと気の毒になるね」

諸橋はこたえた。

「そんなことを気にしていたら、刑事はつとまらない」

駐車場の車に乗り込むと、城島が言った。

「捜査本部に戻るかい？」

諸橋は、ちょっと考えてからこたえた。

「浜崎に電話して太田の動向を聞いてくれ」

「了解」

城島が電話をする。短いやり取りですぐに電話を切った。

「今日はアパートにいるそうだ」

「黒滝たちは？」

「姿が見えないそうだ。ホテルにいるのか、あるいは見えないところから監視しているのか……」

「ちょっとプレッシャーをかけに行ってみようか」

笹本が慌《あわ》てた声で言った。

「待てよ。勝手なことをやっちゃいけない。おそらく、捜査本部の監視もついているはずだ」

「話を聞きに行くのが、勝手なことだと言うのか？　じゃあ、刑事は何をすればいいんだ」

「捜査本部の方針に従わなきゃならないと言ってるんだ」

「太田に触るなと言われたら、おとなしくそのとおりにするさ。だが、そんなことは言われてない。そうだろう」

「管理官に一言断ればいいんだ」

笹本が言うことにも一理ある。ここは折れることにした。

「城島、山里管理官に電話してくれ」

「りょーかい」

城島が携帯電話を取り出すのを見て、諸橋は車を出した。取りあえず、横浜に向かう。

「あー、山里管理官ですか。城島です。市木司法書士のところから、昭島弁護士の事務所に回りまして、これから太田に話を聞いて来ようと思うんですが……。あ、はい、わかりました」

それから城島は無言で携帯電話を耳に当てていた。

「どうした?」

諸橋が尋ねると、城島はこたえた。

「今、板橋課長に訊きにいっている」

しばらくして、城島が再び、電話の向こうに言った。「はい、わかりました」

城島が電話を切ると、諸橋は尋ねた。

「何だって？」

「結果は、捜査本部に戻ったときに必ず報告しろってさ」

「会うなとは言われなかったんだな？」

「言われなかった」

笹本が言った。

「言いたいことはわかる。おうかがいを立てても立てなくても結果は同じだったと思っているな？　だが、事前に確認しておくのは重要なことだ」

「俺は何も言ってないぞ。俺だって捜査本部の方針に逆らうつもりはないんだ。確認してよかったと思ってるよ」

「板橋課長が、会うなと言ったら、どうするつもりだった？」

「さあな」

「それでも会いに行くつもりだったな？」

「どうだろうな」

下り方向の道路はさらに混み合っており、太田のアパートの近くにやってきたのは午後五時十五分頃のことだった。

城島が言った。

「有料駐車場に入れることもないだろう。監視の捜査員たちが車を見張っていてくれる」

「ポーター代わりにしちゃ失礼だろう」

だが、城島が言うとおりだ。路上駐車でいいだろう。

そう思って車を下りると、すぐさま浜崎と日下部が駆け寄ってきた。

近くで張っていたらしい。おそらくどこかに捜査本部の連中もいるはずだ。

浜崎が言った。

「太田はまだ部屋にいます」

諸橋は言った。

「大人数で訪ねるのは、ものものしくていけない。二人は離れていて、万が一の逃走などに備えてくれ」

「了解しました」

浜崎と日下部が物陰に戻ると、諸橋たちは太田のアパートのドアに近づいた。

城島がノックする。

「太田さん。すいません、ちょっといいですか？」

返事がない。警戒しているのだろう。

再度、城島がノックして言った。

「太田さん。神奈川県警です。ドアを開けてもらえませんか」

しばらくして、二十センチばかりドアが開いた。

「警察？　あ、またおたくらですか。何の用です？」

「ちょっと教えてほしいことがありましてね」

「何ですか？」

「ここで話をしていて、だいじょうぶですか？　近所の眼とか……」

「別に俺は気にしないっすよ」

部屋には上げないということだ。諸橋は玄関で話をすることにした。

「尾上町の市木司法書士事務所に行かれていましたよね？　どんなご用だったんですか？」

諸橋の質問に、太田は薄笑いを浮かべた。

「え、何すか？　俺が司法書士事務所に行くと、何か問題でもあるんすか？」

「ですから、教えていただきたいんです」

諸橋は言った。「どのような用件で、司法書士事務所に行かれたのか」

「会社の用事っすよ。お使いを頼まれただけです」

「お使いを頼まれた」

「そうっすよ。自分、新人っすからね。雑用とかやらされるわけです」

「どんなお使いだったんです？」

「いやあ、それは言えないっすね。業務上の秘密ってやつです」

どいつもこいつも秘密が好きだ。警察が本気になれば、ほとんどの秘密などなくなることを、知らないわけではあるまい。

「新人だ、雑用係だと言いながら、あなたはけっこう重要なことをやらされているそうじゃないですか」

太田は苦笑を浮かべる。

「誰がそんなことを言ったんすか？　それ、何かの勘違いっすよ」

「黒滝たちが、わざわざ関西からやってきて、くっついているのは、あなたが滞《とどこお》りなく仕事ができるようにするためなんじゃないですか？」

「何それ。どういうことっすか？」

「あなたは、泉田社長代行に直接雇われたんだそうですね。そして、何か特別なことをやらされている。そして、昭島弁護士や市木司法書士がそれに関わっている……。そうですね」

太田は苦笑を浮かべたままだ。だが、その笑いが次第にぎこちないものになっていく。明らかに動揺しているのだ。

太田が言った。

「いやあ。何の話かわかりませんねえ。自分は雑用係なもんでね。たしかに社長代行に雇われましたよ。それは気に入ってもらえたからで、別に特別な理由なんてないんすよ。仕事の内容については、社長代行に訊いてくださいよ」

「山手にある劉将儀の土地と家屋について、あなた、何かご存じなんじゃないですか？」

「山手？　知らないすね」

「じゃあ、野毛町三丁目の土地については？」

「どの土地です？　ハタノ・エージェンシーは不動産取引も手がけますから、いろいろ扱ってますよ」

太田の笑いがさらに不自然なものになってきた。顔色も悪くなってきた。

諸橋はうなずいた。

「わかりました。今日のところはこれで失礼します」

太田が言った。

「何度来ても、結果は同じっすよ。自分、何も知りませんから……」

諸橋たちが玄関を離れると、ドアが閉まる音がした。

車に戻ると、再び浜崎たちが近づいてきた。諸橋は浜崎に言った。

「市木司法書士と、東京の昭島弁護士に張り付け。口封じをされる恐れがある」

それを聞いた笹本が驚いた顔で言う。

「口封じだって?」

「そう」

諸橋は言った。「将棋と同じで、数手先を読まなけりゃな」

28

車に乗り込み、捜査本部のある山手署に向かうと、また笹本が諸橋に尋ねた。

「どうして口封じなんてことになるんだ?」

諸橋はこたえた。

「おそらく、太田は俺たちが訪ねてきて、山手の劉さんの土地家屋や野毛町三丁目の物件について質問したことを、泉田に報告するだろう」

「それで?」

「すでに電話をしているかもしれない。太田は話の中に、市木司法書士や昭島弁護士が出てきたことも報告するに違いない。すると、泉田は考えるわけだ。あの二人が口を割るとまずいことになると」

「それで口封じか」

「そうだ。暴力団員は、こういう場合、驚くほどすみやかに行動するぞ」

そのとき、城島が言った。

「手を出してくれると、それが突破口になるかもね」

笹本が城島に尋ねた。

「突破口？　それはどういうことだ？」

「泉田は今のところ尻尾《しっぽ》を出していない。なかなかつけいる隙《すき》がないんだ。市木や昭島を狙った実行犯をとっ捕まえて徹底的に調べれば、泉田との関連を立証できるかもしれない。そうなりゃ、殺人教唆《きょうさ》とか使用者責任とかで引っ張れるだろう」

それを聞いた笹本が言う。

「市木や昭島が襲撃されることを望んでいるような口ぶりだな。二人に何かあったらどうするつもりだ」

「何もないように、係長が浜崎たちを張り付けたんじゃないか」

「万が一ということがある」

「だいじょうぶだ。浜崎たちはうまくやる」

「さっさと捜査本部に戻って、報告しよう」

それきり、笹本は口を開かなかった。雑音が減るのはありがたい。おかげで考え事をすることができる。

城島が言ったとおり、泉田はなかなか尻尾を出さない。正面からぶつかってだめなときは、何か方策を考えなくてはならない。

たしかに、市木や昭島を泉田の手下たちが襲撃したら、それが方策の一つになり得る。ただし、襲撃犯が泉田の命を受けたと証明するのは簡単ではないだろう。そして、笹本が心配するとおり、市木や昭島が無事でいられるとは限らない。二人の身の安全を考えるなら、誰にも手を出させないのが一番だが、それでは誰も検挙できない。ちょっとしたジレンマだ。

諸橋は言った。

「城島が言うとおり、泉田が襲撃を指示したことが証明できれば何よりだ。だが、もっと重要なのは、市木や昭島が無事でいられることだ。そちらを優先すべきだということは、浜崎たちもよく心得ているはずだ」

それを聞いた笹本が言った。

「本当にそうだといいがな」

間違いないと、諸橋は思っていた。

捜査本部に着くと、諸橋は山里管理官に言った。

「太田が計画している不動産詐欺の内容がわかりそうです」

山里管理官が言った。

「課長のところに行こう」

山里、諸橋、笹本、城島の四人は、幹部席の二人の課長のもとに移動した。いつしかこのパターンができていた。

山里管理官が諸橋の報告を伝えると、板橋課長が言った。

「不動産詐欺の内容？」

「はい。諸橋係長が報告します」

山里管理官に促《うなが》されて、諸橋は話しだした。

「物件は、野毛町三丁目の土地建物で、買主は相模エステートという不動産業者のようです。この取引に、昭島弁護士が関わっている模様です」

永田課長が尋ねた。

「それ、市木司法書士が証言したの？」

諸橋は言った。

「できれば、市木は何も言わなかったということにしたいのですが……」

板橋課長が言った。

「ばかを言うな。誰の証言かをはっきりさせなけりゃならない」

「太田に直当《じかあ》たりして、ある程度の感触を得ました。裏を取れば問題ないでしょう」

「裏は取れそうなのか？」

その問いにこたえたのは、永田課長だった。

「それは二課がやります。間違いなく裏を取りますよ」

「なるほど……」

板橋課長が言った。「不動産詐欺となれば、二課の仕事だな。きっちり裏さえ取れれば問題はない」

諸橋は言った。

「太田に直当たりしたことで、市木と昭島の身に危険が及ぶ恐れがあるので、自分の部下を張り付かせました」

板橋課長が、睨《にら》むように諸橋を見た。別に睨んでいるわけではなく、諸橋が言ったことについて考えているのだ。

やがて、板橋課長が言った。

「太田が泉田に報告するということだな」

「すでに連絡が行っていると思います。泉田は口封じが必要だと考えるかもしれません」

「所轄《しょかつ》に任せてはおけない。捜査本部からも人を出そう」

捜査本部といえども、人員は無尽蔵ではない。きっと山里管理官は捜査員のやり繰りに苦労しているに違いない。

俺の部下はいい仕事をするはずだと、後で告げておこうと、諸橋は思った。

永田課長が言った。

「確認します。太田が手がけようとしていたのは、野毛町三丁目の土地建物ね？」

「はい」

「買主は相模エステート。昭島弁護士は売主側の代理人ということかしら」

「そういうことだと思います」

「そして、その土地の登記の変更について市木司法書士が手続きを請け負っているということね」

「はい」

「わかった。部下に調べさせる」

それを聞いていた板橋課長が言った。

「劉将儀の土地家屋はどうなったんだ？」

諸橋はこたえた。

「殺人事件の現場となったり、白骨死体が出て来たりでは、買い手がつかないでしょう」

板橋課長がうなずく。

「まあ、そうだな……。売れたとしても、ずいぶんと買い叩《たた》かれることになるだろう。そうなるとあまり儲《もう》けは出ないな」

永田課長が言った。

「それに、劉将儀の土地については、すでに一度詐欺に使用しています。二度、三度と詐欺に使うのはきついでしょう」

「なるほど、それで次に眼をつけたのが、野毛町三丁目の土地というわけか」

永田課長がうなずく。

「そういうことだと思います」

板橋課長が諸橋に尋ねた。

「それで、あんたらはこれからどうするつもりだ？」

「黒滝たちの姿が見えないのが気になります。本来なら太田に張り付いているはずですが、アパート近くには姿がありませんでした」

「マルBをマークするのがあんたらの仕事だ。任せる」

諸橋が礼をすると、それが打ち合わせ終了の合図となった。

管理官席に戻ると、山里管理官が諸橋に言った。

「あんたの部下たちを頼りにしていいんだな？」

「そのことを言おうと思っていたんです。使える人員の数に含めてくれてけっこうです」

「そう言ってもらうと助かるな。捜査員の数にも限りがあるからな」

「管理官の指示に従うように言っておきます」

山里がうなずいたので、諸橋は携帯電話を取り出して、浜崎にかけた。

「はい、係長。何でしょう」

「市木司法書士と昭島弁護士のもとに、捜査本部からも人が行く。おまえたちも山里管理官の指揮下に入ってくれ」

「山里管理官ですね。了解しました」

「太田を張っている間、黒滝たちの姿は見かけなかったんだな?」

「見ませんでした。仕事をサボってホテルで寝ているのかもしれませんよ。なにせマルBですからね」

「わかった。じゃあ、市木と昭島の件は頼むぞ」

「了解しました」

諸橋は、電話を切ると城島に言った。

「黒滝たちが泊まっているホテルに行ってみよう」

「やつらがホテルにいるってこと?」

「わからない。仕事をサボって寝ているかもしれないと、浜崎が言うんだ」

「どうだろうね。黒滝だって、関西から呼ばれたことの重大さはわかってるんじゃないかね」

「話を聞いたときには、あいつは何もわかっていない様子だった」

「でも、自分がやるべきことは心得ているだろう」

「とにかく、行ってみよう」

城島が肩をすくめる。

「またホームグラウンドに戻るわけだな」

ヨコハマグランドインターコンチネンタルホテルは、みなとみらい署の管内にある。

諸橋は言った。

「そう思えば、気が楽になるだろう」

車でホテルに乗り付け、「すぐに出るから」と言って玄関前に駐車して、諸橋たちはフロントに向かった。

フロントで、黒滝が部屋にいるかどうかを尋ねると、係の者はすぐに調べてこたえてくれた。

「外出されているようですね」

「何時頃出かけたか、わかりますか？」

「さあ……。カードキーになってから、フロントに鍵をお預けになるお客様はいらっしゃいませんから……」

最近は、宿泊客の動向の把握《はあく》も難しくなった。

諸橋は礼を言ってフロントを離れた。

城島が言った。

「さて、どうする？」

「立ち寄りそうな場所を探して歩くしかないな」

「例えば……？」

「太田のところや、ハタノ・エージェンシー……」

「まずは、太田のアパートのあたりに行ってみるか。例の黒塗りのセダンが駐まっているかもしれない」

車に乗り、太田のアパートの近くに再びやってきた。だが、黒滝が乗っていた黒い車は見当たらない。

「このあたりを一回りしたら、ハタノ・エージェンシーに行ってみよう」

諸橋は、アパート周辺の細い路地をゆっくりと進んだ。結局、黒滝たちの車は見つからなかった。

後部座席の笹本が苛立《いらだ》たしげに言う。

「これはあまりに効率が悪いんじゃないのか?」

諸橋はこたえた。

「いい方法があったら教えてくれ」

「捜査本部で情報を集めるとか……」

「板橋課長が言ったとおり、マルB対策は俺たちの仕事だ。捜査本部の連中には他にやることがたくさんあるんだ。彼らに余計なことをやらせるわけにはいかない」

「今回あんたと組んでみて、いろいろと驚かされることがある」

「ほう、そうかい」

「意外と他の捜査員のことを気にしていることがわかった」

「当然だろう。今までの見方が偏《かたよ》っていたんだよ」

当然、笹本が反論してくるものと思った。だが、諸橋の予想に反して、笹本は無言だった。

ルームミラーで様子を見ると、彼は窓の外を眺めながら、何事か考えているようだった。

しばらくして笹本が言った。

「たしかに、偏見はあったかもしれない」

「なんだ。あんたにそんなことを言われると拍子抜けだな」

「だが、偏見を生む理由もあったはずだ」

諸橋は笑みを浮かべた。

やはり、笹本はこうでなくちゃな。

そのとき、携帯電話が振動した。諸橋はポケットから取りだし、助手席の城島に渡した。

城島が着信の表示を見て言う。

「浜崎からだ」

「出てくれ」

城島が電話に出た。

「城島だ。今、係長は運転中だ」

城島はしばらく浜崎の言葉に耳を傾けている様子だった。その城島が諸橋のほうを見て言った。

「倉持から連絡があり、市木の事務所のそばに例の黒いセダンが駐まっているそうだ」

諸橋は尋ねた。

「黒滝の車か」

「倉持はそうだと言っているらしい」

「すぐに向かうから、誰も触るなと言っておけ」

城島はそれを浜崎に伝えて電話を切った。差し出された携帯電話を受け取ってポケットに入れると、諸橋は車を尾上町に向けた。

通りに駐車している黒い車が見えてきた。倉持が言っていたとおり、黒滝たちの車に間違いない。

諸橋は、かなり手前で駐車して、城島に言った。

「車の中の様子が見えるか？」

「スモークが貼ってあるな。中が見えない」

諸橋は倉持に電話した。

「諸橋だ。黒滝がどこにいるかわかるか？」

「あ、係長。黒滝は今しがた市木の事務所に向かったようです」

「誰も触るな」と言ったことが裏目に出たかもしれない。黒滝が市木に危害を加える恐れがある。

「すぐ事務所に向かえ。俺たちも行く」

「わかりました」

諸橋は電話を切ると、城島と笹本に言った。

「黒滝が市木の事務所に向かった」

城島は何も言わずに助手席を下りて市木の事務所に向かって駆け出した。緊急性を理解しているのだ。

諸橋と笹本も駆け出した。倉持と八雲がビルに入っていくのが見えた。

29

事務所の中では、女性従業員が、顔色を失い立ち尽くしていた。

市木は部屋の一番奥におり、彼も立っていた。

そのすぐそばに、黒滝と手下の若い男が一人立っている。もう一人は車にいるのだろう。

市木は女性従業員同様に、真っ青な顔をしている。恐怖におののいている様子だ。

マルBに脅《おど》されると、たいていこのような表情になる。諸橋はこれまで嫌というほどこのような顔を見てきた。

一般市民がこういう表情をするのを見るたびに、暴力団員は絶対に許せないと思う。

そして、その黒滝の後ろに倉持と八雲がいた。

諸橋が入っていくと、入り口に背を向けていた黒滝がゆっくりと振り向いた。

倉持と八雲も振り向いた。倉持は、ほっとした表情を見せた。術科《じゅつか》の腕は誰よりも上なのに、彼はいつも気弱そうに見える。

黒滝が言った。

「なんや、あんたか」

諸橋は言った。

「ここで何をしている」

「市木先生と話をしているだけやないか。なんか問題でもあるんか？」

「どういう話をしているのか、知る必要があるな」

「そんなん、あんたの知ったこっちゃないやろ」

「もし、害悪の告知があるとしたら、暴対法違反であんたを引っぱらなきゃならない」

「害悪の告知なんぞしとるかい。市木先生と大切な話があるんや。帰ってくれ」

「そうはいかない。こちらも市木先生に話があるんだ」

「そういうのは、先着順やろう。こっちが先客や。出直すんやな」

諸橋は、黒滝を無視して市木に尋ねた。

「彼は、脅すようなことを言いませんでしたか？」

市木は、怯《おび》えた表情のままこたえた。

「いっしょに来てくれと言われました。仕事があるから、すぐには行けないと言ったんですが、強引に、いいからいっしょに来いと……」

「そりゃあまずいな」

城島が黒滝の顔を見て言った。「あんたのような人が、そういうことを強要したとなると、れっきとした脅迫《きょうはく》になる」

「なんでや」

黒滝がうなるように言う。「ただ、いっしょに来てくれと言うただけやないか。それがどうして脅迫になるんや？」

「連れて行って何をするかによるね」

「話をするだけや。何の問題があるんや」

城島が市木に尋ねた。

「この人とどこかに行くことに同意しますか？」

市木はかぶりを振った。

「したくないですね」

城島が黒滝に眼を戻して言った。

「意に反して連れ去ったとなれば、誘拐罪になるよ。どこかに閉じ込めたら、逮捕・監禁の罪になるしね」

諸橋は言った。

「おまえの思い通りにはさせない」

「なんやと、こらあ」

黒滝が凄《すご》んだが、諸橋はかまわずに続けた。

「つまり、おまえは泉田の指示には従えないということだ」

黒滝がふんと鼻を鳴らして眼を背《そむ》けた。

「何の話じゃ」

「市木先生には手出しさせないということだ。今後いろいろと大切な証言をしてもらわなきゃならないだろうからな」

「証言？　何のこっちゃ」

「太田がやっていることについて、いろいろと話してもらう必要があるんでな」

黒滝は余裕を見せようとしている。だが、追い詰められているのは確かだった。

おそらく彼は、どうしていいかわからず、ひどく苛立っているはずだ。

もう少しでキレる。諸橋はそう考えた。

城島が言った。

「そういうわけで、あんたはここから出ていくしかないんだ。尻尾を巻いてな」

「そうはいくかい」

黒滝が吼《ほ》えた。「ガキの使いやないんや。警察《ヒネ》に帰れ言われてのこのこ帰れるかい」

「いや、あんた、ただのガキの使いだよ。泉田の使いだろう？」

挑発しているのだ。さすがは城島だ。呼吸を心得ている。挑発に乗らないヤクザはいない。

挑発と知っていても、舐《な》められるわけにはいかないのだ。

黒滝の眼がすわってきた。

「そのへんにしとけや。ヒネが相手やいうても、こっちは平気や。手加減なんぞせえへん」

城島がへらへらと笑ってみせる。

「へえ。手え出すんかい」

エセ関西弁だ。これをやられると関西の人間はたいてい腹を立てる。

黒滝の眼が危険な光り方をしてきた。完全に怒りに火がついたようだ。

「リターンマッチや言うたのを覚えとるか?」

「結果は前回と同じだよ」

事務所内は、一触即発の雰囲気だった。

「あのお……」

緊張した雰囲気にはまったくそぐわない間の抜けた声で、倉持が言った。「なんか、危ない雰囲気なんですが、自分が制圧していいですか?」

市木と女性従業員が驚いた顔で倉持を見た。頼りなげに見える倉持が何を言うのか、と思ったのだろう。

黒滝はさらに舐められたと感じたようだ。

「死にたいらしいな」

倉持を睨みつける。「先にてめえを片づけたるわ」

市木が慌てて言った。

「事務所の中がめちゃくちゃになります。せめて廊下に出てください」

黒滝がかまわずに、倉持に殴りかかった。倉持は、まったく慌てた様子もなく、すっと入《い》り身《み》になる。

日常の動きのままだ。どこにも力みが見られない。次の瞬間、黒滝の体が宙に舞っていた。

円を描いた黒滝は、わずかな床の空間に投げ出されていた。倉持は、事務所の中をできるだけ荒らさないように、机や本棚、応接セットの隙間を縫って床に黒滝を投げたのだ。

よほど余裕がなければ、こうしたコントロールはできない。

床にしたたか腰と肩を打ちつけた黒滝は、その場でもがいている。

黒滝の手下が、どうしていいかわからない様子で立ち尽くしている。

人間は投げられたくらいでは戦意を失ったりはしない。逆に火に油、という状態になるものだ。

立ち上がった黒滝は、さらに危険な雰囲気を発散している。

市木が絶望的な表情でもう一度言った。

「やるなら、部屋の外でお願いします」

倉持が諸橋の顔を見た。指示を仰《あお》いでいるのだ。諸橋は黒滝に言った。

「狭い部屋の中より、廊下のほうが存分に戦えるんじゃないのか？」

その言葉を合図に、まず城島が部屋を出た。それに笹本が続く。

諸橋が部屋から出ると、すぐに倉持も出てきた。八雲は市木や女性従業員とともに部屋に残ったままだった。

黒滝とその手下が廊下に出て来た。

多勢に無勢。しかも警察官が相手だというのに、黒滝はまったく意に介さない様子だ。

たまにこういうぶち切れたマルBがいる。諸橋の経験から言うと、関西に多いように思える。まあ、それは関東生まれのひいき目かもしれない。

こういう連中は後先のことを考えない。それだけの知恵があれば、もっとましな人生を送っているはずだ。

黒滝は、真っ直ぐに諸橋のほうを見ていた。

「リターンマッチや言うたやろ」

「いいだろう」

諸橋は言った。「みんな、しばらく目をつむっていてくれ」

城島が下がった。それを見て、倉持も下がる。笹本は何も言わない。

別に黒滝の相手をしてやることはない。脅迫に公務執行妨害。すでに現行犯逮捕するには充分だ。

だが、諸橋はやることにした。黒滝には多少同情している面もある。

突然関西から送り込まれ、訳もわからず泉田の指示に従うしかなかったのだ。そして、太田のお守りをしている。

内心、やってられないと思っているに違いない。黒滝にもガス抜きが必要だろう。

最初に会ったときと同様、黒滝はリラックスしきって見える。それが曲者であることはすでにわかっている。

前回の攻撃パターンは残像となって脳裏に残っている。まずは膝《ひざ》を狙っての蹴《け》りだった。

大振りのパンチは一つもなかった。すべて最短距離で飛んでくる。空手をやっているはずだと、諸橋は思っていた。

相手がどんな格闘技をやっていようが、どんな攻撃をしてこようが、諸橋がやることは実にシンプルだ。

顔面にカウンターのパンチを叩き込むだけだ。相手が攻撃してくる瞬間を狙う。

余計なことをする必要はない。顔面へのカウンター。それだけで充分だ。

黒滝の攻撃は、ほとんど予備動作がない。それでも、攻撃の瞬間はわかる。

カウンターを狙うときは、絶対にさがってはいけない。少しずつでも相手に詰め寄っていかなければならない。

相手の攻撃を見てしまっては遅れる。先制攻撃をするくらいのつもりで、きっかけを待つのだ。

諸橋は、ミリ単位で前に出ていた。それがプレッシャーになるはずだ。

案の定、プレッシャーを嫌がった黒滝が仕掛けてきた。右の鋭い突きだ。

諸橋はそれを感じ取った瞬間に、自分も右を出していた。手ごたえを感じた瞬間、目の前がまばゆく光った。

次の瞬間、腰がふわりと浮き、視界に無数の星が舞う。

相撃ちだった。

諸橋は膝が崩れそうになるのを、必死でこらえた。ふらふらしながらも、両方の前腕を、掲《かか》げて顔面を守っていた。

だが、黒滝の次の攻撃はやってこなかった。見ると、黒滝も足がもつれている様子だ。諸橋のパンチがいいところに決まったようだ。脳が揺れて足元がおぼつかないのだ。

今がチャンスであることはわかっているのだが、ダメージのせいで足を踏み出すことができない。

顔面パンチで相手の動きを止めたら、あばらを狙って相手の呼吸を止める。やることはわかっているのだが、体が言うことをきかない。

それは黒滝も同様のようだ。向こうにもかけひきの余裕はなさそうだ。だとしたら、顔面を狙ってくる。

諸橋は方針を変えない。徹底したカウンター狙いだ。今度は顔面ではなく、あばらだ。

ゆらりと黒滝の体が揺れた。次の瞬間に風がやってきた。

風だと思ったのは鋭い右の拳だった。諸橋は、最小限の動きでそれをかわす。側頭部を拳がかすめていく。

右の拳を相手のあばらの「三枚」と呼ばれる急所に叩き込む。したたかな手ごたえだ。

がはっという奇妙な声が聞こえた。息ができなくなった黒滝が発した声だった。

次の瞬間、黒滝は崩れ落ちた。床で胎児《たいじ》のように体を丸める。顔色が黒っぽくなってくる。

それを黒滝の手下がおろおろしながら見下ろしている。最初に会ったときにローキックを繰り出したほうだ。

城島がそいつに言った。

「活《かつ》を入れてやらないとまずいよ。このまま死んじまうこともある」

「活を入れるったって……」

手下はどうしていいのかわからないのだ。

「しょうがないな……」

城島は黒滝の上半身を起こし、背中に膝を押し当てて、柔道式に活を入れた。

息を吹き返した黒滝は、ぼんやりと宙を眺めている。

諸橋は倉持に言った。

「手錠をかけろ。公務執行妨害、脅迫、傷害の現行犯だ」

「傷害だって?」

笹本があきれたように言った。「喧嘩《けんか》両成敗だろう」

諸橋は言った。

「俺が怪我をしたのは事実だよ」

すでに頰《ほお》が腫《は》れてきて視界が狭《せば》まっていた。明日になれば、立派な青たんになっているだろう。顔面のどこを殴られても眼の周りに血が集まって痣《あざ》になる。

倉持が手際よく黒滝に手錠をかける。もう一人の手下には城島が手錠をかけた。

諸橋は笹本に言った。

「車の中にもう一人いるはずだから、俺といっしょに行って身柄確保だ」

笹本は無言でうなずいた。

諸橋はさらに倉持に命じた。

「三人の身柄を運ぶから、応援を呼べ」

「はい」

「それから、浜崎に電話しろ。この分だと、昭島弁護士のほうでも何か起きているかもしれない」

「わかりました」

どんなに暴れていたやつでも、手錠をかけられると、とたんにおとなしくなるからおもしろいものだ。

そう思いながら、諸橋は黒滝たちを見ていた。

事務所の戸口から、市木が恐る恐る様子を見ている。諸橋は彼に言った。

「あなたにも、同行していただきます」

「え……？」

「彼らが逮捕された経緯を詳しく話していただかなければなりません」

「はあ……」

「今後もこういうことがないように、保護措置《そち》を考える必要もあるでしょう」

それを聞いた市木が言った。

「はい、同行します」

30

笹本といっしょに市木の事務所を出て、路上に駐車している黒塗りのセダンに近づいた。

運転席の男が不審げな視線を向けてくる。

諸橋が助手席の窓をノックすると、面倒臭げに彼はスイッチを操作して窓を半分だけ開けた。

「何か用？」

彼は諸橋の顔を覚えている様子だった。

「黒滝を、脅迫、公務執行妨害、傷害その他の罪で現行犯逮捕した。おまえにも来てもらう」

運転席の若者はしかめ面《つら》になった。おそらく、諸橋たちが駆けつける様子を見ており、だいたいの事情を察していたはずだ。

本当は逃げ出したいに違いないが、逃げるわけにはいかない。

諸橋は言った。

「下りてもらおうか」

「車はどないするんや？」

「キーをもらおう。こちらで運んでおく」

すでに抵抗する気はなくした様子だったが、油断はできない。諸橋は、笹本に手錠をかけさせ、自分は男が逃走を図ったときのために備えていることにした。

笹本が手錠を出してかけようとした。案の定、若者は笹本を突き飛ばし、逃走しようとした。

だが、警戒していたのは諸橋だけではなかった。突き飛ばされながら、笹本は相手の袖《そで》をつかんでいた。

男は振り払おうとしたが、笹本は放さなかった。袖を引き込み身を寄せると、相手を投げた。

そして、相手を地面に押さえつけると、改めて後ろ手に手錠をかけた。

ちょうどそこに応援のパトカーがやってきたので、男を引き渡した。

諸橋は笹本に言った。

「見事な袖釣込腰《そでつりこみごし》だったな」

「柔道は得意なんだよ」

「キャリアなのに？」

「警察官だからな」

城島が市木とともに、事務所がある建物から出て来て言った。

「捜査本部に行くんだろう?」

「ああ」

「早く済ませて、夕飯に行こう」

時計を見ると、すでに午後八時半になろうとしていた。城島の要求はもっともだ。

「そうしよう」

諸橋たちは車に向かった。


捜査本部は、今まで諸橋たちが感じたことのなかった活気に満ちていた。

山里管理官が、次々と伝令を飛ばしている。すでに午後九時近いというのに、板橋・永田の二人の課長の姿もあった。

諸橋たちの姿を見ると、板橋課長が声をかけてきた。

「黒滝の身柄を取ったんだな?」

諸橋たちが幹部席に近づくと、山里管理官もやってきた。

諸橋は板橋課長の問いにこたえた。

「はい。脅迫、公務執行妨害、傷害の現行犯です」

「その顔が証拠だな？」

殴られた頰が腫れている。

「そうです」

「写真を撮っておけ」

言われて城島が携帯電話を取り出し、すぐに写真を撮った。

永田課長が諸橋に尋ねた。

「黒滝たちは、市木司法書士を消すつもりだったのかしら……」

諸橋はうなずいた。

「おそらくそうでしょう。拉致《らち》して殺害し、どこかに遺棄《いき》するように命令されていたはずです」

「命令したのは泉田ね？」

「そういうことでしょう。それを吐かせます」

板橋課長が諸橋に言った。

「やってくれ。黒滝の取り調べは任せる」

城島が言った。

「市木司法書士が任意で同行していますが……」

永田課長が言う。

「彼の事情聴取は、二課がやるわ。詐欺絡みですからね」

諸橋は言った。

「身の安全を保障してやる必要があります」

板橋課長が言った。

「心得ている」

山里管理官が言った。

「黒滝は取調室に入れておく。手下の二人はどうする？」

諸橋はこたえた。

「黒滝に手こずるようなら、あいつらから話を聞きます。とりあえずは留置場に入れておいてください」

「わかった」

諸橋たちは、課長たちに礼をしてからその場を離れた。

城島がそっと言った。

「飯はお預けかな……」

それを聞いた山里管理官が言った。

「仕出し弁当が残っているはずだ」

諸橋は城島に言った。

「弁当を食べる間、黒滝を待たせておけばいい」

城島は肩をすくめた。

「この際、贅沢《ぜいたく》は言えないな」

諸橋・城島・笹本の三人は管理官席で弁当を食べた。

警察官は、皆早飯だと言われる。たしかにそうだと、諸橋は思う。その点、キャリアもノンキャリアも関係ない。三人ともあっという間に弁当を平らげた。

おかげで、あまり黒滝を待たせることもなく、取り調べを始めることになった。

黒滝はひどく渋い顔をしている。諸橋と同じくらい顔面が腫れている。前回取り調べをしたときよりも、幾分小さくなったように感じた。態度のせいだろう。

二度も叩きのめされた黒滝は、突っ張る気力もなくなったようだ。喧嘩というのは、そういうものだ。一度だけの勝負だと、負けたときに悔しさが残り、意趣返《いしゅがえ》しをしようと思う。

だが、二度三度と負けると、相手に頭が上がらなくなるのだ。

だからやっつけるときは、情けは無用で、徹底的にやらなければならない。

そうは言っても、黒滝が急に素直になるわけではない。諸橋にはそれがわかっていた。

黒滝にもプライドがある。そして、面子《メンツ》で生きるのがヤクザだ。

いつものとおり、黒滝の正面に諸橋がいる。諸橋の隣に城島がいて、笹本が記録席だ。

城島が言った。

「さて、こうなった経緯について詳しく話してもらおうか」

黒滝は相変わらずの渋面《じゅうめん》だ。口を開かない。

城島が言う。

「まさか、黙秘なんてこと、しないよね。それって、全然得策じゃないと思うけどね」

黒滝はこたえない。

「俺があんたなら、洗いざらいしゃべるね。そうすることで、俺たちの心証がよくなって、罪状も軽くなるかもしれない」

城島の言うとおり、黒滝の証言で泉田を検挙できるようなことになれば、黒滝は無罪放免でもいいと思っている。

日本の警察は司法取引はしないと言われてきたが、このところ状況が変わった。司法取引を認めるという方針になったのだ。

黒滝の表情は変わらない。だが、心が動いていることは確かだ。

城島がさらに言う。

「俺さ、あんたの立場に、多少同情してるんだ」

黒滝の眼が動いた。何か質問したがっている様子だ。城島がどうして自分に同情するのか、その理由が知りたいと思っているのだろう。

城島の言葉が続く。

「だってそうだろう。いきなり関西から横浜に行けと言われて、訳がわからないまま泉田の言うとおりに動かなけりゃならなかった。俺ならへそを曲げるところだ」

黒滝が、ふんと鼻で笑う。城島の言うことなど相手にしていられないという態度だ。だが、それは演技に過ぎないだろう。もう少しで話しだす。諸橋はそう思った。

城島の言葉が続く。

「あんた、義理堅いから泉田に義理立てしてるんだろうけど、そんな必要あるのかなって思うよ。羽田野に義理立てするってんならわかるよ。羽田野なら、あんたんとこの親の茨谷やカシラの田子とは縁者だからな。だが、泉田は違う。ただの羽田野の子だ」

黒滝が、ちらちらと城島を見はじめた。城島の言葉に興味をひかれているのだ。

「泉田は勝手に羽田野の跡目を継ぐつもりでいるらしいけど、それって、本家のほうでは誰も認めていないよね」

案の定、黒滝が口を開いた。

「跡目継ぐのは、泉田社長代行しかおらんやろう」

「どうかね。俺たちは、何が何でも泉田を挙げる。泉田はムショ暮らしだ。そうなりゃ、跡目を継ぐことなんてできなくなる」

「じゃあ、ハタノ・エージェンシーはどうなる?」

「茨谷組の直轄《ちょっかつ》ってことでいいんじゃないのか?」

黒滝はしばらく考えてから言った。

「その手に乗るかい。俺は何にも知らん。司法書士のところに話をしに行ったら、あんたらがやってきて俺を挑発したんや。挑発に乗った俺があほやった言うことや」

「俺たちが訊きたいのは、だ。市木司法書士のところに、何の話をしに行ったか、なんだよ」

「別にそんなの、どうでもええやろ。公務執行妨害? 上等やないか。パクったらええ」

「だからさ。俺たちが捕まえたいのはあんたじゃなくて、泉田なんだよ。泉田に義理立てする必要はないってことは、今説明したとおりだ。それとも何か? 泉田の共犯者として捕まりたいか？」

「何の共犯や」

「不動産詐欺と殺人の教唆《きょうさ》だ」

黒滝がまた口をつぐんだ。考えているのだろう。

押すなら今だと思い、諸橋は言った。

「俺たちは、太田と話をした。あいつにプレッシャーをかけたわけだ。そうすると、当然泉田が動くと思った。そうしたら、あんたが市木の事務所に現れた……」

黒滝は、何も言わず諸橋を見ている。諸橋はさらに言う。

「それがどういうことか、こっちも素人《しろうと》じゃないんでよくわかるんだ。素直にしゃべってくれないと、こっちにも考えがある。あんたを、誘拐《ゆうかい》および殺人未遂ということにしてもいいんだ」

「証拠もないのに、そんなことできるかい」

「状況証拠で検事は納得するだろう。なにせ二人も死んでいるんだからな」

「二人死んでいる……？」

「太田が不動産詐欺に使っていた屋敷の住人だった劉将儀、そして、太田といっしょに不動産詐欺をやっていた井原淳次。その二人が死んでいる。泉田は井原淳次の死に関わっているはずだ」

「俺は何も知らん」

「そうだろうな」

城島が言う。「それはわかってるんだ。だから言ってるだろう。あんたに同情してるんだって。知ってることだけ話してくれればいいんだ」

黒滝はしばらく無言だった。ここは考えさせたほうがいい。そう思って、諸橋は彼が話しだすのを待つことにした。

城島も同じことを考えたらしく、何も言わない。阿吽《あうん》の呼吸だ。

やがて黒滝が言った。

「俺がしゃべらなければ、泉田社長代行も捕まることはないんと違うか?」

城島はきっぱりとかぶりを振った。

「時間の問題だ。あんたが何もしゃべらなくても、いずれ捕まる。そのときに、あんたがどういう立場にいるか。よく考えたほうがいい」

諸橋はあえて何も言わなかった。

黒滝が言った。

「俺が市木に会いに行ったのは、泉田社長代行に言われたからや」

城島が尋ねる。

「何と言われたんだ？」

「余計なことをしゃべられると困る、と……」

「それは、口封じをしろということか？」

「さあな……。俺は、あんたに言われたとおり、事実をこたえてるわけや。社長代行が俺に言ったのは、その一言や」

「それであんたは、市木に会ってどうするつもりだったの？」

「言ったやろ。話をするつもりやったと」

そんなはずはない。市木を連れ去り、どこかで殺害することを考えていたはずだ。だが、それを実行に移したわけではない。黒滝が言うとおり、話をするつもりだったということにしてやってもいい。

諸橋はそう思って言った。

「この先は微妙なところなんだが……。あんたが、泉田から市木に会いに行けと言われ、さらに、余計なことをしゃべられると困ると言われたとき、自分はどうすべきだと思ったんだ？　それによって、あんたの立場は変わる」

「わかりにくい話やな……」

「簡単なことだ。取引に応じるかどうかという話だ」

黒滝は一つ溜《た》め息《いき》をついた。どうするか心を決めたのだろう。彼は言った。

「殺せ、言うことやと思った」

諸橋はうなずいて、城島を見た。

城島が黒滝に言った。

「しばらく留置場にいてもらう。泉田と接触してほしくないんでな」

「俺は逮捕されたんやろう。四十八時間以内に送検せなあかんはずや」

「四十八時間以内になんとかするよ」

城島がそう言うと、諸橋は立ち上がり、取調室を出た。

すぐに城島と笹本も出てきた。

城島が言った。

「これで泉田を引っ張れるんじゃない？」

諸橋は慎重だった。

「どうかな……。からくりは、はっきりしてきたが、決定的な証拠がない」

笹本が諸橋に同意する。

「泉田は黒滝にはっきり『殺せ』と言ったわけじゃない。教唆が成立するかどうか微妙なところだ」

　城島が言った。

「昭島弁護士のほうはどうなっただろうな」

「そちらでも同じようなことがあれば、合わせ技一本でなんとかいけるかもしれない」

　笹本があきれたように言った。

「判事は合わせ技なんて認めないぞ」

　諸橋は言った。

「要は説得力の問題だ。山里管理官に訊いてみよう」

31

午後十時を回った頃、捜査本部に戻り、諸橋は山里管理官に黒滝の取り調べの結果を報告した。

話を聞き終えた山里管理官が言った。

「落ちたと言っていいだろうな」

「証言の録取書《ろくしゅしょ》に拇印《ぼいん》をもらっておきます」

「いいだろう。課長たちに知らせてこよう」

午後十時を過ぎたというのに、どちらの課長も帰ろうとしなかった。捜査が大詰めだということだ。

諸橋は山里管理官に尋ねた。

「昭島弁護士のほうから何か連絡はありましたか？」

「まだだ」

「市木司法書士を消そうとしたのですから、必ず昭島弁護士のほうにも手を打つはずです」

「捜査員が張り付いている。あんたの部下もいっしょなんだろう？」

「ええ、そのはずです」

「だったら、あせらずに知らせを待つんだな」

「時間差はそれほどないはずなんです」

「時間差……？」

「ええ。市木司法書士と昭島弁護士を片づけようとする時間差です。余計なことをしゃべらないうちに始末しなければならないと、泉田は考えるはずです。ですから、できるだけ早く片づけようとするでしょう」

山里管理官がうなずいた。

「それはわかっている。だからといって、こちらから昭島弁護士を襲撃してくださいと言うわけにもいかない」

「それはそうですが……」

「知らせを待つしかない。あんたは黒滝の身柄を取って、かなりのところまで事情を聞き出した。やるだけのことはやったんだ。今のうちに休んだらどうだ」

今日も長い一日だった。そして、まだ終わりそうにない。

くたくたに疲れているはずだった。だが、諸橋は休む気にはなれなかった。

管理官席にいる城島や笹本も諸橋と同様の様子だ。ここで休みたいなどと言うようなら警察官ではない。

幹部席に行き、黒滝の取り調べについて課長たちに報告していた山里管理官が、諸橋のほうを向いて、手招きをした。

諸橋は城島に言った。

「何だろう。行ってみよう」

諸橋と城島に、笹本も続いた。

幹部席にやってきた諸橋に向かって、永田課長が言った。

「市木司法書士の証言をもとに、太田が手がけている不動産詐欺を立件できそうよ」

諸橋は言った。

「野毛町三丁目の物件ですね?」

「詐欺で逮捕状が取れる」

永田課長のその言葉を受けて、板橋課長が言った。

「こちらも手をこまねいているわけじゃない。井原淳次が被害にあう前に、最後に電話した相手が太田だということがわかっている。さらに、遺体の着衣などから二種類のＤＮＡが検出されていて、そのうちの一つは被害者である井原淳次のものだ。もう一つは不明なんだが、太田のDNAと一致すれば、殺人で逮捕も可能だと思う」

「わかりました」

諸橋は言った。「太田を詐欺で逮捕しましょう」

板橋課長が言った。

「太田は二十四時間態勢で監視している。すぐに詐欺の逮捕状を請求するから、明日の日の出とともにウチコミだ」

ウチコミとは身柄確保を前提とした家宅捜索だ。通常、家宅捜索は日の出から日の入りの間までしか認められていないので、夜明けを待つことになる。

諸橋は尋ねた。

「自分らも、ウチコミに参加するんですね？」

板橋課長が諸橋に言った。

「逮捕状はあんたに預ける。現場で指揮《しき》を執《と》ってくれ」

諸橋は驚いた。

「自分が、ですか？」

板橋課長が挑むような眼を向けて言った。

「やってくれるな？」

諸橋はこたえた。

「もちろんです」

管理官席に戻ると、山里管理官が言った。

「夜明けに逮捕状ならびに捜索許可証を執行する。何度も同じことを言うようだが、今のうちに休んでおいたほうがいい」

城島が言った。

「俺はそうさせてもらうよ。捕り物でドジを踏みたくないからな」

諸橋はうなずいた。

「じゃあ、お言葉に甘えて、俺も休ませてもらいます」

そう言いながら、いったい山里管理官はいつ休んでいるのだろうと思った。

捜査本部ができると、一番たいへんなのは管理官だろう。捜査本部に常駐して情報の交通整理をし、なおかつ幹部の要求にこたえなければならない。

「一つ気になることがあるんだが……」

笹本が言った。諸橋は尋ねた。

「何だ？」

「詐欺の逮捕状なんだから、請求するのは二課だな?」

「そういうことだろう」

「それを所轄のあんたや捜査本部の一課の者が執行していいんだろうか」

諸橋は思わず、山里管理官の顔を見ていた。

山里管理官が言った。

「じゃあ、ウチコミに二課の者を参加させればいい。それは課長たちと相談しておく」

笹本が言った。

「細かいことだと思うでしょうが、裁判になったらこういう穴を突かれますので……」

山里管理官が言う。

「わかっている。大切なことだ。じゃあ、三人は休んでくれ」

諸橋は、柔道場に敷かれた蒲団《ふとん》にもぐり込むことにした。城島と笹本も同様だ。

帰ろうと思えば、帰れないことはない。夜明け前に捜査本部に集合すればいいだけのことだ。

それはわかっているのだが、ついこうして道場で寝泊まりしてしまう。古いタイプの刑事なのだ。

最近は、捜査本部でも帰宅する者が多いのだそうだ。上のほうも、それを推奨している。

働き方改革だかなんだか知らないが、日本がだんだんだめな国になっていく気がする。根性論は最近否定されているが、根性のないやつに何かを成し遂げることなどできないのだ。

働きたいやつはとことん働けばいい。単純労働や肉体労働を長時間強制することは規制しなければならない。だが、それ以外のことは、政府が口出しすることではないはずだ。

まあ、これも古い人間の言うことなのだろう。

ツッパっていてもやはりもう若くはないらしい。諸橋は、蒲団に入るとくたくたに疲れているのを意識した。そして、たちまち眠りに落ちた。

たっぷりと眠り、午前四時頃捜査本部に顔を出した。すでに笹本が起きていた。

諸橋を見ると、山里管理官が言った。

「令状の執行の件だが、二課の捜査員が二名、合流することになった。彼らがいれば、あんたが執行していい。二課の連中はいなくてもかまわないようだが、念のためだ」

諸橋はうなずいた。

「太田は詐欺事件の被疑者ですから、二課が合流するのは当然のことですね」

城島が寝起きの顔でやってきた。

「さて、顔を洗って出かけるかね」

山里管理官が言った。

「ユーダブ（無線）を持っていってくれ。チャンネルは張り込みの連中と同じ署活系だ」

「了解です」

諸橋、城島、笹本の三人は捜査本部を出発した。

太田のアパート近くに車を停めると、すぐに張り込みをしていた捜査員二名が近寄ってきた。

諸橋たち三人は車を下りた。

「ウチコミですね？」

張り込み捜査員の一人が言った。諸橋はうなずいた。

「夜明けとともにアパートを訪ねる」

そこに見慣れない二人組がやってきた。諸橋は彼らに尋ねた。

「二課ですか？」

彼らはうなずいた。

「では、二課の二人はいっしょに来てください。あとの者は、逃走にそなえて周囲を固めてください」

城島が笹本に言った。

「じゃあ、行こうか」

四人がアパートを取り囲むような位置に着いた。

諸橋と二課の二人は、太田の部屋のドアの前に立った。夜明けを待つ。

二課の一人が、押し殺した声で言った。

「日の出の時刻です」

事前に調べてきたらしい。二課らしい気配りだと、諸橋は思った。ビルに囲まれていると、日の出がいつなのかわからない。

諸橋はドアを叩いた。

「太田さん。開けてください」

返事はない。諸橋は、再度ドアを叩く。反応がないので、叩きつづけた。

隣の部屋のドアが開いた。腹を立てた様子の中年男性が顔を出したが、諸橋たちのたたずまいに、ただごとではないのを悟った様子で、すぐに引っ込んだ。

諸橋はさらにドアを叩く。

「太田さん、警察です。開けてください」

ドアが開いて、寝ぼけ眼《まなこ》の太田が顔を出した。

「なあに？　どうしたんすか？」

寝起きの顔だが、おそらく演技だろうと、諸橋は思った。目を覚ましてからしばらく、どうやったら逃げられるかを考えていたに違いない。

そして、どうやっても逃げることはできないと悟り、ドアを開けたのだ。

諸橋は、逮捕状及び捜索許可証を示した。

「六時二十三分。詐欺容疑で逮捕だ」

太田はまったく抵抗しなかったので、諸橋は肩すかしを食らったような気分だった。

いろいろな修羅場をくぐっているのだろう。検挙されたこともあるのかもしれない。

こういうときに抵抗しても無駄だということを知っているに違いない。

「え？　逮捕……？　どういうことっすか？」

「詳しい話は取調室で聞かせてもらう」

「いや、ちょっと待ってください」

「こういうときは待ったなしなのを知っているだろう」

「俺、ジャージっすよ。着替えさせてくださいよ」

「ジャージのほうがいいと思う。どうせベルトなんかも取り上げられるんだ」

「勘弁してください。寝間着代わりだから、このままだと寒いんですよ」

「いいだろう。だが、着替えをしている間も見張らせてもらうぞ」

諸橋はその言葉どおり、部屋に入り、太田が着替えるのを監視していた。ここで目を離して逃げられでもしたら目も当てられない。

太田は厚手のスポーツウェアに着替えた。諸橋にはジャージとそれほど違わないように思えたが、太田にはこだわりがあるのだろう。

着替えが済むと、諸橋は太田に手錠をかけた。そのまま覆面車《ふくめんしゃ》に乗せる。

アパートの周辺を固めていた四人が車のところに戻って来た。笹本と城島が、後部座席で太田を挟むように座った。

諸橋は、二課の二人と、張り込みをしていた二人に言った。

「ごくろうだった。捜査本部で合流しよう」

二課の捜査員が言った。

「詐欺についての取り調べは我々がやるべきだな」

城島が彼らに言った。

「俺たちには無理ってこと？」

「お互いに、やるべきことがある。それだけのことだ」

諸橋は車を出した。

太田の身柄を確保したことを、捜査本部に戻って告げた。

板橋課長が言った。

「太田は今どこだ？」

諸橋はこたえた。

「取調室です」

「じゃあすぐに、取り調べを始めてくれ」

「まず、不動産詐欺についてですね？　二課で取り調べをやると、捜査員が言ってましたが……」

永田課長が言った。

「そうね。まず不動産詐欺で立件するのが先決ね。その後、余罪の追及ということになるわね」

板橋課長が永田課長に尋ねた。

「早く泉田を追い詰めたいんだ。あまり長くは待てない」

「だいじょうぶ。そんなに時間はかからないはずよ」

永田課長が言ったとおり、太田は一時間もかからないうちに、不動産詐欺を認めた。

その知らせを受けて、板橋課長が言った。

「よし、バトンタッチだ。諸橋係長、行ってくれ」

「自分が取り調べをするんですね？」

「マル暴の腕を見せてもらおう」

「わかりました」

諸橋は、城島、笹本とともに取調室に向かった。

太田は、諸橋を見ると、うんざりしたような表情で言った。

「不動産詐欺については認めましたよ。まだ何かあるんすか？」

いつものとおり、諸橋が被疑者の正面、城島が諸橋の左横、そして、笹本が記録席だ。

諸橋は言った。

「二件の殺人について、話を聞きたい」

太田は驚いた顔をしてみせた。

「でも、自分は詐欺容疑で逮捕されたんですよね？　逮捕状にもそう書いてありましたけど……」

城島が言う。

「いわゆる、余罪の追及ってやつだよ」

太田が諸橋と城島を交互に見て言った。

「殺人って、どういうことっすか?」

諸橋は言った。

「劉将儀と井原淳次殺害の件だ。何か知っているだろう」

「いやあ、自分は何も……」

「知らないとは言わせない。これからじっくり話を聞かせてもらう」

諸橋が太田を見据えると、太田はまっすぐに見返してきた。

32

「弁護士、呼んでもらっていいすかね?」

太田が言った。それにこたえたのは、城島だった。

「弁護士と言えば、昭島弁護士は知り合いだったね? 彼を呼ぼうとしても無駄だよ」

「なんでっすか?」

諸橋は言った。

「知ってて、しらばっくれているのか?」

太田が顔をしかめた。

「何のことっすか。自分、昭島弁護士のことなんか、知らねえっすよ」

「昭島弁護士のことじゃない」

諸橋は太田を見据えた。「昨日、黒滝が市木司法書士を訪ねた」

「それで……?」

「黒滝を逮捕した」

「逮捕……?」

「そうだ。市木を口封じのために消そうとしたんだ」

太田は鼻で笑おうとした。

「まさか……」

「俺は取調室で、嘘や冗談を言わない」

太田の顔から薄ら笑いが消えた。

「そんなの、警察の勝手な思い込みでしょう」

「黒滝は大筋で認めた」

これは便利な言い方だ。もともとはマスコミが使いはじめた言葉だが、今では警察も記者発表のときなどに使わせてもらっている。

「フカシでしょう。その手には乗りませんよ」

「フカシかどうか、おまえは知っているはずだ」

諸橋が言うと、太田は沈黙した。これ以上しゃべるとまずいと思ったのだろう。

だが実は、しゃべらないほうが立場がまずくなるのだ。それをわからせなければならない。

城島が言った。

「昭島弁護士にも捜査員が張り付いていてね。何か動きがあれば、すぐに知らせが来るはずだ」

　諸橋は言った。

「何が起きているのか、わかっているだろう？」

　太田は何も言わない。視線をそらして、そっぽを向いている。

　こいつが事情を知らないはずがないと、諸橋は思った。太田から泉田に知らせが行ったのだ。でなければ、黒滝が動くはずがない。

　こちらからそれを言うと誘導尋問になると、諸橋は思った。だから、太田の言葉を待つしかない。

　城島が言った。

「警察をなめちゃいけないよ。捜査本部で俺たちが遊んでいるわけじゃないんだ。ちゃんと仕事をしているんだよ。例えばさ、井原淳次が殺害される前に、最後に電話で話をしたのはあんただってことも知っている」

　太田の表情は変わらない。彼は追い詰められてきているはずなのに、それをまったく態度に出さない。

　小者の振りをしていただけなのかもしれない、と諸橋は思った。パシリどころか、けっこう場数を踏んだしたたかなやつだということがわかってきた。

「泉田がおまえを雇った理由がようやく納得できたよ」

諸橋は言った。「おまえは、見かけとは裏腹でけっこう腹が据わったやつだ。年の割には経験も踏んでいる。泉田は、おまえを消すよりも、利用して稼がせたほうが得策だと考えたんだろうな」

太田は、さきほどから同じポーズだった。やはり、何も言おうとしない。

「詐欺事件を認めたということだな。かつて、井原淳次と組んで詐欺を働いたのだろう。年齢は井原のほうがずっと上だから、あっちがメインでおまえがサブだと思っていたが、実はそうじゃなかったようだな。おまえが絵を描いたんだろう。おまえはそれくらいに頭の回る男だ」

犯罪者の中でも特に知能犯はプライドが高いので、ほめられるのに弱い。つい気を許すのだ。

諸橋はそれを狙っていた。

「その賢《かしこ》いおまえなら、泉田の考えていることがお見通しだろう。おまえは利用され、詐欺で稼いだ金を巻き上げられ、そして、殺人の罪をかぶって刑務所にぶちこまれるんだ」

太田が諸橋に眼を向けた。ただ話を聞いているのに耐えられなくなったのだろう。

彼は言った。

「弁護士を呼んでくれよ」

城島が言った。

「いいよ。ただし、国選弁護人をあまり当てにしないほうがいいよ。日本の弁護士はね、起訴されたらあとの量刑裁判のことしか考えない。だから減刑のことしか言わないよ。不起訴とか起訴猶予とか期待しないほうがいい」

この言葉は、ほぼ正しいと諸橋は思った。起訴されると有罪率は九十九・九パーセントに及ぶと言われている。

つまり事実上裁判は、有罪か無罪かを決めるのではなく、量刑を決めるためのものでしかない。

太田が言った。

「弁護士を呼んでくれ」

聞く耳を持たないという意思表示だ。

そのとき、取調室のドアがノックされた。諸橋は太田から眼を離さなかった。笹本が立ち上がり、ドアを開けるのが気配でわかった。

その後、笹本がやってきて、小声で言った。

「ちょっと……」

諸橋は城島と顔を見合わせてから立ち上がった。笹本に続いて廊下に出た。城島もそれに続いた。

廊下に出ると、捜査一課の捜査員が待っていて言った。

「昭島弁護士が、自宅付近で襲撃されました」

城島が即座に尋ねた。

「襲撃犯は？」

「捜査員が張り込んでいたので、身柄確保しましたが、重傷です」

「重傷？」

諸橋は尋ねた。「襲撃犯がか？」

「昭島弁護士も重傷を負いました。拳銃で撃たれたのです。犯人が武装していたので、捜査員もやむなく発砲しました」

城島が言った。

「念のために訊いておくけど、発砲したのは、みなとみらい署の捜査員じゃないよね？」

「捜査一課の者です」

城島は笹本をちらりと見て言った。

「所轄としては重要なことなんでね……」

「それで、昭島弁護士の容態は？」

諸橋が尋ねると、捜査員はこたえた。

「銃弾が太腿《ふともも》を貫通しており、命に別状はないそうです。もう少しずれていたら動脈を損傷して危なかったようですが……」

「悪運が強いね」

城島が言う。「それで、襲撃犯のほうは？」

「銃弾が胸に当たり、手術をしています」

「身元は？」

「まだ不明です」

それを聞いて、笹本が言った。

「泉田が送ったヒットマンだろう」

城島が言った。

「泉田はばかじゃない。簡単につながりがわかるようなやつを使ったりしないさ。おそらく、襲撃犯と泉田の直接の関係はない」

笹本が苛立った様子で言う。

「じゃあ、どうするんだ？」

「拳銃の出所《でどころ》を洗うんだよ」

「拳銃……？」

「そんじょそこらのやつが拳銃なんぞ持っているはずがない。出所は羽田野組だろう。それをたどれば泉田に行き着く」

諸橋は、知らせに来た捜査員を見た。彼はうなずいた。

「すでに拳銃については洗いはじめていると思います」

諸橋は言った。

「何かわかったら、すぐに知らせてくれ」

「はい」

そう言うと捜査員は去って行った。

城島が言った。

「太田は思ったより骨のあるやつだね」

諸橋はうなずいた。

「俺もそう思った」

「そして、頭がいい」

「そこが攻めどころだろうな」

笹本が尋ねた。

「頭がいいというところが？」

「やつに考えさせるんだよ」

城島が言う。

「すでに今頃、いろいろと考えているだろうね」

「ああ。何の知らせがきたか不安になっているはずだ。伝令はいいタイミングだったな」

「そうだな」

三人は、取調室に戻った。

城島が言ったとおり、太田は幾分か不安気な眼差しを向けてきた。

諸橋は言った。

「昭島弁護士が襲撃された。銃で撃たれたんだ」

太田は表情を変えない。なかなかの自制心だと、諸橋は思った。

城島が言った。

「自宅付近での犯行だ。大胆な手口だよな。こんなことをするやつは限られている」

太田が言った。

「昭島弁護士のことなんて知らねえっすよ。俺の弁護をしてくれる弁護士を呼んでくれっていってるんす」

　諸橋は言った。

「市木司法書士は黒滝に拉致されそうになった。昭島弁護士は撃たれた。どうしてそんなことになったか、おまえにはわかるはずだ」

　続けて、城島が言う。

「おまえほど頭がいいやつなら、すべてお見通しだよね。なのに、残念だよな」

　諸橋がそれにこたえる。

「ああ、本当に残念だ」

　太田が諸橋と城島の二人を交互に見た。訝《いぶか》しげな表情で、彼は言った。

「何が残念なんすか」

「だってそうじゃないか」

　城島が言う。「このまま一人で罪を背負い込むなんて……」

　太田は眉をひそめて、諸橋を見た。諸橋は城島に言った。

「太田のことだ。そんなことは百も承知だよ。きっと、すべての罪をかぶって、羽田野組を救おうというのだろう。たいしたもんだ。男の中の男ってやつだな」

　太田は初めて困ったような表情を浮かべた。

「自分、羽田野組にゲソ付けてるわけじゃねえっすよ」

「そうか……」

城島が言う。「ハタノ・エージェンシーの社員だからといって、羽田野組の組員とは限らないよな。じゃあ何か？　ハタノ・エージェンシーの誰かに義理立てしているというわけか？　それも見上げた心がけだ」

太田はうんざりした表情になった。

「ちょっと……。冗談はやめてくださいよ」

「冗談なもんか」

城島が言った。「おまえ、すべての罪を一人でかぶるって言ってるんだろう？」

太田はふてくされたように横を向いた。おそらく困り果てているのだ。

諸橋は言った。

「そういうことなら、こちらも了解した。おまえを起訴できればそれでいいんだ。詐欺に加えて、劉将儀と井原淳次殺害の容疑で送検しよう」

城島が付け加えるように言う。

「おっと、それから市木司法書士と昭島弁護士を襲撃させた件もね。これだけそろえば、そうとう食らい込むことになるね。十年や二十年じゃ出てこられないだろうね」

「ふざけてないで、弁護士を呼んでくださいよ」

「いいとも」

諸橋は言った。「弁護士と量刑についてじっくり話し合うんだな。二、三年くらいは刑期を縮める方策を考えてもらえるかもしれない」

充分に追い詰めたところで、救いの手を差し伸べる。それが尋問のテクニックだ。

諸橋は、思い出したような振りをして言った。

「弁護士を呼ぶのもいいが、日本の警察も司法取引をするようになったのを知っているか？」

「ああ……」

城島が言った。「頭のいい太田のことだから、当然知っているだろう。だがな、太田は男気を見せて、全部自分がかぶると言ってるんだ。司法取引のことなんて、考えもしないはずだ」

太田は、顔をしかめて言った。

「何が聞きたいんすか？」

城島が大げさに両手を掲げて見せた。

「いいんだよ。俺たちに話さなくても。弁護士と話をすればいい。じゃあ、俺たちはこれで……」

城島が席を立つ。続いて、諸橋も立ち上がった。

笹本がきょとんとしているが、かまわず出入り口に向かった。ドアに手をかける直前に、太田が言った。

「待ってよ。ちょっと、司法取引について、詳しく聞かせてもらいたいっすね」

城島が振り向いて言った。

「あれ？　一人で罪をかぶるんじゃないの？」

太田はますます渋面になって言った。

「言いたいことはわかりましたよ。だから、もう一度質問してください」

諸橋は城島と顔を見合わせた。それから、元の席に戻った。城島も同様に腰を下ろした。

「市木司法書士と昭島弁護士の件だ。襲撃を命令したのは誰か、おまえは知っているな？　おまえがその男に連絡したから、二人は襲撃されたんだ」

「待ってください。質問にこたえる前に、司法取引の話を聞かないと……。証言することで、自分にどんなメリットがあるんすか？」

「おまえの罪状から、まず、市木司法書士と昭島弁護士襲撃の件を消してやる」

太田はかぶりを振った。

「それだけじゃ取引にならないっす。こっちは命懸けで証言するわけですから……」

「……つまり、こちらが何を質問したいかわかっているということだな」

　太田は肩をすくめた。

「どんな質問だってヤバいに決まってますよ」

「殺人の容疑についても、いろいろと考慮する余地はある。もし、おまえが脅されて止《や》むなく殺したんだとしたらな」

　諸橋は太田の表情を観察していた。こいつはしゃべる気でいる。そう思った。

33

「俺の身の安全は、保障してもらえるんすね？」

太田は真剣な顔で言った。

「ほう。身の安全ね……」

城島が言った。「それって、おまえが何か言うと、誰かがおまえに危害を加えるかもしれないってこと？」

「いずれにしろ、危険な領域の話っすよね」

城島が諸橋に言った。

「俺は別に危険な話をしているとは思わないけど、おまえ、どう思う？」

「俺はただ、取引の話をしているだけなんだけどな」

城島が太田に言った。

「いったい、何が危険だと言うんだ？」

太田はうんざりした顔になって言った。

「そういう腹の探り合いみたいなの、やめませんか？」

太田の言葉に城島がこたえる。

「医者や刑事は、腹を探るのが仕事なんだよ」

太田はいかにも狡猾《こうかつ》そうな顔で、諸橋と城島を見た。

「場合によっては、脅されて仕方なくやったってことにしてもらえるってことっすね？」

諸橋は尋ねた。

「何をやったんだ？」

「だから、そういうのやめましょうよ」

「誘導尋問にならないように、そちらから供述してくれないと困るんだよ」

「殺人の話っすよ」

太田は、まるで世間話をするような口調だったが、これは決定的な瞬間だった。

諸橋は言った。

「つまり、殺人を自供するということか？」

「自供するとは言ってねえっす」

「取引について考えるんじゃないのか？」

「考えますよ。ですからね、俺の身の安全が保障されるというんなら……」

「これね」

城島が言った。「鶏《にわとり》が先か、卵が先かって話になるけど、おまえがすべて供述すれば、おまえが恐れている人物は、逮捕されることになる。そして、間違いなく起訴されて有罪になる。当分娑婆《しゃば》には出てこられないだろうよ」

諸橋は言った。

「おまえがしゃべらなければ、そいつを逮捕できない」

太田はしきりに考えている様子だ。彼はばかではない。何が得策なのか、すでにわかっているはずだ。あとは踏ん切りがつくかどうか、なのだ。

諸橋は待つことにした。城島も無言で太田の様子をうかがっている。

やがて太田が、沈黙に耐えかねたように言った。

「井原さんを殺せと言われたんすよ。さもなきゃ、二人とも殺すって……。向こうはそれくらい怒っていたんで、俺はもう死んだも同然だったっす」

諸橋は尋ねた。

「誰にそう言われたんだ？」

「泉田社長代行っす」

背後で、笹本が動く気配がした。パソコンのスリープモードを解除し、キーを叩きはじめたようだ。

太田の供述を記録してくれるというわけだ。

「つまり、おまえは、究極の選択を迫られたわけだ。自分も死ぬか、詐欺の相棒をその手で殺すか……」

「自分が死ぬことを選ぶやつはいねえっすよ」

そうだろうか、と諸橋は思った。

同じ立場に追い込まれ、城島を殺せと言われても、自分にはできないと、諸橋は思った。それが相棒というものだろう。だが、太田たちにとってはそうではないようだ。

太田のほうが世慣れているということなのだろうか。いや、志《こころざし》の問題だろう。

所詮《しょせん》太田と井原の付き合いはその程度のもので、太田もその程度の男だということだ。

だが、たしかに同情の余地もある。もし、太田が井原を殺害しなければ、本当に彼は殺されていたかもしれない。

暴力団はそういう連中だ。そして、泉田は筋金入りの暴力団員だ。

「泉田はえげつないな……」

城島が言った。「仲間を殺させるなんて……」

「俺、もう、パニックでしたよ。とんでもない人を怒らせたんだなって思いました」

諸橋は質問した。

「なんでそんなに泉田を怒らせたんだ？　彼に何をした？」

「社長代行に何かしたわけじゃないんすよ」

「じゃあ、何なんだ？」

「まさか、あんなことになるなんて、思ってませんでした。いやあ、ホントたまげましたよ」

「だから、何があったのかと訊いているんだ」

「俺、井原さんといっしょに仕事してたんですけどね」

「仕事というのは、詐欺のことだな？」

諸橋が問うと、太田は小さく肩をすくめた。

「さっき認めたことですからね。否定はしねえっす」

「劉将儀の土地家屋を、あたかも自分のもののようにいつわって、誰かに売りつけたわけだな？」

「まあ、そういうことっすね。その相手が悪かった」

「誰だ？」

もちろんそれが誰かはわかっているが、太田の口から言わせる必要があった。

太田が言った。

「亡くなった羽田野社長っす」

やはり諸橋たちが考えていたとおりだった。羽田野は不動産詐欺の被害者だった。

「羽田野の被害額はどれくらいだ？」

「約二億円くらいっすね」

諸橋は、城島を一瞥《いちべつ》した。城島も諸橋のほうを見ていた。眼が合った。

案の定、ハタノ・エージェンシーから羽田野個人に移動した金は、不動産取引をするためのものだったということだ。羽田野がハタノ・エージェンシーから借金をしたのだろうと、諸橋は思った。

「詐欺にあったまま、羽田野は死んだ。その跡目を継ごうという泉田だ。おまえたちのやったことが許せなかったんだろうな」

諸橋が言うと、太田ではなく城島が言った。

「心底怒ったように振る舞えば、周囲も認めてくれるに違いない」

「周囲が認める？　いったい何を認めると言うんだ？」

「それは、太田から聞こう」

太田のさきほどのふてぶてしい態度が、鳴りを潜《ひそ》めた。

城島が太田に尋ねた。

「何だと思う？」

「泉田社長代行が、羽田野社長の跡目を継ぐことでしょう」

「つまり、こういうことだな？」

諸橋は太田のほうにわずかに身を乗り出した。こうすることで、相手にプレッシャーをかけることになる。「おまえと井原は共謀《きょうぼう》して、劉将儀の土地家屋を使い、不動産詐欺をやった。その被害者となったのが、羽田野だ。彼は詐欺にあったまま死んだ。それを知って腹を立てた泉田が、おまえに接触してきた……」

「最初は、昭島弁護士に接触してきたんすよ。しかし、弁護士では埒《らち》が明かなかったんすね。それで、泉田社長代行は、不動産屋などを当たって、俺たちを捕まえようとしたんです」

「不動産屋？　その不動産屋の名前は？」

「永楽真金不動産」

ぼんやりとした事件の構図が、太田の証言によってはっきりしてくる。

たしかに泉田は昭島弁護士と複数回会っていたということだった。おそらく詐欺事件についての責任を追及していたのだろう。

だが、昭島弁護士もしたたかだ。自分は善意の第三者であると言い張ったに違いない。

それは否定できない。弁護士の役割と、詐欺事件とは切り離されているのだ。そこで、泉田は不動産屋を当たることにした。

「けど……」

城島が言った。「永楽真金不動産は、ダミーだろう？　実体はないはずだ」

「その名前と口座を使って仕事をしていたのが井原だったんすよ」

「不動産屋を追い込もうとしていて、井原を捕まえたわけか。つまり、本丸にたどりついたってわけだ」

「井原から俺のことを聞き出すのは、簡単だったでしょうね。むしろ、井原のほうから進んで俺の名前を言ったと思いますよ。自分ですべて責任を取るようなやつじゃないっすからね。むしろ、俺にすべての罪をなすりつけようとしたんだと思います」

諸橋は尋ねた。

「それで、おまえも泉田に捕まったわけだな」

「そういうことっす」

「監禁されたのか？」

「事務所に連れて行かれて、フルボッコっすよ。俺、ぜったい殺されると思いましたね」

「どのくらい監禁されていた？」

「三日くらいっすね」

「井原は？」

「俺が解放されてからも捕まってましたから、五日ってところじゃないっすかね……」

「つまりそれは……」

諸橋は尋ねた。「解放された二日後に、おまえが井原を殺害したということか？」

太田は肩をすくめた。曖昧《あいまい》な仕草だ。

「どうなんだ？　はっきりこたえるんだ」

「自分の意思で殺したわけじゃないんすよ。やらなきゃ、俺が殺されたんす」

「わかっている。ちゃんとこたえろ」

「そうっすよ。俺、井原を殺すことを条件に、事務所から解放されたんす」

諸橋はさらに尋ねた。

「確認するが、おまえと井原を事務所に監禁したのは、泉田だな？」

「もちろん、拉致りにきたのは組の人たちっすよ。でも、事務所に行くと、社長代行が待っていました」

「つまり、泉田に指示されて組員たちがおまえを拉致したわけだ」

「そうっす」

これで、逮捕・監禁の罪が明らかになった。逮捕状を取ろうと思えば、これで充分だ。殺人教唆でも逮捕状は取れるだろう。太田が脅されてやったことは明らかだ。

「泉田に強制されて、井原を殺害したということだな?」

「そうっす。俺に選択肢はなかったんすよ」

諸橋は、うなずいてから尋ねた。

「井原殺害についてはわかった。もう一つの殺人についても訊いておかなけりゃならない」

「もう一つの殺人……?」

「劉将儀だ」

太田は眼をそらした。

諸橋は続けて言った。

「おまえは、劉さんの土地家屋を利用して金を儲けようとした。劉さんの土地や建物を、あたかも自分のもののように偽装したわけだ。典型的な不動産詐欺だが、それが劉さんに知られたので、殺害した。そうだな?」

太田が眼をそらしたままこたえた。

「やったのは井原っすよ。俺は知らないっす」

「詐欺の全容はじきに明らかになるだろう。捜査二課が調べているからな。嘘をついても いずれわかる。嘘だとわかってからじゃ遅いんだよ。本当のことを言うなら今なんだ」

諸橋は太田を観察していた。しきりに考えている様子だ。

眼をそらした時点で、太田の負けだと、諸橋は思っていた。嘘をつきとおすつもりなら、相手の眼を見て平然としていなければならない。

諸橋は言った。

「今ここで嘘をつけば、取引の話はなかったことになる」

太田が諸橋の顔を見た。

「劉将儀の件も、取引に含まれなきゃ、俺は供述に押印《おういん》しない」

「そういうことが言える立場じゃないんだ」

「こっちも必死なんでね……」

泉田を逮捕・起訴するためには多少のことは目をつむってもいい。諸橋は、そう考えていた。

だが、劉将儀殺害は「多少のこと」などではない。きわめて重大な事案だった。

それを見て見ぬ振りなどできない。諸橋は、どうしていいかわからなくなっていた。太田はこちらが妥協《だきょう》するものと踏んでいる。なんだか、足元を見られているような気がしてきた。

そのとき、城島が言った。

「全部しゃべったほうが身のためだよ」

太田が笑みを浮かべる。

「俺はそうは思わないっすけどね」

「おまえの証言があれば、泉田を起訴して有罪にできるんだがな。そうじゃなければ、俺たちは泉田に手を出せない。あいつは捕まりもせずに、娑婆で大手を振って生き続けるということだ」

太田の顔から笑みが消えた。

「だから、俺は泉田社長代行に脅されていたんだと言ったでしょう」

「劉さんのことも話してくれないとね。井原の殺害と劉さんの殺害はセットで考えないと……。両方についてちゃんと供述してくれたら、検察官も取引について考えてくれるだろう」

「検察官……？」

「そう。実は俺たち捜査員に司法取引をするかどうかの判断はできないんだ」

城島はさらに言った。

「泉田逮捕に協力してくれたら、検察官は、大幅に刑期を短縮することも考えてくれる」

太田はしばらく考えてから言った。

「もし、仮に、両方の殺人を自供したとしても、刑期を短くしてもらえるんすかね？」

城島はその質問にはこたえなかった。

「警察と泉田と、どちらがおっかないか、考えるんだな」

そのこたえは明らかだった。泉田は、たっぷりと恐怖と苦痛を与えた後に殺すだろう。

一方、警察は減刑を考えてもいいと言っているのだ。

やがて太田は言った。

「劉将儀は、井原と俺で殺しましたよ。供述は録取したんでしょう？　拇印押しますよ」

彼は笹本が作ってきた供述録取書に押印した。諸橋は捜査本部に戻り、板橋課長に告げた。

「太田の証言が取れました。泉田の身柄を取りましょう」

34

板橋課長は、まったく躊躇《ちゅうちょ》した様子を見せなかった。諸橋の報告を聞くと、山里管理官に向かって即座に言った。

「泉田の身柄《ガラ》を取るぞ。逮捕令状と、会社と自宅の家宅捜索・差押《さしおさえ》許可状も取ってくれ」

「了解しました」

それから板橋課長は、永田課長に言った。

「よろしいですね?」

「もちろんです」

板橋課長の言葉を受けて、山里管理官が諸橋に言った。

「こっちへ来てくれ。ウチコミの段取りをする」

諸橋たちは、課長たちに礼をしてから管理官席に移動した。

山里管理官が言った。

「令状はすぐに請求する。一時間ほどで下りるだろう。あんた、泉田のことはよく知っているな」

「知っています」

「ハタノ・エージェンシーのことにも詳しいな」

「はい」

「じゃあ、ウチコミ班に参加してくれ」

「城島もいっしょでいいですか」

「もちろんだ」

そのとき、笹本が言った。

「いい加減、私のことを無視するのはやめてくれないか」

諸橋は尋ねた。

「気を使ったんだ。キャリアにウチコミをやらせるなんて申し訳ない」

「キャリアだって警察官だと言っただろう。私も行く」

諸橋は山里管理官を見た。山里はうなずいて言った。

「いいだろう。ウチコミの人数は多いほうがいい」

諸橋は尋ねた。

「ハタノ・エージェンシーと泉田の自宅と二班に分かれることになりますね」

「張り込み班に泉田の所在を確認する。あんたらは、やつがいるほうに向かってくれ」

「了解しました」

それから、管理官はウチコミ班のメンバーを指名した。諸橋と城島の他はすべて県警本部の人間だった。ハタノ・エージェンシーに十人、自宅に十人、計二十名だ。

午前十時二十分。山里管理官が言った。

「張り込み班からの知らせだ。泉田が自宅を出てハタノ・エージェンシーに向かった。諸橋係長たちは、ハタノ・エージェンシーだ」

「わかりました」

「両班とも現地に向かってくれ。態勢を整えて待機だ。令状が下りたらすぐに届けさせるので、受け取り次第、執行してくれ」

山里管理官の指示で、二十人の捜査員が捜査本部を出発した。諸橋たちも、いつもの捜査車両で現場に向かう。

助手席の城島が言った。

「泉田の身柄を取っても、落とせなかったら、元も子もないな」

諸橋はこたえた。

「何が何でも落とさなきゃならない。昭島弁護士銃撃の拳銃の出所が羽田野組だということが明らかになれば……」

「ブラフでも何でもやらなきゃな」

後部座席の笹本が言う。

「できるだけ、そういうのはやめてほしいんだがな……。取り調べはあくまで適法でやってもらわないと……」

それに対して、城島が言う。

「まともに攻めて、泉田が落ちると思う？」

笹本は即答しなかった。しばらくして彼は言った。

「だから、できるだけ、と言ってるんだ」

城島がにんまりと笑っているのが、見なくても諸橋にはわかった。

ハタノ・エージェンシーに向かった車両は、諸橋たちのものを含めて三台だった。現場近くに駐めた車の中で捜査員たちは待機し、逮捕令状と、家宅捜索・差押許可状を待った。

車内で一時間ほど待たされた。そして、正午頃、ようやく令状が届いた。捜査員たちが一斉に車を下りる。

諸橋は言った。

「さて、行こうか」

十人もの捜査員が押しかけたので、ハタノ・エージェンシーの社員たちは何事かと出入り口のほうを見た。

総務課長の尾木が出てきて何か言おうとしていたが、令状を持った捜査一課のベテラン捜査員はかまわずに、社長室に向かった。

泉田は社長の席にいた。捜査員たちの姿を見ると、身動きを止めた。先頭にいるベテラン捜査員が言った。

「ただ今十二時五分。殺人ならびに恐喝《きょうかつ》、略取・誘拐未遂、殺人未遂、詐欺の容疑で逮捕します」

まずは逮捕令状の執行だ。捜査員は続けて言った。「同じく、十二時五分。ハタノ・エージェンシーの捜索を開始します」

家宅捜索・差押許可状の執行だった。諸橋と城島は家宅捜索に着手しようとした。それを見つけて、泉田が言った。

「諸橋さんじゃないですか。これは何の冗談です？」

「冗談かどうか、取調室でよく考えるんだな」

泉田は苦い表情だった。そして、駆けつけた尾木総務課長に言った。

「弁護士を呼んでくれ」

ベテラン捜査員が言った。

「さあ、来てもらおう」

泉田が立ち上がると、捜査員三名が彼を取り囲み、手錠をかけ、腰縄を巻いた。

連行されていく泉田の姿を、社員たちが立ったまま見つめている。口をきく者は一人もいなかった。

泉田が出て行くと、本格的に家宅捜索が始まった。会社と羽田野前社長個人の間の金の動きを追うのが重要だから、まず帳簿類を押さえることになる。

城島が言った。

「ハタノ・エージェンシーと羽田野組は切り離されているから、拳銃の出所はわからないだろうな」

「それは、泉田の自宅を調べている班がやってくれるだろう」

事実上羽田野組の事務所は消滅して、泉田の自宅がその役割を果たしているようだ。

昼頃に始めた家宅捜索は午後四時過ぎ頃までかかり、諸橋たちが捜査本部に引きあげたのは、午後五時頃のことだった。

管理官席に戻るとすぐに、山里管理官が諸橋に言った。

「泉田の弁護士が、あんたに会いたいと言ってるんだが……」

「俺に……?」

「とにかく、話を聞いてくれないか」

諸橋は取調室に向かった。

泉田が、ネクタイとベルトを取り上げられて、奥の席に座っており、弁護士らしい太った男がそばにいた。眉毛が濃く、大きな目が特徴だった。

「諸橋ですが……」

「弁護士の中上《なかがみ》と申します。依頼人が、あなたとしか話をしたくないと言っております」

「クラブじゃないんだから、指名はできないんですよ」

中上弁護士が言った。

「あなた以外の捜査員には、一切何もしゃべらないと言っているのです」

「私の一存ではどうしようもありませんね」

「黙秘は被疑者の権利です。とりあえず、その権利を行使させていただきます」

諸橋は廊下に出て、捜査本部に電話した。山里管理官につないでもらう。

「どうした？」

「泉田が、俺としか話をしないと言っているようです」

「なら問題はない。あんたが取り調べをしてくれ」

「私がですか？」

「すぐに始めてくれ。城島にも行くように言おうか?」

どうやら断れないようだ。諸橋はこたえた。

「そうしてください」

「わかった」

「あ、それから……」

「何だ?」

「笹本にも来るように言ってください」


諸橋は廊下で、城島と笹本が来るのを待っていた。二人がやってくると、諸橋は取調室に戻り、いつもの席に座った。泉田の正面だ。

隣が城島。記録席に笹本だ。

中上弁護士は相変わらず、泉田の脇に座っている。弁護士同席というのは、どうにもやりにくいが、被疑者の権利なので仕方がない。

諸橋は言った。

「俺にならを話をするというのは、自供するということなんだな?」

泉田が言った。

「いったい、何を自供しろと言うんだ。俺はね、抗議をするためにあんたを呼んだんだ。あんたにはいろいろと嫌がらせをされた。その挙げ句がこれだ。弁護士と相談したんだがね、あんたのやっていることは威力業務妨害だ」

城島が言った。

「あ、それ、おたくらの専売特許だっけ」

泉田は城島を一瞥したが、相手にせず、続けて諸橋に向かって言った。

「俺は何もやっていないんだ。逮捕される理由はない」

「詐欺の被害にあったのなら、警察に届けるなりすればいいんだ。一般人のようにな」

「先代のことを言っているようだが、俺には関係ない」

そのとき、中上弁護士が泉田に言った。

「そういう話はなさらなくてけっこうです」

「そういうことだ」

泉田が諸橋に言う。「もう話すことはないよ」

「そうはいかない」

諸橋は言った。「任意同行じゃないんだ。逮捕されたんだから、ちゃんとしゃべってもらう」

中上弁護士は言った。

「依頼人は黙秘します」

諸橋は言った。

「けっこう。自供がなくても、こっちは充分に送検・起訴できる材料を持っている。公判は維持できると、検事も判断するはずだ。だから言ってるんだ。自供したほうが身のためだと。黙秘もいいが、裁判のときに心証が悪くなる」

中上弁護士が言った。

「騙されてはいけませんよ。黙秘は正当な権利です。裁判官がそれによって量刑を左右することはありません」

まず、この弁護士を何とかしなくてはならない。さて、どうしたものか……。

諸橋がそう思ったとき、笹本が言った。

「たしかに黙秘は正当な権利だが、デメリットがないわけではない」

中上弁護士が笹本のほうを見た。諸橋は振り向かずに中上弁護士と泉田を観察していた。

城島も諸橋と同様だった。

笹本の言葉が続いた。

「先ほどその捜査員が言ったように、こちらはそれなりの確証を押さえている。でなければ、逮捕には踏み切れない。だから、黙秘はいたずらに取り調べを長引かせるだけだ。さらに、裁判官の心証の話は嘘ではない。刑事裁判の場合、反省を示すか否《いな》かは大きな要素となり得る」

中上弁護士が何か言おうとした。それを遮るように、笹本が言葉を続けた。

「言いたいことはわかる。本来、裁判の結果がそうした感情的な要素で左右されてはいけない。しかし、それが実情なんだ。だから、逆に情状酌量もあるんだ」

中上弁護士は口をつぐんだ。

やるじゃないか。

諸橋は心の中で、笹本にそう言っていた。彼を取り調べに呼んだ甲斐があったというものだ。

ここが攻めどころだと思い、諸橋は中上弁護士に言った。

「昭島弁護士の襲撃事件をご存じですか？」

「テレビのニュースで見ました。拳銃で撃たれたということですね。それが何か……？」

「泉田の命令でやったことが明らかです。同じ弁護士としてどう思いますか？」

「依頼人の弁護には何の影響もありません」

そう言いながら、中上弁護士の顔色は変わっていた。

泉田が言った。

「俺の命令だって？　そんな証拠がどこにある」

城島がこたえた。

「使用された拳銃だよ。家宅捜索やったからね。きっとあんたとのつながりが見つかる」

「そんな証拠が見つかるはずがない」

「おや。それって、証拠湮滅《いんめつ》したってこと？」

中上弁護士が苛立った様子で言った。

「不用意に発言しないでください」

「なんやと、こらあ」

泉田が言った。「俺に指図《さしず》するんか、こら。さっさとここから出られるようにせんかい」

普段は標準語だが、興奮すると関西弁が出るらしい。つまり、彼は冷静さを失っているということだ。

こちらにとってはいい傾向だと、諸橋は思った。

「黒滝に市木司法書士の口封じをさせたのは間違いだったな。それと昭島弁護士の件も。おまえが追い詰められていたという証拠だ」

諸橋が言うと、泉田はますます興奮した様子で応じた。

「黒滝が何や言うんや」

「彼からはいろいろと証言をもらっている。その内容は教えられないがね」

「ふざけたことぬかすな。俺が何したちゅうんや」

「井原淳次に対する殺人、市木司法書士への恐喝および略取・誘拐未遂、昭島弁護士に対する殺人未遂。そして、不動産詐欺だ」

「あほぬかせ。会社の仕事が忙しくて、そんなことやってる暇あるかい」

「もちろん実行犯は別にいる。だが、教唆犯は正犯と同じく罪を問われるのは知っているな」

　中上弁護士が言う。

「ですから、発言は控えてくださいと……」

「やかましい」

　泉田が言った。「好き勝手言われて、黙ってられるかい」

　おそらくいつもの泉田ならもっと冷静なはずだ。

　城島が中上弁護士に言った。

「……というわけで、黙秘権なんて言ってないで、刑を少しでも軽くすることを考えたほうがいいよ」

諸橋は言った。

「今日はここまでだ。明日、続きをやろう。人権を考慮して長時間の取り調べはひかえないとな」

中上弁護士を見たが、彼は何も言わなかった。

35

捜査本部に戻ると、山里管理官が言った。

「拳銃、つながったぞ」

「昭島弁護士襲撃に使われた拳銃ですね」

「ああ。泉田の自宅に、拳銃所持の前科があるやつがいた。家宅捜索の際に、そいつを引っぱった」

「何の容疑です？」

「公務執行妨害だよ。話が聞きたかったんでな。で、そいつが易々《やすやす》とウタった。自分が所持していたものだと。泉田の身柄を取られたことで、尻に火がついたんだな」

「マルBはけっこう簡単にしゃべるんですよ」

「拳銃の前歴《マエ》も確認した。三年前に関西で抗争の際に発砲された銃弾と線条痕が一致した」

城島が言った。

「これで、泉田はぐうの音《ね》も出ないね」

「弁護士に教えてやろう」

諸橋の言葉に城島がうなずいた。

「俺が電話しよう」

山里管理官が諸橋に尋ねた。

「それで、泉田はどうなんだ？」

「崖《がけ》っぷちです。明日、続きをやります」

「落ちるかな」

「時間の問題です」

「課長たちも期待しているんだ。頼むぞ」

多忙な捜査一課長がずっと臨席している。よほどこの件に入れ込んでいるのだ。

「了解しました。明日にはなんとかできると思います」

「俺も早くぐっすりと眠りたい」

「申し訳ないような気もしますが、明日に備えて、俺たちは帰宅することにしますよ」

「管理官を代わってほしいよ」

それは勘弁してほしい。諸橋は心の中でそう言った。

翌日の朝、捜査本部にやってきた諸橋は、笹本に言われた。

「中上弁護士が呼んでいる。泉田が何か言いたいらしい」

「城島は？」

「まだ来ていない」

「城島が来るのを待って、取り調べを再開しよう」

それから十分ほどして城島がやってきた。中上弁護士の言葉を伝えると、彼は言った。

「拳銃の件が効いたんだろうな」

「取り調べを始めよう」

昨日とまったく同じ位置に、同じ顔ぶれが座った。諸橋は、泉田に言った。

「話す気になったか？」

泉田の代わりに、中上弁護士が言った。

「事件の全容解明に協力しますので、依頼人のメリットになるような条件を出してもらえませんか」

「取引できる立場じゃないんだ」

「起訴猶予《ゆうよ》とか」

「冗談だろう」

中上弁護士は渋い顔になった。

「では保釈を認めていただきたい」

「俺はどうすることもできない。判事にそう伝えておくよ」

「その条件を呑んでいただかない限り、依頼人は黙秘を続けます」

「じゃあ、好きなだけ留置場にいるんだな」

諸橋が席を立とうとすると、泉田がうんざりした顔で言った。

「もういい。わかった」

中上弁護士が泉田に言った。

「何もおっしゃらないでください」

泉田が中上弁護士に言った。

「もういいと言ってるだろう。あんた、お役御免だ」

「何です……？」

泉田は諸橋に言った。

「オヤジに詐欺をはたらくなんざ、ふざけた話やないか」

諸橋は何も言わない。中上弁護士が言った。

「私は解雇ということでいいんですね？」

泉田が大声で言った。

「役に立たん弁護士なんぞ、必要あるかい。さっさと去《い》ね」

その剣幕に恐れをなした様子で、中上弁護士は席を立ち、取調室を出て行った。泉田は自棄《やけ》になっている。俺たちにとっていい傾向だと、諸橋は思った。

「羽田野は被害者だった。それはわかっているんだ」

「オヤジは、はらわた煮えくりかえっとったんや。そして、そのまま死んでもうた。黙っとったら、俺ら面子が立たんのや」

城島が言った。

「面子は大切だな」

泉田が城島を一瞥してから、諸橋に視線を戻して言った。

「オヤジの怨みを晴らすのは、俺しかおらんやないか。そやから太田のボケにかましてやったんや。井原のやつを殺して、二億円取り返したら、命は助けてやる言うてな」

この瞬間を待ち望んでいた。

泉田が自供したのだ。諸橋はしばらく無言でその意味をかみしめていた。

やがて諸橋は言った。

「細かく聞かせてもらおう」

泉田が落ちたと知らせると、まず山里管理官が幹部席に走り、それを二人の課長に伝えた。

「落ちたか」

板橋課長が言うと、それを聞いた捜査員たちが低い歓声を上げた。

板橋課長が諸橋に尋ねた。

「全面自供か？」

「はい。潔《いさぎよ》く……」

諸橋は、詳細を説明した。

泉田は、太田に殺人と詐欺を強要したことを認めた。そして、その太田を監視するために、大阪から人を呼んだのも泉田だった。ハタノ・エージェンシーや羽田野組の者がそれをやると、すぐに足がつくと考えたのだ。

そしてやってきたのが黒滝たちだ。

市木司法書士と昭島弁護士の口封じについては、具体的に指示をしたわけではないと主張した。

市木に対する略取・誘拐未遂と、昭島への殺人未遂について教唆犯として成立するかどうかは、検事が判断することになるだろう。

話を聞き終えた板橋課長が言った。

「所轄のはみ出し刑事は、捜査の邪魔になるだけだと思っていたが、そうでもなかったな」

諸橋はこたえた。

「お役に立ててよかったと思います」

「マル暴は伊達《だて》じゃないな。蛇《じゃ》の道は蛇《へび》ってことか」

「その方面は任せてください」

「ごくろうだった」

永田課長が言った。

「詐欺については、こちらでやっておくわ」

彼女は立ち上がった。「もう私に用はないですね？」

板橋課長が言った。

「捜査本部から追い出そうとしたことを根に持ってるんですか」

永田課長はにっこりとほほえんだ。

「まさか……。他にやることがたくさんあるだけよ」

彼女は足早に幹部席を離れて、部屋を出て行った。捜査員たちが全員起立して彼女を見送った。

板橋課長がぽつりと言った。

「やっぱり、キャリアは食えねえな……」


被疑者を逮捕し、自供が取れても、捜査本部の仕事は終わりではない。送検に際しての疎明《そめい》資料等、膨大《ぼうだい》な書類仕事が残っている。

山里管理官を中心に、管理官席で次々と捜査員たちが上げてくる資料を取りまとめる。諸橋と城島もその作業に追われた。

書類仕事が片づき、送検の手続きが滞《とどこお》りなく終わったのは、夕方のことだった。

茶碗酒を酌《く》み交わし、打ち上げが始まる。諸橋は運転するつもりだったので、飲まなかった。

ほんのりと顔を赤らめた山里管理官が言った。

「新任の刑事部長が、今日来たらしい。捜査本部にやってくるという話だが、顔を拝んでいくか？」

諸橋はかぶりを振った。

「いや。署に戻ります。部下たちを労《いたわ》ってやりたいんで」

「よろしく伝えてくれ」

ようやく、みなとみらい署での日常に戻れる。諸橋はそれがうれしかった。

県警本部に車を返却しなければならない。そして、そこで笹本ともお別れだ。

「じゃあな……」

県警本部前で諸橋が言うと、笹本が言った。

「待ってくれ」

「何だ？」

「今回いっしょに行動して、あんたのやり方が多少理解できたような気がする」

「それはよかった」

「だが、認めたわけじゃない。やり過ぎや誤りがあれば、これからも容赦《ようしゃ》なく取り締まる」

諸橋はうなずいて彼に背を向けた。

思わず笑みを浮かべていたが、それを笹本に見られたくなかった。

隣にいる城島が小声で言った。

「何がおかしいんだ？」

「笹本は、ああじゃなくちゃと思ってな」

城島が肩をすくめた。

「確かにそうだな」

「タクシーでも拾うか。浜崎たちが待っている」

「ああ」

二人は、県警本部玄関から通りまでの長いアプローチを歩いた。


それから数日が経《た》った。

諸橋と城島は笹本に呼び出されて常盤町にやってきていた。

神野の自宅だ。見慣れた界隈《かいわい》だが、今日はちょっと様子が違っていた。

家の前に黒塗りのセダンが駐まり、その周囲に背広姿の屈強な男たちがいた。

マルBではない。彼らは県警本部警備部警備課の連中だ。黒塗りのセダンは、県警の公用車だった。

その車を眺めながら、諸橋は近くに立っている笹本に言った。

「いったいこれは何の騒ぎなんだ？」

笹本がこたえた。

「ごらんのとおりだよ。佐藤本部長が、神野に会いたいと言い出してな……」

いっしょにいた城島が言った。

「会いたい？　例の話か？　神野の組が他の暴力団とは違うことを納得させろという……」

笹本がうなずく。

諸橋は言った。

「それについては、ちゃんと説明するつもりだった」

「本部長はせっかちなんだよ。私がいろいろと話したんだが、ならこの眼で見たい、と言って……」

城島が言う。

「県警本部長がヤクザの親分に会いに来たりしたらヤバいんじゃないの？」

笹本は渋い顔でこたえた。

「私もそう言ったのだが、本部長は、構うことはない、と……。別に親交を結びに行くわけじゃない。捜査だと思えばいい、と言っていた」

「捜査ねえ……」

城島がつぶやく。

諸橋は笹本に尋ねた。

「それで、どうして俺たちを呼び出したんだ?」

「神野は、あんたらの情報源だろう? それに、ここはみなとみらい署の管轄だ。こういうことは知らせておいたほうがいいと思ってな」

城島が言った。

「へえ。仁義を心得ているってわけか」

「気になるな……」

諸橋がそうつぶやくと、笹本が言った。

「本部長がどういう判断を下すか気になるということか?」

「いや、そうじゃなく……」

そのとき、城島が言った。

「様子を見に行ってみないか」

諸橋はうなずいた。

「そうだな……」

二人が玄関に移動すると、慌てた様子で笹本がついてきた。警備課の連中が諸橋たちを睨んだ。笹本がうなずきかけると、彼らは道を開けた。

格子戸越しに見ると、玄関の戸が開け放たれていた。中の様子がよく見える。本部長は上がりがまちに腰を下ろしている。その向こうで、神野は正座をしていた。奥に代貸の岩倉の姿が見えたが、彼はいつになく緊張している様子だ。県警のトップの訪問だ。無理もないと、諸橋は思った。

佐藤本部長はご機嫌の様子だった。神野も笑顔だ。二人は何かを話しては、声を上げて笑っている。その二人の姿を見て、諸橋は言った。

「心配していたことが現実になったようだ」

笹本が怪訝そうに尋ねた。

「何のことだ?」

「二人が意気投合してしまうんじゃないかと心配していたんだよ」

笹本も城島も何も言わなかった。

佐藤本部長が立ち上がり、神野に別れを告げると、格子戸のほうに向かってきた。

諸橋たち三人は、さっと脇によけて気をつけをした。がらりと格子戸を開けると佐藤本部長が出て来て言った。

「おう、諸橋係長じゃないか」

「はい」

「神野のことだがな。あんたが言っていたことがよくわかった」

「そうですか」

「俺の任期は、一年か二年だ」

「は……?」

「神奈川県警本部長の任期が明けたら、また会いに来たいなと思ってさ」

本部長は公用車に乗り、あっという間に姿を消した。警備課の連中もいっしょに去って行った。

呆然《ぼうぜん》と公用車を見送っていた諸橋に、門の外まで出て来た神野が声をかけた。

「こりゃあ、諸橋のダンナじゃないですか。城島さんに笹本さんも……。こんなところにいらっしゃらないで、どうぞ中にお入りください」

「いや」

諸橋は言った。「様子を見に来ただけだ。引きあげる」

「そうおっしゃらないで、茶でもいれますから、どうぞ」

城島が言った。

「茶を一杯、ごちそうになろうじゃないか」

いつもなら断る。だが、今日は上がってもいいような気分だった。

「じゃあ、ちょっとだけ邪魔するか」

「おい、真吾。皆さんを客間にご案内しな」

神野のうれしそうな声が聞こえた。

解説

関口苑生

本書の冒頭、神奈川県警みなとみらい署刑事組対課暴力犯対策係係長の諸橋夏男と、同じく係長補佐の城島勇一は、県警本部の警務部監察官・笹本康平に、朝っぱらから一緒に来るように言われて県警本部を訪れる。

なんと代わったばかりの本部長がふたりに会いたいと言っているという。諸橋のような下っ端にとって、県警本部長は雲の上の存在だ。その人が会いたいというのである。偉い人が会いたいと言うときはたいてい、いいことではない。ところが、神妙な面持ちで本部長室に入ったふたりに向かって、佐藤実本部長はざっくばらんな物言いで、マルBに対しては思うようにやってくれと告げ、早速特命の任務を与えるのだった。

一方、他のシリーズ作品でも、同じように『清明　隠蔽捜査8』では、神奈川県警本部の刑事部長を拝命した竜崎伸也《りゅうざきしんや》が、佐藤本部長に着任の申告に訪れると、こちらもあんたのやりたいようにやってくれと告げられる。ちなみに、本書のラストで一応事件の解決を見たあと、山里浩太郎管理官が「新任の刑事部長が、今日来たらしい。捜査本部にやってくるという話だが、顔を拝んでいくか？」と諸橋に言う場面があるが、この人物こそが竜崎であった。

さてその竜崎が佐藤と会ったときに、現在山手署で捜査本部ができているので、行きがかり上、前任の刑事部長のあとを引き継いでくれと言われ本部のある山手署へと赴《おもむ》く。事件の目処《めど》はすでにたっており、捜査は大詰めを迎えていた。事件はマル暴と不動産詐欺が絡んだ殺人事件で、本部には山里管理官のほかに板橋武《いたばしたけし》県警捜査一課長、永田優子《ながたゆうこ》捜査二課長らが詰めていた。そして逮捕した暴力団組長の取り調べを担当していたのが、みなとみらい署暴対係の係長であった。

つまり本書と『清明　隠蔽捜査8』は見事にリンクし合っているのである。

今野敏作品ではこういうちょっとしたコラボレーションというか、いくつかのシリーズの登場人物たちが、それぞれ別のシリーズ作品にカメオ出演するということがよくある。今野ファンにとっては、これがなんともいえない愉しみのひとつとなっているほどだ。もっとも田端守雄《たばたもりお》警視庁捜査一課長のように、ほとんどの作品に登場してレギュラー化している人物も中にはいるが。その点、佐藤本部長は神奈川県警なので登場してくる作品は限られるだろうが、今後も目が離せない存在となりそうな気がしてならない。

この佐藤本部長には、実はモデルがいる。やはり神奈川県警本部長を務めた人物で、その後は第九十六代警視総監となった斉藤実氏《さいとうみのる》である（二〇二一年九月に退官）。今野敏は斉藤氏と本部長時代に面談しており、本部長室の様子や大きな窓から見える風景など、本書にもさりげなく描写されてある。でまあ、脱線ついでに書いておくとこの斉藤氏、今野敏の大ファンなのである。

警察関係者だけに配布される警視庁の機関誌「自警」の令和三年一月号で、ふたりの対談が掲載されているのだが（判型は週刊誌サイズで十ページにわたって）、ここで斉藤氏は今野作品の魅力を熱く語っている。こういう機関誌の記事をどこまで書いていいものかちょっとわからないのだが、警察庁にいた当時『隠蔽捜査』を読んだのが最初だという。警察官僚が主人公であるにもかかわらず、悪者として描かれていないことに感激したのだそうだ。自分もその一員であるだけに嬉しかったのだ。それからもちろん今ではシリーズを読破し、ほかにも《東京湾臨海署安積班》シリーズや、最近では《サーベル警視庁》シリーズまで読んでいるという。

時の警視総監をも魅了する作家今野敏。それを知って、なんだかとっても嬉しくなってくるのはわたしだけではあるまい。

さて前置きが随分長くなってしまった。

本書『スクエア』が五作目となる《横浜みなとみらい署暴対犯係》シリーズだが（第一作『逆風の街』は「横浜みなとみらい署暴力犯係」）、本シリーズの最大の特徴は、主人公ふたりのキャラクターの濃さと、組織を無視した派手な行動が際立っていることだろう。他の警察小説のシリーズと較べてもそれは明らかだ。これはふたりのキャラの原型が、アメリカの刑事ドラマ『刑事ナッシュ・ブリッジス』（日本では一九九七年からテレビ東京でシーズン6まで、全百二十二話を放映）からヒントを得たものだったことも理由のひとつかもしれない。ナッシュ・ブリッジスというサンフランシスコ市警の刑事と、ジョー・ドミンゲスというラテン系の相棒がいて、ブリッジスなので諸橋、ジョー・ドミンゲスだから城島という名前も、キャクターの造形もほぼドラマに即している。

そこに加えて、今野敏の警察小説には珍しくマル暴刑事を主役にしたというのも、キャラを立たせる要因となっている。なにせ取り締まりの対象が暴力団なのである。海千山千の悪党どもで、そういう相手になめられたらお終《しま》いだ。といって口で言ってもわかるような連中ではなく、こちらも実力で対抗しなければならない場合も多くある。

諸橋は、四十五歳という年齢になった今こそ少しは自制がきくようになり、職務に対する責任感も芽生えてくるようになった。だが彼は両親を暴力団に殺されるという過去を持っていた。それだけにヤクザ相手となると、われを忘れて暴走し、過剰な行動をとることもしばしばあって、その結果、降格人事を食らっての現在がある。だが、ヤクザを憎む気持ちには変わりなく、しかも現場では必ずしもきれい事ばかりが通用するわけではない。やるときには徹底的にやる。それが諸橋のモットーだった。そこでついたあだ名が〝ハマの用心棒〟だ。

風貌も性格もラテン系な城島はそんな諸橋が大好きで、とことん信頼し、どこまでもついていくと決めている。

言ってみればこのふたりは、組織の中でもはみ出し者的な存在なのである。

おまけに諸橋以下、みなとみらい署の暴対係のメンバーは揃いも揃って仕事が好きで、誰も署から帰ろうとはしない。あるいは夜の繁華街を見回って、何かないかと目を光らせている。だから昨今の働き方改革推進の方針で、定時の帰宅を推奨、残業は削減、とにかく休んでくれという政府のお達しは、彼らにとっては理不尽なことこの上なかっただろう。警察官が街の安全や住民の生活を守らずに、まず自分たちの働き方のことを優先し始めたら世の中は一体どうなってしまうのだ。口には出さずとも、諸橋たちの思いはみな一致していたに違いない。二十四時間、三百六十五日、いつだって闘う気構えでいる。冗談ではなく、みな本気でそう思っているのだった。

こんな具合にキャラクターの造形も、物語の舞台状況の設定も、さらに言えば横浜という土地柄も、すべてひと味違った雰囲気を出している本シリーズなのだが、それに合わせて今野敏は作品の文体まで変えている。ふたりの行動がより際立って見えるように、このシリーズに限っては、意識してハードボイルド文体で勝負しているのだ。そのあたりの微妙な工夫も、ぜひ読み取っていただき、堪能していただければ嬉しい。もちろん派手なアクション・シーンも満載だ。

今回の事件は、横浜・山手町の廃屋跡から二つの遺体が発見されたことから始まる。そして、殺された被害者がどうやらマルBと関わっていたらしいことがわかって、ふたりに話が回ってくる。横浜市内、いや神奈川県内のマルBらについては諸橋、城島以上に詳しい者はいないからだ。さらに事態は、所有者不明の土地を利用した不動産詐欺事件の様相も帯びてくる。その背後にも暴力団が関与していた疑いが。以上のことから県警本部長は、ふたりに捜査本部に加わるよう要請。諸橋と城島は署を離れて捜査をすることに。

と簡単に紹介してみたが、ここには事件の推移を描くだけではなく、さまざまな社会的問題が提示されている。まずは廃屋というか、空き家問題だ。現在、日本では地方や都会も含めて、日本中に持ち主のわからない空き家があって、売ることも処分することもできない状態のままとなっている。その根本には高齢化の問題がある。

こうした問題の数々をさりげなく忍ばせることで、物語が重層的になり、深みを感じさせるのだった。また諸橋、城島に加えて今回は笹本がぴったりとふたりに張りつくことによって、コンビがトリオとなりこちらも厚みがより一層感じられる。

これはもう、今野敏の代表作と言って差し支えないのでないか。

最後になったが、本書は今野敏の著作二百冊目になる記念的な作品でもあった。

二〇二一年十月

この作品は2019年2月徳間書店より刊行されました。
なお、本作品はフィクションであり実在の個人・団体などとは一切関係がありません。

徳間文庫

スクエア

横浜みなとみらい署暴対係

2021年11月15日 初刷
2024年8月31日 2刷

著者 今《こん》野《の》敏《びん》
発行者 小宮英行
発行所 株式会社徳間書店
東京都品川区上大崎三－一－一 〒141－8202
目黒セントラルスクエア
電話 編集〇三（五四〇三）四三四九
販売〇四九（二九三）五五二一
振替 〇〇一四〇－〇－四四三九二
印刷
製本 中央精版印刷株式会社

ISBN978-4-19-894691-3 （乱丁、落丁本はお取りかえいたします）